UN SÉDUISANT RAVISSEUR

LAEL ST. JAMES

UN SÉDUISANT RAVISSEUR

Traduit de l'américain par Nicole Ménage

J'AI LU
POUR elle

Titre original :
My Lady Beloved
A Sonnet Book, published by Pocket Books,
a division of Simon & Schuster, Inc., New York

Pour Diane Hollis,
la courageuse militante,
avec toute mon affection et mon admiration

1

Abbaye de Saint-Swithin, Devonshire, Angleterre. Fin de l'été 1369.

Perchée au sommet du chêne séculaire qui se dressait là bien avant que soit posée la première pierre de l'abbaye, Gabriella Redclift scrutait le lointain. Les hautes branches noueuses frémissaient sous ses pieds nus dont le négligé n'était pas digne d'une jeune fille de dix-neuf ans qui s'apprêtait à devenir lady Avendall. Tout à coup, elle plissa les yeux en retenant son souffle, heureuse que ses sœurs, qui l'attendaient au pied de l'arbre, ne puissent voir l'expression de son visage.

— Tu aperçois lord Avendall et ses hommes ? cria Margaret, sa jumelle, qui ne supportait pas qu'on l'appelle autrement que « Meg ».

À travers le bruissement des ramures, Gabriella perçut une pointe d'impatience et d'empressement dans la voix claire de sa sœur. Comme tout le monde à Saint-Swithin, Meg s'imaginait qu'elle désirait vraiment ce mariage décidé des années auparavant par leur défunt père. Personne ne devait soupçonner que sa joie était feinte. Il en allait de l'intérêt de sa mère, de ses sœurs et du vieux manoir en ruine, Redclift Hall, situé à deux journées au nord de l'abbaye. En guise de dot, Gabriella ne possédait que son âme et son corps. L'or d'Avendall, une véritable corne d'abondance, assurerait l'avenir de Meg et d'Elizabeth, qu'elles se marient ou choisissent de rester à l'abbaye. Ariel, leur mère, une femme maussade et usée par la vie connaîtrait enfin la paix et la sécurité.

— Sainte Mère de Dieu ! se lamenta la plus jeune, Elizabeth, en se signant.

Sa nature généreuse et pieuse la destinait tout naturellement à prendre le voile.

— Descends, Gabriella, je t'en prie ! Tu vas tomber...

Cette chère Elizabeth appréhendait toujours quelque chose, songea Gabriella. L'ignorant, elle inspecta l'horizon au-delà des murs de l'abbaye. Les journées rafraîchissaient, annonçant l'automne, mais en cette fin d'après-midi le soleil brillait encore dans un ciel sans nuage. Gabriella essaya de ne pas penser aux champs, aux prairies, aux rivières regorgeant de truites de Redclift Hall qu'elle ne reverrait plus. Elle devait se concentrer sur l'avenir et faire un trait sur le passé.

— Il me semble avoir aperçu une sorte de... lueur au loin, dit-elle à ses sœurs. Mais je ne suis pas sûre, ajouta-t-elle, un bras enroulé autour du tronc, l'autre replié en visière au-dessus de ses yeux.

— *Descends*, insista Elizabeth. C'est déjà assez triste que tu t'en ailles, si en plus tu te rompais les os, je ne m'en remettrais pas !

— Calme-toi, lui enjoignit Meg.

D'une nature beaucoup plus intrépide, Meg n'aurait pas hésité à grimper au sommet du chêne si Avendall avait été son futur mari à elle. Elle adorait le romanesque, l'aventure, les voyages. Mais, ironie du sort, c'était Gabriella qui s'était vue demandée en mariage alors qu'elle rêvait de demeurer à Redclift Hall et de faire revivre le domaine.

— Non, je ne me calmerai pas ! tempêta la douce Elizabeth qui n'en était pas moins une Redclift et ne manquait pas de caractère malgré son goût prononcé pour la prière. Je suis la seule à avoir encore un brin de jugeote ici !

La lueur que Gabriella avait entrevue au sommet d'une colline prit soudain la forme de quatre cavaliers vêtus de rouge et or : les couleurs de lord Avendall.

— Ils arrivent, lança-t-elle en essayant de paraître joyeuse alors qu'un chagrin poignant lui déchirait le cœur.

Avant l'aube, elle serait une femme mariée en route vers sa nouvelle demeure sur les terres d'Avendall, en Cornouailles. Dans quelques heures, elle aurait perdu tout ce qu'elle aimait.

Elle déglutit avec peine, refoulant ses larmes.

— Dépêche-toi ! la pressa Meg. Je dois brosser et tresser tes cheveux avec les rubans rouges pendant qu'Elizabeth s'occupera de ta robe.

— Et de tes pieds ! Tu as vu dans quel état ils sont ? gémit la plus jeune tandis que Gabriella amorçait sa descente avec aisance. Et je suis sûre que ta jupe est couverte de...

— Laisse-la tranquille, coupa Meg. Elle se marie tout à l'heure. Ne devrions-nous pas plutôt manifester notre joie ?

Gabriella sauta de la branche la plus basse et toucha gracieusement le sol à quelques pas de ses sœurs. À son grand désarroi, elle découvrit des larmes dans les grands yeux bruns d'Elizabeth.

— Je sais, je devrais être heureuse... mais je ne le suis pas ! Gabriella s'en va loin de nous. Très loin.

— Allons, dit Meg en entourant ses frêles épaules du bras. Elle nous enverra chercher dès qu'elle sera installée dans sa nouvelle demeure. Elle veillera à ce que nous trouvions un mari, comme prévu. Un aventurier pour moi, un marin peut-être. Et pour toi, ma chère Elizabeth, un savant. Doux et gentil. Tout ira bien, tu verras.

Tandis qu'elle contemplait ses sœurs, aussi belles l'une que l'autre, Gabriella se sentit de nouveau au bord des larmes. Depuis sept ans qu'elles étaient à l'abbaye, partageant une simple chambre de la taille d'une cellule, elles rêvaient d'un avenir heureux, plein d'amour, d'enfants et de joie.

Pour l'instant, la réalité était tout autre. Totalement dépourvues de ressources, elles ne devaient leur hébergement dans ce couvent qu'à la parenté entre l'abbesse et un cousin éloigné de leur père. Ce dernier, lord Alexander Redclift, était mort jeune et pauvre après avoir consacré sa vie et sa modeste fortune au service de Edward III. Anéantie par la perte de son grand amour, Ariel, leur mère, s'était remariée à la va-vite, tel un oiseau dans la tempête se raccrochant à la première branche venue. Hugh Mainwaring, le beau-père de Gabriella, Meg et Elizabeth, était encore plus démuni que sa femme, et guère plus apte que feu Alexander à gérer les maigres revenus d'une famille.

Avoir trois filles à marier, si jolies, intelligentes et accomplies qu'elles soient, n'avait fait qu'aggraver la situation.

Personne ne s'attendait qu'un homme tel que Cyprian Avendall demande Gabriella en mariage. Un an plus tôt, il était venu sans prévenir à l'abbaye de Saint-Swithin et avait requis un entretien avec la mère supérieure, mère Mary Benedict.

Durant toute l'entrevue, ses hommes d'armes avaient gardé la porte du bureau comme s'ils craignaient une attaque, et toute l'abbaye s'était perdue en conjectures sur les motifs de cette visite insolite.

Peu après, Gabriella et Meg avaient été appelées dans le bureau de mère Mary Benedict pour être présentées à lord Avendall.

C'était un bel homme, avec de larges épaules et un corps que des années à manier l'épée au service du roi avaient sculpté. Il s'était incliné brièvement devant les deux sœurs et les avait examinées comme on jauge des chevaux proposés à la vente ou au troc sur les marchés. Du moins d'après Gabriella, à qui il avait immédiatement déplu.

Plus encline que ses sœurs à se laisser impressionner, Meg en revanche avait été intriguée par l'inconnu à la stature athlétique. Selon elle, son apparition à l'abbaye était la réponse à ses prières, un événement historique, voire légendaire. Elle n'avait pas prêté attention à certains détails tels que sa froideur, son regard dur et calculateur.

Gabriella n'avait pu s'empêcher de ressentir un immense soulagement quand lord Avendall était reparti, le lendemain, à l'aube. Après le repas du soir, mère Mary Benedict avait de nouveau demandé à la voir, seule cette fois, pour lui annoncer que lord Avendall souhaitait l'épouser avant la fin de l'année. Dans sa générosité, il fermait les yeux sur le fait qu'elle n'ait rien d'autre à offrir que sa personne, un nom respectable et une vertu irréprochable. Il avait présenté un document signé par le père de Gabriella lorsqu'elle n'était encore qu'un bébé, dans lequel il acceptait ce mariage en échange d'une quantité d'or conséquente. Cet or, Alexander l'avait sans doute dilapidé, car il avait laissé derrière lui des étables, des écuries, des caves et des greniers à blé aussi vides que les coffres.

Dans un geste grandiose, que sa promise voyait plutôt comme une mainmise, Avendall avait offert une grosse somme à l'abbaye en compensation de l'éducation, des soins et de l'hébergement dont les trois sœurs avaient bénéficié. Par ailleurs, il s'était engagé à ce qu'Ariel et Hugh Mainwaring ne manquent de rien dès lors que Gabriella et lui seraient unis par les liens sacrés du mariage. Les florins couleraient à flots pour toute la famille, semblait-il.

Même si elle avait eu le choix, Gabriella n'aurait pas rejeté son offre. Trop de choses en dépendaient. Étant l'aînée, et la seule à avoir vraiment la tête sur les épaules, il était de son devoir d'endosser ce fardeau.

Une fois mariée à ce riche seigneur, elle vivrait dans un grand domaine en Cornouailles, au bord de la mer. Elle accéderait au titre de lady Avendall, posséderait son propre cheval et aurait sans doute de nombreux domestiques à son service. Elle porterait de belles robes, peut-être même des bijoux, et mangerait toujours à sa faim. Le moment venu, elle mettrait des enfants au monde. Ils lui apporteraient joie et consolation. De toute façon, Avendall étant un soldat, il s'absenterait sûrement une bonne partie de l'année pour aller guerroyer.

Hélas, maintenant que l'arrivée de son fiancé et l'échange des vœux dans la chapelle de l'abbaye étaient imminents, Gabriella sentait sa résolution faiblir. L'idée de faire ses adieux à ses sœurs dont elle ne s'était jamais séparée, ne serait-ce qu'une seule nuit, lui fendait le cœur. En outre, la perspective de partager le lit de lord Avendall où se dérouleraient les rites mystérieux du mariage l'emplissait d'effroi.

Meg lui prit la main dans un geste rassurant. Si physiquement elles ne se ressemblaient pas – Meg était brune aux yeux verts, Gabriella blonde aux yeux noisette –, elles étaient si proches qu'elles n'avaient pas besoin des mots pour se comprendre. Il n'était donc pas facile pour Gabriella d'abuser sa sœur.

— Viens, lui dit celle-ci doucement. Il est temps de te préparer pour ton mariage.

— Si mère Benedict te surprend pieds nus dans cette vieille jupe, la figure sale et les cheveux en bataille, elle t'obligera à prier à genoux pendant des heures pour la rédemption de ton âme immortelle, renchérit Elizabeth en l'entraînant vers la partie de l'abbaye où se trouvaient leur chambre ainsi que celles d'autres jeunes filles pauvres qui, comme elles, avaient trouvé refuge à Saint-Swithin.

— Sœurette, tu es un vrai poison parfois, avec tes discours sur l'âme et la sainteté, rétorqua Meg en soupirant.

Volontiers encline à l'irrévérence, elle inspirait à sa cadette des cauchemars dans lesquels elle se retrouvait aux prises avec les flammes de l'enfer et les fourches des démons. Ignorant sa remarque, Elizabeth glissa le bras sous celui de Gabriella.

— Je dirai une neuvaine pour toi... non, *deux*. Une pour t'aider à supporter ta... ta... nuit de noces, chuchota-t-elle.

Apparemment, ce moment équivalait pour elle à un séjour au purgatoire, opinion que Gabriella partageait en secret.

— L'autre pour te protéger des brigands qui pourraient t'attaquer en chemin et t'empêcher d'atteindre la Cornouailles saine et sauve.

— Merci, dit Gabriella avec circonspection, tout en jetant un regard d'avertissement à Meg. Voilà qui me rassure.

— Je devrais peut-être m'y mettre tout de suite, s'interrogea Elizabeth en tournant ses grands yeux lumineux vers la petite chapelle en pierre, au-delà du potager.

Gabriella lui tapota gentiment la main.

— Tu as raison, il n'y a sûrement pas de temps à perdre.

Elizabeth s'élança aussitôt à travers les rangées de potirons, légère et aérienne, vers le lieu de prière de Saint-Swithin.

— Quelle petite sotte ! murmura tendrement Meg en la regardant s'éloigner.

— Elle fait ce qu'elle peut, remarqua Gabriella, de plus en plus misérable au fur et à mesure que l'heure de la séparation approchait.

Meg lui prit les deux mains, la mine soudain grave.

— Gabriella, es-tu vraiment sûre de vouloir ce mariage ? Je sais bien qu'Avendall t'a choisie, mais tu pourrais feindre une indisposition quelconque et je proposerais de prendre ta place…

Gabriella libéra ses mains, les posa sur les joues de sa sœur et l'embrassa sur le front.

— Que tu es candide ! dit-elle, les larmes aux yeux. La mère supérieure décèlerait tout de suite le subterfuge. De plus, je veux vraiment me marier. Qui refuserait un arrangement aussi avantageux ?

— Toi, je pense, répondit tristement Meg. Tu fais cela pour Elizabeth et moi, pour maman et pour Redclift Hall. Tu crois peut-être que je ne le sais pas ? Réfléchis, je t'en prie. Si j'épousais Avendall à ta place, tu pourrais retourner à Redclift Hall, reprendre le domaine en main, acheter du bétail grâce à l'or de mon mari…

— Non, l'interrompit Gabriella en regardant couler les larmes sur les joues de sa sœur. Ma décision est prise.

— Mais…

— Non, Meg. Je ne changerai pas d'avis.

C'était une question de devoir et d'honneur. Deux valeurs précieuses aux yeux de Gabriella. Elle ne s'y déroberait pas, même si la perspective d'épouser cet homme la révulsait. Et jamais elle ne permettrait à sa sœur de subir ce calvaire à sa place. Sa conscience ne la laisserait pas en repos.

Devant ce refus, les yeux verts de Meg reflétèrent une tempête d'émotions diverses où dominaient le désespoir et l'orgueil.

— Pourquoi t'obstines-tu à tant de noblesse ? insista-t-elle. Pour toi, il s'agit d'un sacrifice alors que pour moi c'est une aubaine, une chance de faire quelque chose de ma vie.

Gabriella lui ébouriffa les cheveux sans céder pour autant. Si elle avait eu la certitude que ce mariage la rendrait heureuse, elle lui aurait laissé sa place sans hésiter. Mais ce n'était pas le cas. En dépit des apparences, Avendall était loin d'être une aubaine. Leur bref entretien lui avait suffi pour se rendre compte qu'il était dénué d'humour, dépourvu d'imagination et impitoyable, voire brutal.

— Ton tour viendra, se contenta-t-elle de répondre à sa jumelle avant de lui tourner le dos et de s'éloigner, lui signifiant ainsi que le sujet était clos.

Contre toute attente, Cyprian Avendall ne se trouvait pas parmi les cavaliers. Il n'avait pas daigné assister à son propre mariage et, l'espace d'un instant, Gabriella se prit à souhaiter qu'il ait changé d'avis. Cette pensée éveilla en elle un vif sentiment de culpabilité. Sans Avendall, il n'y aurait pas d'or pour restaurer Redclift Hall et faire de nouveau prospérer ses terres. Pas de mari ou de place au couvent pour Elizabeth. Pas de bon mariage pour Meg.

— My lord n'a pu se déplacer ? Qu'est-ce que cela signifie ? s'étonnait cette dernière, deux heures plus tard.

Les trois sœurs se trouvaient dans le bureau de la mère supérieure, petite pièce austère, glaciale, seulement meublée d'une table et d'un banc de bois pour les visiteurs. Lorsqu'on avait envoyé chercher Gabriella, Meg avait tenu à l'accompagner. Quant à

Elizabeth, une novice l'avait prévenue et elle avait aussitôt interrompu ses prières.

Le chef des quatre hommes d'armes envoyés par lord Avendall pour ramener Gabriella en Cornouailles, un homme trapu et sans attrait, tenta d'intimider Meg du regard. En vain. Il s'éclaircit la voix avant de répondre :

— Lord Avendall a beaucoup de responsabilités. N'ayant pas jugé prudent d'abandonner ses biens en ce moment, il nous a envoyés, mes hommes et moi, chercher sa fiancée pour la ramener en Cornouailles.

Mère Mary Benedict, une grande femme sèche et sans âge, intervint avec hauteur :

— Vous n'imaginez tout de même pas que je vais laisser une jeune fille voyager seule à travers le pays en compagnie de quatre hommes d'armes jeunes et robustes ?

À ces mots, Gabriella éprouva un vif soulagement, puis se reprocha aussitôt sa faiblesse. Son destin était tracé. Elle n'y échapperait pas. À ses côtés, Meg et Elizabeth se rapprochèrent, comme pour la soutenir

— Lord Avendall a tout prévu, répondit l'homme. Il m'a chargé de lui servir de mandataire. La cérémonie aura lieu comme prévu.

Gabriella releva le menton.

— Aucun autre homme que mon mari ne me conduira à l'autel, déclara-t-elle avec fermeté.

Meg et Elizabeth se rapprochèrent encore, et mère Mary Benedict se tourna vers Gabriella. En tant que tutrice de la jeune fille, elle pouvait passer outre cette protestation et l'obliger à se plier à la volonté de son futur époux. Car si Gabriella ne se mariait pas, il faudrait rembourser Avendall. Par ailleurs, même si elle se montrait une aide très efficace dans l'organisation et la gestion de Saint-Swithin, la jeune fille n'en était pas moins une bouche à nourrir. Une indigente de plus, en somme.

— Les mariages par procuration ne sont ni rares ni inconvenants, Gabriella, répliqua-t-elle, impassible, ses mains croisées dissimulées sous les amples manches de son habit.

Les deux sœurs, de part et d'autre de leur aînée, glissèrent un bras autour de sa taille sans mot dire.

— Je ne connais même pas le nom de cet homme, remarqua Gabriella.

Le visage du soldat, déjà rougi par le vent et le soleil, s'empourpra davantage.

— Je m'appelle Hasley, fit-il avec un petit hochement de tête respectueux. Je demande pardon à my lady, mais je ne crois pas qu'elle ait bien compris. My lord, son mari, a ordonné qu'elle prononce ses vœux avant de prendre la route pour Avendall Hall.

— Cet homme n'est pas encore mon mari, riposta Gabriella avant de se tourner vers l'abbesse avec une expression implorante. Mère, je vous en prie. Laissez-moi partir en Cornouailles et me marier là-bas.

Mère Mary Benedict lui sourit avec douceur.

— Je comprends votre requête, mon enfant. Monsieur Hasley, rien dans le marché que j'ai passé avec lord Avendall ne laissait prévoir qu'il enverrait chercher sa promise avant le mariage. Nous ne pouvons donc accéder à sa requête. De plus, il est impossible que cette jeune personne quitte l'abbaye sans un chaperon digne de ce nom.

Gabriella retint son souffle. Sous sa robe usée en velours bleu nuit, don de l'une des résidentes les plus riches de Saint-Swithin, son cœur battait à tout rompre.

— Alors? Qu'avez-vous à répondre? insista la mère supérieure, comme Hasley restait muet.

Ce dernier s'inclina légèrement.

— Nous n'emmènerons pas la demoiselle de force. Mais il n'est pas question que nous rentrions sans elle. Pouvez-vous offrir une compagnie acceptable pour la jeune lady ?

— Oui. Dame Johanna lui servira de chaperon. Je vais de ce pas lui demander de se préparer pour le voyage.

— Avec votre permission, ma mère, nous partirons demain, dès l'aube, dit Hasley. Lord Avendall est impatient de prendre femme et de concevoir un héritier.

À ces mots, une vague de panique submergea Gabriella, qui crut défaillir, elle qui ne s'était jamais évanouie de sa vie. Rassemblant son courage, elle s'efforça de répondre d'une voix ferme :

— Je serai prête.

D'un geste, mère Mary Benedict invita les trois sœurs à sortir.

— Vous pouvez rejoindre vos compagnes pour les vêpres.

— Bien, ma mère, murmura Gabriella en baissant vivement les yeux de crainte que l'abbesse ne lise la terreur dans son regard.

— Mère…

— Oui, Margaret ?

Gabriella lui saisit le bras sans ménagement et l'entraîna vers la porte.

— Allons, nous ne devons pas être en retard pour les vêpres.

— Non, en effet, approuva mère Mary Benedict avec flegme.

Une fois la lourde porte refermée derrière elles, Gabriella fit face à ses sœurs.

— Pas un mot de plus, d'accord ?

La plus jeune déglutit avec peine tandis que la jumelle ravalait sa colère tout autant que sa tristesse.

À la vue des nuages noirs qui se pressaient à l'horizon, Morgan Chalstrey ne put s'empêcher d'éprouver une sombre satisfaction. Un orage se préparait. Les chemins ne tarderaient pas à se transformer en marécages et la forêt en un épais rideau d'un vert opaque.

Les conditions idéales pour une embuscade.

Appuyé contre un chêne, il surveillait l'abbaye de Saint-Swithin nichée au pied d'une colline, au loin. Il avait vu les hommes d'Avendall arriver. Ses hommes à lui les suivaient depuis qu'ils avaient quitté la Cornouailles.

L'heure de la vengeance approchait. Il avait tout préparé soigneusement, depuis longtemps, et maintenant qu'il touchait au but, que justice allait être rendue, il se demandait pourquoi il n'éprouvait pas ce sentiment d'allégresse et de puissance qu'il escomptait.

— Tu as l'air pensif, remarqua son meilleur ami et officier de confiance, Gresham Sedgewick. Serait-ce possible que mes ferventes prières aient été entendues et que tu aies enfin décidé de renoncer à ce projet insensé ?

— Tu n'as jamais prononcé une seule prière de ta vie, ni fervente ni d'aucune sorte, rétorqua Morgan. Non, je n'ai pas renoncé.

Gresham soupira. Il était grand, aussi athlétique que Morgan, les yeux bleus, des cheveux blonds encadrant un beau visage aristocratique. Et il était d'une intrépidité à faire pâlir d'envie le diable lui-même.

— On ferait mieux d'aller se battre contre les Turcs, plutôt que de ranimer les braises de cette vieille querelle. Laisse-la s'éteindre. Laisse Rebecca reposer en paix.

Morgan s'écarta de l'arbre, les sourcils froncés. La simple mention de Rebecca lui transperçait toujours le cœur telle la lame acérée d'un couteau. Même Gresham ne mesurait pas l'ampleur de son animosité envers Avendall, et encore moins la vraie raison qui la sous-tendait.

— Tu n'es pas obligé de prendre part à cette entreprise si tu y es tellement opposé. Compatirais-tu au sort de notre vieil ami par hasard ? À moins que tu ne sois devenu poltron avec les années ?

Gresham serra les dents en s'efforçant de se contenir. Personne, y compris parmi ses nombreuses maîtresses, n'avait le don de le faire sortir de ses gonds comme Morgan.

— Tu sais bien que je ne ferais pas un geste pour éteindre les flammes si je voyais Avendall brûler à petit feu. Au contraire, j'attiserais les braises pour prolonger son supplice. Et tu te trompes lourdement si tu crois que j'ai peur de lui, ou de quiconque, d'ailleurs. Toi inclus, *lord Chalstrey*.

Il avait prononcé son nom d'un ton cinglant qui fit sourire Morgan.

— Voilà qui me rassure, répondit-il.

Brusquement, en voyant la fureur qui animait le regard de son ami, Morgan s'interrogea sur lui-même, se demandant si la haine que lui inspirait Avendall et qu'il entretenait savamment n'avait pas fait de lui un autre homme. Son sourire s'évanouit et il se dirigea vers les chevaux.

Rebecca ne discernerait-elle pas une froideur nouvelle dans ses yeux bleu pâle ? De la dureté dans ses traits rudes dont elle vantait la beauté virile ? Remarquerait-elle les quelques fils argentés qui striaient par endroits ses épais cheveux bruns dans lesquels elle aimait tant plonger les doigts ?

Allons, se dit-il avec humeur. À trente-trois ans, il avait passé l'âge de se poser de telles questions. Son apparence ne lui importait plus depuis longtemps. Depuis cinq ans que Rebecca Sommerville se languissait dans sa tombe, dans une terre non consacrée, pour avoir « péché » par désespoir.

Elle était le premier et unique amour de Morgan, et s'était donné la mort. Il ne lui en tenait pas rancune, bien sûr, mais jamais il ne pardonnerait au monstre qui l'avait poussée au suicide.

Il détacha son cheval, un fougueux étalon qui répondait au nom de Nimrod, et grimpa en selle avec une aisance due à des années de pratique. Comme Gresham et les vingt hommes armés qui les accompagnaient, il n'avait jamais cessé de monter à cheval.

— Morgan, que fais-tu de la fille ? tenta à nouveau de le raisonner son ami en se hissant sur sa propre monture. Elle est certainement innocente et pure, et elle se retrouvera compromise. Irrémédiablement.

Morgan guida Nimrod vers le sentier qui descendait du promontoire où ils s'étaient postés pour faire le guet. Leur camp était à peu de distance, caché dans la forêt profonde en lisière d'une petite clairière.

— On ne lui fera aucun mal, rétorqua-t-il. Me croirais-tu capable de la violer ? Ou de la jeter en pâture à mes hommes ?

— Cela ne changerait pas grand-chose, de toute façon. Inutile de te dire que sa réputation sera ruinée. Avendall ne voudra plus d'elle de crainte que tu ne l'aies mise dans ton lit et peut-être laissée enceinte. Cette fille n'aura plus qu'à se prostituer.

— Nous en avons déjà parlé, Gresh. Elle sera rendue à Saint-Swithin intacte. Il y a sûrement des choses pires que de passer toute sa vie parmi les nonnes, quoique, entre nous, je me demande bien quoi.

Il s'abstint de jeter un regard acerbe à son ami qui, rechignant à se soumettre à un officier supérieur, s'obstinait à chevaucher à sa hauteur plutôt que derrière.

— Et puis, si le sort de la demoiselle t'inquiète à ce point, Sedgewick, tu n'as qu'à l'épouser toi-même.

Morgan ne s'étonna pas de ne pas obtenir de réponse. Sedgewick avait beaucoup de succès auprès des femmes et aucune envie de se lier à une seule d'entre elles, si souples ces liens se révèlent-ils être après coup.

Ils laissèrent deux hommes veiller sur l'abbaye et se mirent en route.

Les vêpres furent une véritable épreuve pour Gabriella. Ensuite, plutôt que de rejoindre les autres au réfectoire pour le repas du soir, elle se retira dans sa chambre. Assise sur sa couche, les mains croisées sur les genoux, la tête inclinée, elle s'efforça de contrôler les tremblements de son corps.

Dès leur dîner terminé, Meg et Elizabeth lui apportèrent un bol de soupe d'orge et une tranche de pain.

Gabriella n'avait pas faim, mais elle fit l'effort de manger pour épargner à ses sœurs un souci supplémentaire. Et puis elle avait besoin de prendre des forces pour affronter les événements à venir.

Enfant, l'idée de devenir la maîtresse d'un château les faisait rêver toutes les trois. Elles imaginaient leurs robes somptueuses, les ménestrels jouant pour elles, des palefrois blancs comme l'albâtre, des bébés joufflus. Aujourd'hui, Gabriella n'éprouvait que souffrance et chagrin à l'idée d'abandonner sa famille et Saint-Swithin où elle se sentait chez elle tant elle y avait passé d'années. L'abbaye lui manquerait autant que Redclift Hall.

Ici, elle avait découvert les mathématiques et l'astronomie. Elle avait appris à parler et à écrire correctement sa langue maternelle, et étudié le latin. L'une des résidentes, Katherine March, lui avait prêté des livres de poésie courtoise, dont la lecture, ajoutée à l'atmosphère de piété, de déférence qui régnait en ces lieux sur un fond de chants sacrés, avait nourri et façonné son esprit plus qu'elle ne l'avait imaginé.

Voyant qu'elle ne pouvait achever son repas, Elizabeth s'assit près d'elle et lui prit la main.

— Tu es morte de peur, n'est-ce pas, Gabriella ? murmura-t-elle avec une tendresse qui faillit briser le cœur de son aînée.

— Évidemment ! s'interposa Meg sans laisser à sa jumelle le temps de répondre.

Elle se mit alors à déambuler d'un pas rageur, les poings sur les hanches.

— Gabbie, tu n'es pas obligée d'aller en Cornouailles. Nous n'avons qu'à nous enfuir, toutes les trois, avant que la lune se lève...

Gabriella sourit malgré sa tristesse.

— Et où irions-nous ? À Redclift Hall où mère et notre beau-père n'ont rien à se mettre sous la dent ?

— Nous pourrions devenir mimes, suggéra Meg. Nous amuserions les riches, ici ou là.

— En effet, nous les amuserions, mais d'une façon bien moins honorable, crois-moi, répondit Gabriella en prenant la main de sa jumelle pour la serrer entre les siennes. Non, Meg. Je vais rejoindre mon mari, comme je l'ai promis. Je l'épouserai et je respecterai mes vœux ma vie durant.

Une flamme inhabituelle s'alluma dans le regard pourtant si doux d'Elizabeth.

— Ce n'est pas juste que les femmes aient tant à subir ! À quoi pensait Notre Seigneur pour nous laisser dans une pareille situation ?

Meg eut un sourire amer, totalement dépourvu de joie.

— Depuis la création, Dieu a montré sa préférence pour le sexe fort. Les hommes ont-ils des menstruations ? Est-ce qu'ils meurent en mettant les enfants au monde ? Non, mais ils sont les premiers à prendre du plaisir en les concevant...

— Meg ! s'écria Gabriella.

— C'est de l'hérésie, murmura Elizabeth, horrifiée. D'ailleurs, que sais-tu de la naissance ou de la façon dont on fait les bébés, Margaret Redclift ?

Meg eut la bonne grâce de rougir.

— J'ai entendu certaines choses, se défendit-elle. Vous oubliez qu'il n'y a pas que des nonnes à Saint-Swithin !

Gabriella faillit céder à une curiosité honteuse et interroger sa sœur sur ces questions si mystérieuses pour elle. Savoir ce qui l'attendait, en tant qu'épouse et, plus tard, en tant que mère, lui aurait été utile. Mais Elizabeth ne partageait pas cette soif de connaissance.

— Je t'en prie, Meg ! Nous n'avons aucune envie d'entendre décrire les souffrances par lesquelles doivent passer les femmes.

— Écoute, la mise au monde d'un enfant est une vraie torture, je te le concède. Mais être honorée par un homme n'est pas forcément désagréable. De l'avis de certaines, ce serait même le contraire.

Gabriella rougit jusqu'aux oreilles.

— Margaret ! protesta-t-elle, tout en mourant de curiosité.

Elle regrettait de ne pas avoir été là quand ces sujets scandaleux avaient été abordés. Pourquoi Meg ne lui en avait-elle pas parlé plus tôt ? Elles avaient eu mille occasions de s'entretenir en privé pendant qu'Elizabeth consacrait son temps à prier ou à jardiner.

— Ne pars pas ! sanglota soudain cette dernière en s'accrochant à son cou. Lord Avendall va te faire un enfant et tu mourras dans des douleurs dignes des martyrs !

— Ne dis pas de sottises, voyons, tenta de la réconforter Gabriella en décochant un regard noir à Meg. L'enfantement est une chose naturelle, et toutes les femmes n'en meurent pas. Regarde notre mère.

Meg leva les yeux au ciel. Toute référence à la frêle Ariel Mainwaring l'indisposait. Elle ressemblait si peu à sa mère qu'elle se plaisait à prétendre qu'on avait dû faire un échange à la naissance. Gabriella de son côté avait eu vent de rumeurs bien pires, disant que si Ariel avait eu deux bébés en même temps, c'est qu'elle avait été infidèle à son mari. Cette croyance que des jumeaux avaient forcément deux pères différents était répandue. Toutefois, selon dame Johanna qui avait enseigné à la jeune fille l'étonnante alchimie des nombres, il s'agissait de superstitions entretenues par l'ignorance.

— Notre chère *maman* n'a cessé de gémir pendant tout l'accouchement, tu le sais très bien, insista Meg à dessein.

— Pauvre mère, soupira Elizabeth.

— Tu n'es pas obligée d'en passer par là, Gabriella. Il nous suffit de nous enfuir cette nuit.

Sa jumelle secoua fermement la tête.

— Je ne veux pas renoncer à mon mariage, mentit-elle.

Sa vie serait ce qu'elle en ferait, et elle saurait la transformer en réussite. Elle finirait par aimer Avendall, et il prendrait soin d'elle en retour. En outre, non seulement elle aurait tout ce dont elle avait rêvé mais ses sœurs également.

— Allons, il est temps de se coucher. Je me lève à l'aube et je dois dormir, à présent.

Elles éteignirent chacune leur lampe à huile et se glissèrent entre les draps, sur leur étroite couche, avant de se débarrasser de leurs vêtements, comme on le leur avait appris depuis l'enfance.

— Quand je serai mariée, déclara Meg dans l'obscurité, je me déshabillerai debout, à la lumière de la flamme. J'en ai assez de me tortiller comme un ver sous une feuille !

Une exclamation outrée échappa à Elizabeth et Gabriella émit un rire qui ressemblait à un sanglot.

Puis le silence retomba, si profond que l'on percevait le bruit infime et cotonneux de la neige qui commençait à tomber dehors. Alors, comme cela leur arrivait souvent, Meg et Elizabeth dirent en chœur :

— Tu ne nous oublieras pas ?

Gabriella dut contrôler le tremblement de sa voix avant de répondre :

— Jamais ! La Sainte Vierge m'en est témoin. Il ne se passera pas un seul jour, une seule minute sans que je pense à vous. Dès que je serai en Cornouailles, je demanderai à mon mari de vous envoyer chercher et de vous héberger le temps que vous trouviez un époux à votre tour afin de fonder votre propre foyer.

Mais Gabriella était trop jeune pour savoir que certaines promesses, même les plus sincères, étaient impossibles à tenir.

2

Le lendemain, à l'aube, il tombait une petite pluie glaciale. Gabriella espérait qu'il ne s'agissait pas d'un mauvais présage. La gorge nouée par les sanglots qu'elle retenait à grand-peine, elle attendait sous les arcades de la cour de l'abbaye que Hasley et ses hommes achèvent de préparer les chevaux.

Ses maigres possessions ne nécessitaient pas l'attelage d'un chariot. Un sac minuscule suffisait à contenir sa robe en velours, une chemise de rechange, son livre de prières entre les pages duquel Elizabeth avait glissé une fleur de son jardin d'été et son précieux peigne en ivoire acheté jadis à une foire.

Dame Johanna, une petite femme ronde choisie pour cette mission à cause de son solide sens pratique, se tenait un peu à l'écart des trois sœurs réunies dans une même étreinte. Elle tenait les rênes de Zacheus, le mulet blanc et cabochard du couvent.

— Je ne m'étais pas sentie aussi malheureuse depuis le jour où nous avons quitté le manoir de Redclift pour venir ici, avoua Elizabeth, trop pure pour dissimuler ses véritables sentiments. Gabriella, qu'allons-nous devenir sans toi ? ajouta-t-elle dans un souffle.

— Nous nous préparerons en attendant notre tour de nous marier, répliqua Meg d'un ton tranchant destiné à cacher son propre désarroi et à distraire ses sœurs du leur.

Les torches jetaient des lueurs mouvantes dans l'obscurité. Hasley s'approcha de leur petit groupe et s'arrêta à une distance respectueuse avant de s'incliner :

— Je pense que my lady a pris une collation ?

Craignant de fondre en larmes, Gabriella se contenta de hocher la tête. Qui aurait dit que le jour où on l'appellerait « my lady », le mot résonnerait aussi lugubrement à ses oreilles ?

— Dans cc cas, je vous suggère de faire vos adieux. Nous devons nous hâter. Le temps est incertain, et lord Avendall attend sa femme avec impatience.

Le voyage en Cornouailles prendrait plusieurs jours et serait périlleux, Gabriella le savait. Pire encore, à son arrivée, elle devrait s'unir pour la vie à un inconnu qui lui avait inspiré de la méfiance au premier regard. Néanmoins résignée, elle se tourna vers ses sœurs, si tristes dans leur grossière robe de couvent. Elle les embrassa tendrement sur le front, l'une après l'autre, et trouva leur peau glacée sous ses lèvres.

— Je vous enverrai bientôt chercher, promit-elle bravement. D'ici là, soyez fortes et servez Dieu et la Sainte Vierge comme ils le méritent, car nous dépendons toutes de leur grâce.

Elles s'étreignirent et s'embrassèrent encore avec fougue, puis Gabriella s'écarta, laissant Elizabeth pleurer à chaudes larmes, soutenue par Meg dont le teint blême démentait la bravoure de façade.

Cette vision hanterait Gabriella jusqu'au jour béni où elles seraient de nouveau réunies, et elle se jura de hâter sa venue.

Hasley prit son léger sac et l'attacha à la jument grise qu'ils avaient emmenée à son intention. Il saisit ensuite sa protégée par la taille pour la hisser en selle. La jeune fille arrangea ses jupes et carra les épaules avec la dignité d'une reine en route pour son couronnement.

Mère Mary Benedict vint lui faire ses adieux.

— Soyez courageuse, mon enfant. La Vierge Marie voyagera avec vous. Dites vos prières avec conviction et cultivez une nature docile, car Notre Seigneur apprécie particulièrement cette qualité chez une femme.

Quand les grilles de l'abbaye s'ouvrirent, Gabriella fixa son regard sur l'extérieur sans oser le tourner une dernière fois vers ses sœurs. Entourée de tous côtés par les hommes d'armes de son futur mari, elle se mit en marche avec l'impression d'avancer vers un abîme béant.

À quelques kilomètres de là, Morgan Chalstrey apprit le départ de l'épouse d'Avendall et de sa pitoyable escorte dans l'heure qui suivit. Il n'avait guère dormi, cette nuit-là, et le jour n'était pas encore levé qu'il donnait déjà à ses hommes l'ordre de se préparer.

Les écuyers ensommeillés éteignirent les feux et sellèrent les chevaux tandis que leurs supérieurs enfilaient leurs bottes en bâillant. Aucun d'entre eux ne s'avisa de réclamer ne serait-ce qu'un morceau de pain, et ils partirent le ventre vide. Chalstrey était un chef intransigeant. Il ne tolérait pas la moindre marque de faiblesse chez ses hommes.

Seul Sedgewick, chevauchant à ses côtés comme à l'accoutumée, osa protester.

— Cette vengeance t'obsède, dit-il. Renonce à cette idée insensée tant qu'il est encore temps, Morgan, et retourne au service du roi. Ils ont sûrement besoin de nous en France. Oublie Avendall, je t'en conjure.

Chalstrey soupira.

— Tu connais mon sentiment à ce sujet. Si tu ne veux plus servir dans cette compagnie, tu es libre de partir.

Exaspéré, Sedgewick secoua sa tignasse blonde emmêlée après une nuit passée à même le sol, le lit habituel d'un soldat.

— Tu vas au-devant des ennuis, Chalstrey, mais j'ai juré à ta mère de te garder en vie aussi longtemps que possible et je compte honorer ma promesse.

Pressant Nimrod sur le chemin boueux qui descendait à flanc de colline pour s'enfoncer dans les bois épais, Chalstrey réprima un sourire. Sedgewick était une vraie nounou !

— Reste ou pars, rétorqua-t-il d'un ton léger. Le choix t'appartient.

Gresham marmonna un juron et s'accorda au pas de Chalstrey sans cesser de fulminer.

Près de Gabriella, au milieu des hommes d'armes, dame Johanna frissonnait. Il y avait une heure qu'ils avaient quitté l'abbaye. Le soleil était haut dans le ciel mais sa chaleur ne traversait pas la masse nuageuse d'un gris opaque.

La jeune fille n'osait demander à la religieuse si elle partageait son inquiétude de peur de troubler la vigilance incroyable des hommes. Depuis leur départ, ils se montraient particulièrement attentifs, scrutant sans relâche les alentours, la main sur la poignée de leur épée.

L'étroit sentier était tellement boueux que les sabots des chevaux émettaient des bruits de succion à chaque pas. D'immenses chênes s'élevaient de part et d'autre, déployant leurs branches en une voûte épaisse chargée d'une froide humidité. Les oiseaux se taisaient. Les lièvres, les hérissons, les écureuils semblaient terrés dans leurs tanières.

Un long frisson parcourut l'échine de Gabriella et elle échangea un regard de biais avec dame Johanna qui arborait une mine sinistre fort inhabituelle chez elle.

L'attaque fut si soudaine que, malgré leur extrême attention, les soldats furent pris par surprise.

Les hors-la-loi, une bande de créatures puissantes et sauvages sorties tout droit de l'enfer, tombèrent soudain des arbres, projetant les hommes d'Avendall à terre avant même qu'ils aient pu dégainer leur arme. Devant et derrière eux, des cavaliers sur d'immenses chevaux de bataille bloquaient le chemin. Les lames de leurs épées étincelaient malgré la semi-pénombre de la forêt.

Le temps que Gabriella émerge de sa stupeur pour crier, tout était terminé.

Et ce fut la voix de dame Johanna qui s'éleva, haute et claire :

— Messieurs, je vous prie de ne pas nous faire de mal, ni à nous ni à ces hommes. Nous ne sommes que de pauvres voyageurs, nous ne transportons aucun objet de valeur.

Un homme capta alors l'attention de Gabriella, sans aucun doute le chef de la bande. Au premier rang, incroyablement fort et musclé, doté de larges épaules et de cheveux noirs en broussaille, il avait des yeux d'un bleu aussi doux qu'un ciel d'été. Une épée à la main, il portait une tunique froissée, une cotte de mailles, un pantalon en cuir brut et des cuissardes.

Dans ce beau visage, le regard était tellement féroce, tellement impitoyable qu'un frisson de terreur glaça le sang de la jeune fille. En dépit de son innocence, elle comprit que rien ne détournerait cet homme-là du but qu'il s'était fixé.

Durant tout le temps où il répondit, avec une cordialité surprenante, à dame Johanna, son regard demeura soudé à celui de Gabriella.

— Je crains de devoir vous contredire, ma sœur. Vous transportez au contraire la plus précieuse des cargaisons.

Une vive rougeur colora les joues pâles de la « cargaison » en question. À ses pieds gisaient les hommes d'armes d'Avendall, désarçonnés et désarmés, les poignards des bandits pointés sur leur gorge.

— Cette attaque va vous coûter cher, monsieur, lança-t-elle hardiment.

Le hors-la-loi renversa la tête en arrière et éclata de rire. Et tandis que ses yeux pétillaient d'amusement, quelque chose d'indéfinissable dans leurs profondeurs fascina la jeune fille, suscitant un inconfort pas déplaisant en des endroits de son corps auxquels elle avait rarement songé jusqu'ici.

Toujours sans la lâcher des yeux, il donna des ordres à ses hommes.

— Ligotez-les. Nous emmènerons leurs chevaux.

Hasley gronda de rage quand ils le remirent debout pour lui attacher poignets et chevilles.

— Je vous conseille de faire attention à la jeune lady, Chalstrey. Lord Avendall vous arrachera les yeux pour ce que vous venez de faire.

Gabriella se mordit les lèvres en imaginant le sort qui les attendait, dame Johanna et elle.

— Vous direz à Avendall qu'il est encore plus lâche que je ne le pensais, riposta Chalstrey sans se démonter. Je suis vraiment déçu qu'il ne soit pas là. J'étais impatient de lui trancher la gorge.

— Monsieur, vous êtes un brigand ! jeta Gabriella, plus offensée qu'effrayée, du moins en cet instant.

Chalstrey rit de nouveau.

— Oui, my lady. Et bien plus encore.

Il rompit enfin le charme qui rivait leurs regards l'un à l'autre et se tourna vers l'homme qui se tenait à ses côtés.

— Tu es le plus noble d'entre nous, Sedgewick, c'est pourquoi je te confie ces dames. Conduis-les au camp et veille à ce qu'elles soient installées confortablement. Si elles tentent de s'enfuir, n'hésite pas à recourir à des mesures plus fermes.

Le dénommé Sedgewick se contenta de saisir la bride du cheval de Gabriella. Elle lui trouva l'air d'un ange tombé du ciel, avec ses traits finement ciselés et ses cheveux blonds. Bien que possédant un physique aussi saisissant, Chalstrey, pour sa part, semblait plutôt remonté de l'enfer.

— Nous ne vous ferons aucun mal, my lady, ni à vous ni à votre compagne, affirma le dénommé Sedgewick en jetant à Chalstrey un regard furibond. Contrairement aux apparences, nous ne sommes pas des hors-la-loi mais des hommes au service du roi.

— Ne croyez pas ces bandits ! s'écria Hasley, rouge d'indignation. Il suffit de les regarder pour être fixé ! Avendall vous retrouvera, my lady, et vous ramènera à ses côtés.

— Il vient de démontrer qu'il savait prendre soin d'elle, pas vrai ? rétorqua Chalstrey en approchant sa monture du prisonnier.

Posant le pied sur sa poitrine, il l'envoya valdinguer dans la boue. Puis il arracha quelque chose qu'il portait autour du cou et le jeta à Hasley.

— Quand Avendall vous demandera qui a enlevé sa promise, vous lui donnerez ça. Il comprendra.

Il s'agissait d'un simple médaillon terni par le temps, suspendu à un ruban bleu.

Gabriella n'eut pas le loisir d'en apprendre davantage, car on les emmena en direction de la forêt, dame Johanna et elle, tandis que les hommes de lord Avendall étaient attachés et probablement détroussés, désarmés et délestés de leurs montures.

Le voyage ne fut pas de tout repos. À plusieurs reprises, des branches basses faillirent envoyer les dames à terre. Leurs robes et leurs fins manteaux ne tardèrent pas à être trempés. Elles avaient l'impression que des heures s'étaient écoulées quand elles parvinrent dans un camp de rondins bien gardé, niché au fond des bois.

À l'intérieur, plusieurs feux étaient allumés, et des volutes de fumée sortaient des cheminées de pierre. De nombreuses tentes frémissaient sous le vent et un sanglier rôtissait sur une broche. Une grande écurie abritait des chevaux – volés, sans aucun doute. D'autres broutaient l'herbe haute ici ou là. Une demi-douzaine de jeunes garçons, occupés à se bagarrer au pied d'un immense bouleau, s'interrompirent pour observer Gabriella qui soutint leurs regards avec insolence.

Sedgewick, qui n'avait pas prononcé un seul mot durant tout le trajet, n'eut qu'à faire un geste pour que l'un d'entre eux vienne s'occuper de leurs montures. Les deux captives attendaient en silence. Gabriella affichait un froid dédain tandis que dame Johanna semblait pensive. Si seulement sa compagne était en train d'élaborer un plan de fuite ! songea secrètement la jeune fille.

Flanqué de ses hommes, Chalstrey fit soudain son apparition, caracolant sur son grand étalon qui semblait aussi farouche que lui. Il se dirigea droit vers dame Johanna et elle. Bien que mouillé et couvert de boue, les mâchoires ombrées d'une barbe naissante, l'homme n'en dégageait pas moins une vraie chaleur que Gabriella perçut aussitôt malgré la distance qui les séparait.

— Me voilà de nouveau déçu, lui dit-il en s'appuyant sur le pommeau de sa selle pour se pencher vers elle.

Il arborait un sourire insupportable qui donna à la jeune fille envie de le gifler de toutes ses forces.

— Pas de rébellion ? reprit-il. De tentative de fuite ? Avendall aurait-il encore choisi une faible femme ?

Le mot *encore* troubla Gabriella et elle se demanda un instant si elle saurait percer les zones d'ombre du cœur de son futur mari. Pour l'heure, ces préoccupations semblaient déplacées. Elle devrait déjà s'estimer heureuse si elle s'en sortait saine et sauve, sa vertu intacte. Sedgewick lui semblait moins menaçant que Chalstrey qui s'avérait décidément plus dangereux que tous ses hommes réunis.

Cependant, elle se sentait plus furieuse qu'effrayée. À tel point que, perdant toute mesure, elle dirigea sa jument vers Chalstrey et lui cracha à la figure. Manquant son but, elle n'atteignit que sa poitrine.

Il se contenta de sourire, et c'est seulement alors que la jeune fille réalisa qu'il aurait pu sortir son épée pour l'en transpercer, ou la frapper comme son père avait frappé sa mère quand elle avait mis au monde des jumeaux, jetant l'opprobre sur Redclift Hall, selon lui.

— Gabriella ! intervint sèchement dame Johanna.

La jeune fille s'aperçut soudain que ce n'était pas la première fois qu'elle s'adressait à elle.

— Tout va bien, ma bonne dame, intercéda Chalstrey. Je n'ai jamais fait de mal à une femme et je n'ai pas l'intention de commencer maintenant. Sedgewick, emmène cette petite mal élevée et sa compagne à l'intérieur. Veille à ce qu'on leur donne des couvertures et de quoi manger.

Sur ce, il fit volte-face et se dirigea au galop vers les tentes.

Gabriella, qui, jusqu'à ce jour, s'était toujours montrée calme et pondérée, brûlait de se lancer à sa poursuite pour le frapper, le griffer, le mordre à pleines dents ! Jamais personne ne l'avait à ce point rendue furieuse. Certes, elle n'avait jamais été enlevée auparavant.

— Il suffit, Gabriella, la prévint dame Johanna. Nous ne pouvons rien faire tant que nous ne serons pas libérées ou que lord Avendall ne nous aura pas secourues. Ne gaspillons pas nos forces. Nous risquons d'en avoir besoin plus tard.

Malgré la rage qui bouillonnait en elle, Gabriella dut admettre la sagesse de ces conseils. Mieux valait garder leur énergie pour s'évader le moment venu.

Elle laissa donc Sedgewick la soulever pour la poser à terre, et lui sut presque gré de prendre son petit sac et de le lui tendre. Presque, mais pas tout à fait. Car en dépit de ses manières aimables, elle n'oubliait pas que cet homme appartenait à une troupe de brigands, et qu'il était par conséquent du même acabit.

Relevant fièrement la tête, elle attendit que dame Johanna soit descendue de Zacheus.

On les conduisit dans le bâtiment central du campement, un édifice bas, rustique mais spacieux. Malgré ses dehors altiers, Gabriella sentait la peur la gagner.

Sans doute galvanisée par son courage apparent, dame Johanna la suivait d'un pas assuré.

Quand elles pénétrèrent dans la grande pièce enfumée, à l'éclairage tamisé, l'appréhension de la jeune fille empira. Des feux brûlaient dans des cheminées, à chaque extrémité de la salle. Des greniers, servant sans doute d'entrepôts, couraient le long des murs, sous le plafond. De hautes fenêtres étroites laissaient entrer la lumière du jour. Contre le mur du fond se trouvaient une grande estrade et un lit recouvert de peaux de bêtes. Gabriella frissonna en apercevant des souris qui couraient sur la terre battue.

Sedgewick ferma la lourde porte derrière eux et s'immobilisa, les bras croisés sur la poitrine, le visage indéchiffrable.

Gabriella déglutit avec peine. Elle avait remarqué qu'il semblait agir contre son gré et elle se demanda si elles ne pourraient pas s'en faire un allié.

— Nous aiderez-vous, monsieur ? s'enquit-elle sans détour. Il est clair que vous réprouvez l'injustice.

Il sourit, découvrant une rangée de dents blanches.

— Oh, oui ! Tout comme Morgan Chalstrey.

Gabriella s'empourpra.

— Dans ce cas, certainement...

Il leva la main pour lui imposer le silence et son sourire s'évanouit.

— Le mal est fait, my lady. Hasley est en route pour la Cornouailles à l'heure qu'il est. Il va répandre la nouvelle de votre enlèvement. Cela ne servirait plus à rien de vous ramener à l'abbaye à présent.

Il y avait quelque chose de définitif dans ses mots comme dans son ton ; Gabriella sentit sa gorge se nouer.

— Que voulez-vous dire ? demanda-t-elle, bien qu'elle connût la réponse.

Même si elle parvenait à regagner Saint-Swithin, plus rien ne serait comme avant. On se poserait des questions sur sa vertu, même si elle était toujours intacte.

Mais les soupçons ne seraient peut-être que temporaires. Oui, il fallait garder l'espoir.

Dame Johanna s'approcha et glissa le bras autour de sa taille.

— S'il vous reste un tant soit peu d'honneur, monsieur, dit-elle d'une voix égale, et je crois que c'est le cas, vous veillerez à ce qu'aucun mal ne soit fait à cette jeune fille.

— Il ne vous arrivera rien, du moins pour le moment, répondit Sedgewick en s'approchant d'une des cheminées pour y remettre du bois. Chalstrey s'est peut-être fourvoyé, il ne s'en prend pas pour autant aux damoiselles et aux nonnes.

Il reposa le tisonnier et se tourna vers dame Johanna.

— Si vous devez craindre quelqu'un, c'est Avendall. Il ne pardonnera pas cette mésaventure.

Gabriella ne partageait pas l'opinion de cet homme. Selon elle, Chalstrey était un homme cruel et impitoyable. Il avait enlevé deux honnêtes femmes après avoir attaqué leurs gardiens qu'il avait abandonnés dans la forêt, les laissant sans protection contre les animaux sauvages, les criminels errants ou même les intempéries. Il les aurait sûrement tous tués s'il n'avait tenu à ce qu'Avendall sache que sa future femme avait été enlevée, et par qui.

— Quel gain Chalstrey espère-t-il tirer d'un tel acte ? voulut-elle savoir.

— La vengeance, répondit Sedgewick, impassible. Si vous voulez en savoir plus, adressez-vous à lui. En attendant, je vous suggère de vous reposer. On va vous apporter de la nourriture et de l'eau chaude pour votre toilette. Ensuite, essayez de dormir si vous le pouvez.

Dame Johanna garda le silence, mais Gabriella n'en avait pas terminé.

— Où sommes-nous ? insista-t-elle. Combien de temps allez-vous nous garder ici ?

Sedgewick ne répondit pas. À cet instant, la porte grinça sur ses gonds. Gabriella se figea, et posa la main sur sa poitrine, tandis que dame Johanna lui pressait le bras pour l'inciter à la prudence.

Chalstrey apparut sur le seuil, immense, insolemment viril. Lucifer déguisé en être de lumière. La tête inclinée sur le côté, il considéra Gabriella avec un amusement tranquille.

— Que de questions ! Il semblerait que la demoiselle n'ait pas seulement une belle tournure, elle a aussi l'esprit alerte.

Elle rougit violemment et fit un pas en avant, tel saint Georges défiant le dragon.

— Ramenez-nous immédiatement à l'abbaye, ordonna-t-elle.

— Pour être appréhendé par les hommes du shérif et finir au bout d'une corde ? Cela ne me dit rien, my lady.

— La corde, c'est tout ce que vous méritez !

— Peut-être bien, admit-il en riant. Mais j'aimerais vivre un peu plus longtemps, si cela ne vous dérange pas, ajouta-t-il en croisant les bras pour l'observer avec intérêt.

— Qu'avez-vous fait aux hommes d'Avendall ? Ils sont morts ?

Il haussa les sourcils et recula légèrement, comme si elle avait essayé de lui envoyer de l'eau bouillante à la figure. L'insupportable lueur moqueuse dansait toujours dans ses yeux.

— Quelle imagination ! Ils sont dans la grange d'une petite ferme, sous bonne garde. D'ici quelques jours, ils seront relâchés.

Dame Johanna laissa échapper un soupir de soulagement avant de se signer avec empressement.

Gabriella, qui n'aurait de cesse d'obtenir réparation pour le préjudice qu'elle avait subi, même si cela semblait gravement compromis, réfléchissait. Et ce Sedgewick qui était sorti, laissant la porte ouverte ! Le lâche !

Elle posa les poings sur ses hanches.

— Quelles sont vos intentions ?

À nouveau, Chalstrey haussa les sourcils.

— Mes intentions, my lady ?

— Comptez-vous obtenir une rançon ?

— J'ai des terres et de l'or à ne plus savoir qu'en faire, répliqua-t-il nonchalamment. De plus, Avendall ne donnera pas un sou pour vous récupérer. Plus maintenant.

— Morgan ! protesta Sedgewick quelque part près de la porte.

Mais son ton manquait de conviction. Il semblait résigné à ne pouvoir convaincre son chef de changer d'avis. Jetant un coup d'œil de côté, Gabriella s'aperçut qu'il venait d'entrer, un plateau à la main. Près de lui se tenaient deux écuyers chargés d'eau chaude et de lainages.

Un coup de tonnerre éclata à ce moment-là, ébranlant les chevrons de la toiture. Chalstrey s'inclina brièvement devant Gabriella, puis promena son regard sur elle avec une lenteur et une insolence insoutenables.

— Bonne nuit, dit-il enfin.

Et il tourna les talons. Hors d'elle, Gabriella l'aurait suivi pour le gifler ou lui arracher les yeux si dame Johanna ne l'avait retenue. Au prix d'un effort surhumain, elle réussit à se taire et à garder son calme.

Sedgewick et ses acolytes déposèrent la viande de sanglier rôtie, l'eau et d'épais manteaux de laine sur l'estrade avant de se retirer à leur tour.

Dès qu'elles furent seules, la religieuse se tourna vers sa protégée et l'empoigna par les épaules.

— Chalstrey est une canaille, un aventurier capable du pire, et nous sommes ses *prisonnières*, Gabriella. Si vous persistez à le défier, je crains que nous n'ayons à en payer les conséquences.

Dame Johanna avait raison, bien entendu, mais la jeune fille n'en décolérait pas pour autant. Jamais personne n'avait suscité en elle des réactions aussi épidermiques et belliqueuses.

— Je suis désolée, ma sœur.

Ce n'était pas tout à fait vrai, et elle baissa les yeux pour que la religieuse ne lise pas ce demi-mensonge dans son regard.

En vérité, son cœur continuait de battre à coups redoublés et elle dut presser les doigts sur ses tempes pour tenter de se ressaisir.

Sa compagne soupira, remonta ses manches, puis versa de l'eau dans une cuvette pour se laver les mains. Quand elle eut fini, Gabriella l'imita. Elles étaient affamées, mais dame Johanna jugea bon de réciter une prière interminable avant de commencer à se restaurer. Il y avait du vin, et elles en burent. Une douce chaleur ne tarda pas à se répandre dans le corps de Gabriella qui se détendit enfin.

— Je suis très vexée, avoua-t-elle à la religieuse, parce que cet homme, Chalstrey, a le don de me transformer en mégère. Je ne comprends pas qu'un pareil rustre ait un tel pouvoir sur moi.

À voir dame Johanna manger avec délicatesse, il était difficile d'imaginer qu'elle se trouvait dans un repaire de brigands, au cœur d'une forêt profonde.

— Dieu nous soutiendra. Il saura nous guider, déclara-t-elle en se servant à nouveau du vin. Nous devons lui faire confiance.

Gabriella en doutait. Elle se demandait où était Dieu quand ces hommes s'étaient jetés sur elles comme des vautours sur leurs proies.

— Que va-t-il nous arriver ?

Dame Johanna la regarda pensivement.

— Je l'ignore, mon enfant. Je ne peux que constater qu'ils nous ont donné un repas digne de ce nom et ne nous ont pas fait de mal. Nous avons du vin, un toit sur nos têtes, un bon feu et des vêtements chauds. Je ne sais pas ce que vous comptez faire, mais quant à moi, je vais m'allonger et me reposer. Nous verrons bien ce que l'avenir nous réserve.

Gabriella jeta un regard plein d'appréhension vers le lit recouvert de fourrures.

— Vous pensez qu'*il* dort ici ? chuchota-t-elle.

La nonne bâilla.

— Quelle importance ? rétorqua-t-elle avec une pointe d'impatience.

Gabriella n'aurait su dire pourquoi, mais l'idée de dormir dans le lit de Morgan Chalstrey éveillait en elle quantité d'émotions contradictoires et déroutantes. Avant de s'y glisser, elle avait besoin de satisfaire un besoin naturel. Apparemment, dame Johanna jouissait d'une dispense divine en la matière, car elle s'étendit sur le lit, ferma les yeux et se mit à ronfler presque aussitôt.

Cherchant en vain un pot de chambre, Gabriella se dirigea vers la porte et l'ouvrit. La nuit était tombée. Deux gardes se tenaient en faction de part et d'autre des linteaux, occupés à manger de la viande à mains nues. Ils riaient à quelque plaisanterie quand ils virent la jeune fille. Ils reprirent aussitôt leur sérieux.

— Qu'y a-t-il, my lady ? demanda le plus âgé.

Les joues de Gabriella s'empourprèrent ; elle était incapable de répondre à une telle question. Les gardes la scrutèrent.

Chalstrey choisit cet instant pour surgir de la brume. Un sourire éclatant illumina son visage et il s'inclina en observant intensément la prisonnière.

— Je dirais que la demoiselle désire se promener, déclara-t-il en lui offrant son bras.

Gabriella hésita. Puis l'accepta.

3

Le ciel était d'encre, piqueté d'étoiles. Le froid mordant. Adossé au tronc d'un bouleau, Morgan attendait que sa prisonnière ressorte des buissons. Il avait fomenté l'enlèvement de la fiancée de Cyprian Avendall durant des mois sans que sa détermination faiblisse un seul instant. Et puis il avait posé les yeux sur la jeune fille, quelques heures plus tôt, et, brusquement, le doute l'avait saisi. Il ne s'attendait certes pas à une telle réaction.

Derrière lui, les branches craquèrent et il sourit. Jusqu'alors, Gabriella Redclift n'était qu'un symbole, un pion entre ses mains. Mais la réalité se révélait bien plus complexe. Il se retrouvait face à un être de chair et de sang. Une femme passionnée, non dépourvue de caractère. Et intelligente de surcroît.

— Vous n'essaieriez pas de vous enfuir, n'est-ce pas, my lady ?

Alors même qu'il parlait, le hurlement d'un loup, attiré par l'odeur du sanglier qui avait rôti au-dessus du feu toute la journée, se fit entendre aux abords du campement.

En quelques secondes, Gabriella se matérialisa à ses côtés, la tête haute, l'air distant.

— Sachez, monsieur, que je serais à des lieues d'ici depuis longtemps si je pensais avoir la moindre chance de réussir. Mais une occasion se présentera, je n'en doute pas. Question de temps.

Il se mit à rire, leva spontanément la main pour lui toucher le visage, puis se ravisa.

— Et où iriez-vous, my lady ? À Saint-Swithin ? Mes hommes ou moi-même aurions tôt fait de vous rattraper.

Une telle confusion se peignit sur les traits de Gabriella qu'il s'en trouva désarçonné.

— J'ai cru comprendre que vous haïssiez mon futur mari au-delà de toute raison, observa-t-elle. Ce qui m'échappe, en revanche, c'est la raison pour laquelle vous vous en prenez à moi. Nous sommes de parfaits étrangers que je sache !

À l'écouter, sa position semblait indéfendable, et cela ennuya énormément Chalstrey, car il n'était pas homme à agir impulsivement. Il avait élaboré ce plan froidement, méthodiquement, et l'avait trouvé sans défaut.

— Avendall est l'unique objet de mon ressentiment, déclara-t-il calmement. Il est regrettable que dame Johanna et vous-même vous soyez trouvées mêlées à cela.

— Regrettable ? répéta-t-elle avec une note de colère dans la voix. Vous parlez comme s'il s'agissait d'un accident dans lequel nous nous serions retrouvées impliquées par hasard. Je vous rappelle que c'est vous qui nous avez attaquées et traînées dans cet… endroit.

Ils arrivaient à la porte de l'endroit en question, et les gardes en faction s'appliquèrent à les ignorer, regardant droit devant eux comme si l'obscurité leur était soudain un objet de fascination. Morgan aurait préféré que leur conversation n'ait pas de témoins, mais elle était trop avancée, à présent.

— Ce n'était pas un accident, répliqua-t-il sombrement. Mais je vous promets qu'aucun mal ne vous sera fait.

— Quelle foi voulez-vous que j'accorde à la promesse d'un brigand qui ne connaît pas le sens du mot honneur ? riposta-t-elle avec mépris. C'est à Dieu que vous devrez rendre des comptes.

Sur ce, elle pénétra dans le bâtiment et lui claqua la porte au nez sans lui laisser le temps de trouver une repartie. De toute façon, qu'aurait-il pu répondre ? Il crut entendre l'un des gardes ricaner, ou tousser. Dans le doute il leur jeta un regard menaçant, puis se dirigea vers le feu de camp, se rendant soudain compte qu'il mourait de faim.

Un écuyer lui apporta un plateau et du vin sans qu'il ait eu besoin de le demander. Il s'assit un peu à l'écart, sur une pierre glacée. Gabriella occupait toutes ses pensées. Il ne cessait de la revoir s'avançant vers lui sur sa jument, furieuse, et lui crachant à la figure.

La future lady Avendall, si belle et délicate fût-elle, possédait un tempérament de feu capable de consumer la raison d'un homme aussi sûrement que du petit bois sec.

Morgan avait envie de rire. Il désirait cette fille comme un fou, et ce n'était pas prévu dans son plan. Vraiment pas. Il en était là de ses réflexions quand Sedgewick s'approcha. Il feignit de ne pas le voir dans l'espoir qu'il passerait son chemin, mais Gresham s'immobilisa à quelques pas, vacillant un peu, lui sembla-t-il.

Il avala une longue gorgée de vin, coinça sa fiasque dans sa ceinture et s'adressa à Morgan en plissant les yeux.

— Des remords ?

Pauvre Sedgewick ! Il n'était pas bon pour un soldat d'avoir une conscience trop affûtée. Quand elle le tourmentait, il avait tendance à chercher refuge dans l'alcool.

Mais il y avait des moments où sa capacité à lire en lui s'avérait pénible. Morgan repoussa son plateau.

— À propos de quoi ? demanda-t-il, affectant de ne pas comprendre.

Sedgewick ne prit même pas la peine de lui répondre. Il attendit en fulminant. Il était têtu comme une mule. C'était à la fois l'une de ses plus grandes qualités et son pire défaut.

— Bon, d'accord, reconnut Morgan de mauvaise grâce. J'ai peut-être commis une ou deux erreurs de jugement, saint Gresham. Je le reconnais. Satisfait ?

Sedgewick tangua légèrement sur ses jambes.

— Des erreurs de jugement ? répéta-t-il. Tu as enlevé une *religieuse,* Chalstrey. De quoi te condamner à l'enfer, si tes relations avec les femmes ne t'ont déjà réservé une place dans les flammes éternelles. Et Avendall ne reculera devant rien pour se venger.

— Nous avons déjà eu cette conversation. Tu t'imagines qu'il s'intéresse à la fille, mais il n'a jamais nourri le moindre sentiment envers quiconque de toute sa maudite vie !

— La question n'est pas là. Bon sang, Morgan, il va te pourchasser sans relâche pour te trancher la gorge afin de réparer l'affront que tu lui as infligé !

— Qu'il essaie !

En vérité, c'était ce que Morgan cherchait : une confrontation avec Avendall. L'enlèvement n'était qu'un prétexte pour qu'elle ait lieu. Il soupira. Sedgewick l'exaspérait par moments, mais il n'avait pas d'ami plus cher. Ils avaient été élevés ensemble et n'avaient pas de secrets l'un pour l'autre. Ils étaient comme des frères.

— Je ne m'attendais pas à trouver la petite aussi séduisante, confessa-t-il.

Gresham retrouva le sourire comme par magie.

— Elle est plus que séduisante. Et elle a suffisamment de caractère pour te tenir tête. Tu devrais peut-être l'épouser, au point où tu en es, et peupler Edgefield de bébés.

Cette suggestion éveilla un désir brut et insoupçonné chez Morgan.

— Tu perds la tête. Même si je voulais faire un enfant à cette gamine, ce qui n'est pas le cas, je serais contraint d'agir par la force. Si Avendall ne recule pas devant ces pratiques, ce n'est pas mon genre, tu le sais.

— C'est donc bien ce que je pensais, commenta Sedgewick, ravi. Honorer cette fille t'est venu à l'esprit, mais tu crains moins les représailles d'Avendall que les sensations que la belle Gabriella a éveillées en toi. Elles te font peur, ces sensations, mon ami.

Morgan demeura muet. Il était inutile de nier ces allégations, mais il ne les confirmerait pas pour autant.

Sedgewick haussa les sourcils tandis qu'un petit sourire relevait les coins de sa bouche. Il était plus saoul qu'il ne le pensait, songea Morgan en se demandant ce qu'il pouvait bien mijoter.

— Si je me trompe sur ce que t'inspire notre jolie captive, reprit Gresham, dis-le maintenant, car j'aimerais bien la courtiser moi-même. Jouer le rôle du noble sauveur devrait m'ouvrir sans problème les portes d'un cœur si innocent.

Les poings serrés, Morgan faillit bondir sur ses pieds, mais se ravisa à temps.

— Ne la sous-estime pas, Gresham, fit-il d'une voix sourde. Son cœur est peut-être innocent, mais c'est celui d'une lionne, pas d'une colombe.

Il se tut et un silence tendu s'abattit entre les deux hommes.

— Et si tu oses lui faire la cour, je te traîne jusqu'à Londres attaché à mon cheval, siffla Morgan.

Sedgewick renversa la tête en arrière et éclata de rire. Lorsqu'il retrouva son sérieux, ses yeux pétillaient, mais une ombre subsistait.

— Tu es dans le pétrin, mon ami, et moi aussi.

Sur ce, il tourna les talons et s'éloigna. Seul quelqu'un le connaissant comme Chalstrey le connaissait pouvait deviner qu'il avait trop bu.

Ce dernier marmonna un juron. Gresh avait raison. Ils allaient au-devant d'ennuis, tous les deux.

Gabriella se réveilla en frissonnant de froid dans le vêtement de laine rêche qu'on lui avait donné. Les lampes s'étaient éteintes, les braises des cheminées et des braseros rougeoyaient encore, mais trop faiblement pour lui permettre d'y voir clair.

Elle était fatiguée et souffrait de crampes dans les membres. La mémoire lui revint lentement. Quand elle se souvint enfin qu'un bandit sans foi ni loi l'avait enlevée, elle ouvrit grands les yeux et se redressa en gémissant.

Son effroi atteignit son comble lorsqu'elle s'aperçut qu'elle était seule. Dame Johanna avait disparu. Prise de panique, Gabriella se signa frénétiquement puis se leva en titubant. À mesure qu'elle émergeait des brumes du sommeil, sa terreur augmentait. Jamais son amie ne l'aurait laissée seule de son plein gré. Ce qui signifiait qu'on l'avait emmenée de force ou attirée dehors par la ruse…

— Dame Johanna ! hurla-t-elle, affolée.

Elle se précipita vers la porte, l'ouvrit en grand sur la nuit et heurta de plein fouet une sorte de masse dure comme la pierre. De puissantes mains s'abattirent sur ses épaules, l'empêchant de tomber à la renverse.

Elle leva les yeux, et, dans la lumière dorée d'une torche proche, découvrit le visage rude et implacable de Chalstrey.

— Où est dame Johanna ? cria-t-elle en essayant de se dégager. Qu'avez-vous fait d'elle ?

— Calmez-vous, my lady, ordonna-t-il d'une voix tendue. L'un de nos palefreniers a été pris de fièvre et la bonne dame a accepté de le soigner. Les deux gardes qui surveillaient votre porte l'ont escortée.

Gabriella faillit éclater en sanglots de soulagement.

— Elle est donc saine et sauve ?

Morgan fronça les sourcils.

— Bien sûr ! répliqua-t-il, offensé.

Il la tenait toujours aussi solidement et elle dut reconnaître que cela valait mieux, car ses jambes la soutenaient à peine.

— Petite sotte ! s'exclama-t-il en la secouant légèrement. Nous ne sommes pas de ceux qui violent les nonnes, et encore moins qui les tuent !

Et soudain, ce fut comme si l'on ouvrait des vannes. En réaction sans doute aux événements de la journée, les larmes se mirent à ruisseler sur les joues de Gabriella sans qu'elle puisse rien faire pour les arrêter.

À la fois stupéfait et confus, Chalstrey demeura un instant immobile. Puis il la souleva dans ses bras comme si elle n'avait guère pesé plus lourd qu'une plume et la ramena à l'intérieur. Au grand effroi de la jeune fille, il se dirigea vers le lit recouvert de fourrures où elle avait dormi et l'y déposa. Si elle avait été tout à fait honnête, elle aurait avoué que cette situation l'emplissait d'un délicieux sentiment d'anticipation…

Le lit était d'une douceur extraordinaire, un luxe que Gabriella n'avait jamais connu auparavant, pas plus à Redclift Hall qu'au couvent. Hélas, la décence et la fierté lui commandaient de se redresser immédiatement. Ce qu'elle fit à regret.

— Je veux aller aider dame Johanna.

Chalstrey l'obligea à rester assise et elle eut un mouvement de recul.

— Ne craignez rien, my lady! fit-il, moqueur. Je n'ai pas l'intention d'abuser de vous. Dehors, il fait humide et froid. Dame Johanna étant occupée, c'est à moi qu'il incombe de veiller sur vous, et, par tous les saints, je m'y emploierai, dussé-je y passer le reste de cette satanée nuit!

Comme elle s'obstinait à vouloir se lever, il l'enveloppa dans l'une des fourrures, si bien qu'elle se trouva incapable de faire le moindre mouvement. Persuadée qu'il allait la violer, elle ferma les paupières, impuissante et résignée.

Elle se sentit confuse et, oui, bizarrement déçue quand il se contenta de la couvrir. Rouvrant prudemment les yeux, elle vit qu'il se tenait debout près du lit.

— Je me demande si je n'ai pas involontairement rendu service à Avendall en vous enlevant, maugréa-t-il. Dompter une femme telle que vous aurait été une punition à la mesure de ses péchés.

— Pourquoi faites-vous ça? murmura-t-elle, le cœur battant à tout rompre.

Elle savait qu'il la regardait même si elle ne distinguait pas son expression dans l'obscurité.

— Pas plus tard que ce matin, j'aurais répondu à cette question sans hésiter. À présent, je ne suis plus sûr de rien.

Il demeura un moment pensif, puis l'inconcevable se produisit: il s'assit sur le lit, enleva ses bottes et les jeta plus loin.

— Vous... vous n'avez pas l'intention de dormir ici? Avec moi? s'écria Gabriella tandis que la terreur s'emparait à nouveau d'elle.

— C'est mon lit, riposta-t-il, comme si cette réponse réglait la question.

Elle tenta de s'éloigner, mais il l'obligea à rester à sa place sans le moindre effort.

— Ne recommencez pas à gesticuler, je vous prie, reprit-il en bâillant. Je suis las des bagarres. De plus, je n'ai pas l'intention de profiter de vous, si appétissante que vous soyez.

Elle rougit dans le noir, partagée entre une indignation toute féminine provoquée par une telle rebuffade et la joie d'en réchapper.

— Vous m'avez compromise, monsieur, soufflat-elle peu après, à nouveau au bord des larmes. Par votre faute, je suis condamnée à ne jamais me marier. Vous avez jeté sur moi la honte et la disgrâce.

Chalstrey s'étendit près d'elle, sur les couvertures. Il poussa un profond soupir et noua les mains derrière sa tête.

— Si vous connaissiez mieux votre futur mari, vous me remercieriez de vous avoir arrachée à ses griffes, my lady. Cessez de jacasser et dormez.

Jacasser. Vraiment, quel goujat ! Immobile telle une statue, Gabriella attendit qu'il lui dérobe sa vertu. Quand il roula sur le côté, lui tournant le dos, elle se détendit un peu. Quelques instants plus tard, elle sombrait dans un sommeil de plomb.

Elle s'éveilla bien après l'aube, mais évita de bouger de crainte de frôler Chalstrey et de provoquer en lui des passions indécentes. Elle se souvenait que, aux dires de sa mère, une femme pouvait se retrouver enceinte après avoir partagé le lit d'un homme.

Les yeux grands ouverts, elle posa les mains à plat sur son ventre et se risqua à tourner la tête. Chalstrey n'était plus là. Elle en fut soulagée en même temps que déçue. En revanche, son odeur – celle d'un homme qui vivait au grand air – était toujours là, et son oreiller gardait l'empreinte de sa tête.

La porte s'ouvrit et dame Johanna entra. Elle se dirigea vers la cheminée où elle rajouta des bûches dans le foyer. Aussitôt, les flammes s'élevèrent joyeusement, diffusant une délicieuse chaleur. Satisfaite, la religieuse se retourna, le sourire aux lèvres.

— Ces hommes ne sont pas cruels, Gabriella. S'ils l'avaient été, ils ne m'auraient pas appelée pour soigner le jeune Blodwen, cette nuit. Quelqu'un a apporté du pain, des fruits et du lait de chèvre. Venez manger, mon enfant. Vous vous sentirez mieux après un bon repas.

Gabriella mourait de faim, comme cela lui arrivait fréquemment malgré son extrême minceur. Quand elle découvrit la nourriture disposée sur la table – une simple planche posée sur deux rondins –, elle se sentit embarrassée à l'idée des allées et venues qui avaient eu lieu pendant son sommeil.

Une fois rassasiée, elle se confia à dame Johanna.

— Chalstrey a passé la nuit ici, ma sœur. Si je n'étais pas compromise avant, je le suis maintenant.

La religieuse demeura imperturbable.

— Que dites-vous, mon enfant ?

La jeune fille détourna les yeux, incapable d'affronter le regard inévitablement réprobateur et triste de sa compagne.

— Il s'est allongé près de moi, chuchota Gabriella. Sur le lit.

— C'est tout ? insista la nonne, tandis que sa protégée se retranchait dans un silence honteux.

— Comment cela « tout » ? S'il me restait un peu d'honneur, je n'en ai plus. Aucun homme ne voudra de moi pour épouse désormais. Quel avenir sera le mien si je ne me marie pas ?

Dame Johanna sourit et Gabriella se rendit compte qu'elle avait parlé sans réfléchir. Elle allait s'excuser quand son amie lui prit la main.

— Tout va bien, mon enfant. Alors, que s'est-il exactement passé cette nuit ?

— Eh bien… rien.

— Rien ?

— Chalstrey a dormi. Et moi aussi.

— Vous êtes donc toujours… intacte ?

Gabriella fronça les sourcils, déconcertée. À son grand étonnement, dame Johanna se mit à rire et l'embrassa sur la joue.

— Quelle candeur touchante, mon Dieu ! Ne vous inquiétez pas, il n'est rien arrivé. Tout va bien.

La jeune fille ne partageait pas ce point de vue. Tous ses rêves, si modestes fussent-ils, avaient volé en éclats. Avendall lui déplaisait, certes, mais elle se serait accommodée d'une situation qui leur rendait la vie possible, à ses sœurs et à elle. Maintenant, il n'en était plus question, et elle aurait de la chance si elle ne se retrouvait pas contrainte de se vendre dans les rues de Londres.

De toute évidence, la religieuse ne nourrissait pas d'aussi sombres pensées, car son rire cristallin s'éleva de nouveau, léger et pur comme la clochette qui tintait à la grille de l'abbaye.

— Ne faites pas cette tête, mon enfant. Ravissante comme vous l'êtes, vous choisirez un autre mari si lord Avendall vous éconduit.

— Mais je suis irrémédiablement souillée par cette aventure !

— Écoutez, je reconnais que la réputation d'une autre que vous aurait pu en pâtir, mais vous êtes très belle, Gabriella, instruite et bien éduquée, même s'il m'est arrivé de déplorer votre caractère quelque peu… volcanique parfois. Vous possédez toutes les qualités qu'un homme recherche chez une femme.

Gabriella réfléchit à ces paroles.

— Il y a donc encore de l'espoir ?

— Il y a toujours de l'espoir, corrigea la religieuse. Bon ! Le dénommé Sedgewick nous a donné l'autorisation de nous promener autour du camp pour nous dégourdir un peu les jambes. Que diriez-vous d'en profiter ?

Gabriella courut aussitôt à la recherche de ses chaussures. Si on leur laissait cette liberté, elles trouveraient peut-être un moyen de s'évader ? Sedgewick semblait être geôlier malgré lui. Il n'était pas impossible qu'il ferme les yeux s'il les surprenait à s'enfoncer dans les bois.

Le soleil déjà haut brillait dans un ciel dégagé. La moitié des hommes du camp étaient partis avec Chalstrey, sans doute pour accomplir quelque vilenie. L'autre moitié travaillait sans relâche.

Certains soignaient les chevaux, d'autres transportaient de l'eau, du bois, ou réparaient des roues de chariots, d'autres encore préparaient un immense feu pour la broche.

Tout en surveillant le bon déroulement des travaux, Sedgewick prenait des notes sur une tablette en cire. Dès qu'il aperçut les deux femmes, il les accueillit avec un sourire cordial.

— Bonjour, mesdames !

— Je vais voir le jeune Blodwen, annonça dame Johanna, se dirigeant aussitôt vers l'une des tentes sans attendre sa permission.

Gabriella essayait de jauger l'homme qui lui faisait face, cherchant à deviner s'il était un allié ou un ennemi. Malgré ses manières avenantes, elle décida de demeurer sur ses gardes. Qu'il les aide était loin d'être acquis. Des liens très forts semblaient le lier à Chalstrey.

— Vous ne me paraissez pas fait pour la vie de hors-la-loi, monsieur.

— Je ne suis pas un hors-la-loi, my lady ! rétorqua Sedgewick en riant. Comme je vous l'ai déjà dit, je sers le roi depuis des années, la plupart du temps en France, mais également chez les infidèles.

Si cet homme s'était battu contre les Turcs, son capitaine aussi, songea Gabriella en frissonnant à l'idée des horreurs qu'ils avaient dû voir et faire au cours de leurs pérégrinations.

— Si vous défendez la foi dans des pays étrangers, c'est que vous vénérez Dieu. Dans ce cas, comment avez-vous pu prendre part à cet odieux complot destiné à empêcher Avendall de m'épouser ?

Le sourire de Sedgewick s'évanouit.

— Il y a beaucoup de choses que vous ignorez, my lady.

Sur ces mots, il la planta là et s'éloigna, emportant avec lui tous les espoirs d'évasion de la jeune fille.

Elle n'avait pas bougé quand dame Johanna la rejoignit.

— Notre Seigneur m'a entendue ! annonça-t-elle gaiement. Blodwen va nettement mieux, ce matin.

Gabriella ne doutait pas que ce fût une bonne nouvelle, mais elle n'en était pas moins étonnée que son amie fût d'humeur aussi joyeuse alors qu'elles étaient prisonnières d'une bande de barbares, et que Dieu seul savait quel sort leur était réservé. Relevant le bas de la robe trop grande qu'on lui avait donnée à son arrivée, la jeune fille se dirigea d'un pas décidé vers la lisière du camp.

Autant marcher, à défaut d'autre chose.

Dame Johanna la suivit, les mains pieusement croisées.

Combien de temps la nouvelle de leur mésaventure mettrait-elle pour parvenir jusqu'à Avendall, en Cornouailles ? Comment réagirait-il ? En se démenant pour voler à son secours ? Ou en la répudiant sur-le-champ ? Beaucoup de femmes seraient sans doute heureuses d'épouser un tel homme, des femmes pourvues de dot et de titres.

Ces questions préoccupaient Gabriella tandis qu'elle foulait l'herbe humide du camp. Elle ne comprenait toujours pas pourquoi Avendall avait arrêté son choix sur elle après une seule visite à l'abbaye. Elle était pauvre, n'avait aucune relation dans le monde.

En tout cas, même si cet homme l'avait rebutée au premier abord, elle s'était fait une raison, rêvant des enfants qu'elle élèverait, d'une demeure confortable, et même d'amour, quand elle se laissait aller à l'optimisme. Un sentiment qui venait parfois avec le temps quand deux êtres se découvraient des points communs.

— Ce Chalstrey a ruiné tous mes espoirs ! pesta-t-elle à voix haute.

— Peut-être faut-il y voir la main de Dieu, remarqua tranquillement dame Johanna. Peut-être n'étiez-vous pas destinée à devenir la femme d'Avendall, mon enfant.

Gabriella arpentait rageusement le sol.

— Dieu aurait peut-être pu intervenir *avant* que nous ne soyons entraînées dans cette histoire.

Le rire perlé de dame Johanna accueillit cette repartie.

— Quelle petite impertinente vous faites ! Vous êtes si délicieuse. C'est sans doute la seule raison qui pousse Dieu à vous tolérer !

Le martèlement de sabots réduisit Gabriella au silence. Elle s'immobilisa et tendit l'oreille.

— Chalstrey, annonça-t-elle.

— Oui, acquiesça dame Johanna avec douceur.

Celui-ci fit effectivement son entrée dans le camp à la tête d'un groupe d'hommes. Il descendit de cheval sans un seul regard en direction de Gabriella, ce qu'elle trouva vexant, et s'engagea aussitôt dans une discussion animée avec Sedgewick et quelques autres.

— Et s'il était le compagnon que Dieu vous a choisi ? reprit dame Johanna.

— Vous voulez dire... Morgan Chalstrey ? s'étrangla la jeune fille en se tournant vers la religieuse. C'est un hors-la-loi... un... un sauvage !

Imperturbable, dame Johanna observait le sauvage en question.

— Je ne pense pas, se contenta-t-elle de répondre avant de poursuivre tranquillement son chemin.

Gabriella demeura là, à regarder bouche bée un homme qu'elle avait toutes les raisons de mépriser. Brûlant de s'approcher de lui, de le défier, de faire n'importe quoi pour attirer son attention.

Furieuse contre elle-même, elle emboîta le pas à dame Johanna.

— Il ne saurait être question d'une union entre Morgan Chalstrey et moi, protesta-t-elle, comme s'il n'y avait eu aucune interruption dans leur conversation.

Elle se mordit la lèvre et ajouta, afin de soulager son cœur :

— Il trouve que je ne lui conviens pas.

— Vraiment ? dit dame Johanna sans ralentir le pas.

— Oui. Il me l'a dit, la nuit dernière.

— Peut-être a-t-il menti.

Cette possibilité laissa Gabriella sans voix. Elle eut l'impression qu'un oiseau posé sur sa poitrine venait de déployer ses ailes pour prendre son envol. Tournant les yeux vers Chalstrey, elle s'aperçut qu'il se dirigeait vers elle, la mine sombre, et elle se figea.

Dame Johanna se rapprocha d'elle et attendit.

Chalstrey s'arrêta devant elles. Il portait une cotte de mailles, une tunique en velours marron, un pantalon de daim et des cuissardes. Dans sa ceinture était fichée une épée qui avait visiblement beaucoup servi.

— Madame, fit-il en s'inclinant respectueusement devant la religieuse avant de tourner les yeux vers Gabriella.

Devant n'importe quel autre homme, elle se serait laissée aller à une révérence. Pas devant lui. Elle le toisa, le dos bien droit.

— Nous partons pour la Cornouailles demain matin à l'aube, déclara-t-il avec la morgue d'un roi annonçant un décret. Préparez-vous pour le voyage.

— La Cornouailles, répéta Gabriella. Vous me ramenez donc à lord Avendall ?

Chalstrey eut un sourire froid.

— Non. Je vous emmène dans mon château qui se trouve à quinze kilomètres au sud de celui d'Avendall. Nous attendrons là-bas qu'il vienne à nous, my lady.

Un terrible pressentiment assaillit Gabriella.

— Et alors vous le tuerez, n'est-ce pas ?

Un sourire diabolique joua sur les lèvres de Chalstrey.

— En effet, my lady. C'est exactement ce que j'ai l'intention de faire.

4

Le calme avec lequel il l'informa de son projet de meurtre ébranla Gabriella tout autant que le projet lui-même.

— Je ne permettrai pas que vous tuiez l'homme que je devais épouser ! explosa-t-elle.

— Et comment comptez-vous vous y prendre pour m'en empêcher ? répliqua-t-il sans s'émouvoir.

Il avait vraiment le don de la mettre hors d'elle. Sentant que sa protégée était sur le point de perdre son sang-froid, dame Johanna s'interposa.

— Monsieur Chalstrey, intervint-elle, vous tourmentez délibérément cette jeune femme. Votre conduite est indigne.

Gabriella jubilait déjà quand la religieuse se tourna vers elle.

— Quant à vous, Gabriella Redclift, vous avez intérêt à vous maîtriser, sinon je me verrai dans l'obligation de faire un rapport à mère Mary Benedict dès mon retour à l'abbaye. Votre bienfaiteur sera immédiatement informé de votre conduite !

Gabriella et Morgan écoutèrent cette diatribe en silence. Quand la bonne dame prit conscience de ce qu'elle venait de révéler à son insu, une vive rougeur colora ses joues.

— Un bienfaiteur ? répéta son auditoire en chœur.

— Vous voulez parler d'Avendall? demanda Gabriella. Je sais qu'il a contribué...

La religieuse leva les yeux vers le ciel, comme si elle suppliait tous les saints et les anges de lui pardonner sa bévue, puis elle secoua la tête.

— De qui s'agit-il, ma sœur? insista Chalstrey.

Dame Johanna se signa.

— Je ne peux vous le révéler.

— Quelqu'un a payé ma pension à Saint-Swithin durant toutes ces années, et peut-être celle de mes sœurs, alors que nous passions pour des pauvresses recueillies par charité?

Le regard de dame Johanna s'emplit soudain de compassion.

— N'avons-nous pas été gentilles avec vous, mon enfant?

Gabriella était encore sous le choc, mais elle devait reconnaître que jamais mère Benedict ou les religieuses ne leur avaient fait sentir qu'elles étaient démunies.

— Qui est-ce? l'implora-t-elle. Qui a payé notre hébergement, notre nourriture, notre éducation?

— Je ne peux vous le dire, persista dame Johanna. Pardonnez-moi, Gabriella. J'ai donné ma parole. Nous ne sommes pas nombreuses à savoir et nous avons toutes juré de garder le secret... À présent, je dois retourner auprès du pauvre Blodwen, prétexta-t-elle avant de s'éloigner en toute hâte.

Gabriella la suivit des yeux, se sentant à la fois trahie et confuse. À sa grande surprise, Chalstrey lui toucha doucement l'épaule dans un geste de réconfort.

— Mon père a servi le roi au côté du vôtre, my lady. Le nom de Redclift est un nom respecté. Cela vous consolera peut-être.

Gabriella le regarda, oubliant un instant qu'il l'avait enlevée avec l'intention de tuer l'homme qu'elle devait épouser.

— Votre trop grande générosité vous aveugle, my lord. Mon père était un bon à rien, un dépensier et une brute. Tout comme son père avant lui. Et vous ne valez pas mieux, semble-t-il.

Sur ce, elle souleva sa robe et fit mine de s'éloigner. Vif comme l'éclair, il lui agrippa le poignet d'une main de fer et la retint.

— N'êtes-vous jamais... fatiguée ?

Gabriella tenta en vain de se dégager. Avec un soupir rageur, elle redressa la tête.

— Je suis d'ordinaire une personne pratique, articula-t-elle lentement, comme si elle s'adressait à un simple d'esprit. Et calme. Il se trouve, hélas, que j'ai été enlevée, contrainte de partager le lit d'un bandit déterminé à tuer mon fiancé. Tous ces événements ont produit un effet fâcheux sur mon caractère !

— Je n'ai pas l'intention de tendre un piège à Avendall pour le tuer, bien qu'il le mérite. Je voulais seulement vous contrarier, et c'est réussi !

— Et maintenant vous avez des remords ? riposta-t-elle en frappant le sol du pied.

— Je n'ai jamais dit ça. Dieu du Ciel, Gabriella, vous feriez sortir un saint de ses gonds !

— Comme nous n'en avons aucun sous la main, nous ne pouvons vérifier la véracité de votre affirmation.

Elle le défiait du regard sans ciller.

— Si vous avez l'intention de me cracher au visage, je vous conseille d'y renoncer, jeta-t-il en resserrant sa prise autour de son poignet. Parce que je m'emploierai à vous le faire regretter, croyez-moi.

Instinctivement, elle voulut se dégager et il la lâcha si brusquement qu'elle faillit tomber.

— Allez vous préparer pour un long et rude voyage, enchaîna-t-il avant qu'elle n'aggrave son cas. Comme je vous le disais, nous levons le camp au lever du jour.

Elle se frotta le poignet et contourna Morgan en décrivant un large cercle comme si elle craignait de se salir en le frôlant. Il la regarda s'éloigner en se passant rageusement la main dans les cheveux. Les relations entre eux étaient plus que tendues, et il regretta qu'Avendall n'ait pas choisi de prendre l'une de ses sœurs pour épouse. La plus douce et la plus docile… si tant est qu'une telle créature existât. Les deux autres étaient probablement aussi têtues et versatiles que leur aînée !

Il n'avait vraiment pas besoin de cela après avoir passé la matinée à explorer les environs pour vérifier que les hommes du shérif ne rôdaient pas ! Il s'était également assuré que les gardes d'Avendall avaient bien pris le chemin de l'abbaye ou du village voisin d'Upper Gorse.

À l'heure qu'il était, Hasley était en route vers la Cornouailles depuis longtemps. Quand Avendall le verrait arriver les mains vides, il serait furieux mais, quand il apprendrait que Gabriella était avec Morgan, il ferait une crise d'apoplexie.

Imaginer la réaction de son ennemi le réjouissait. Tout à coup, il s'aperçut que tous les regards étaient fixés sur lui. Ses hommes avaient sans doute assisté à sa petite joute avec Gabriella…

Défiant quiconque de faire le moindre commentaire, y compris Sedgewick qui adorait donner son avis, surtout quand on ne le sollicitait pas, il fendit la foule, fusillant les uns et les autres du regard.

Une fois certain que son message silencieux était passé, il commença à distribuer ses ordres. Les tentes devaient être démontées avant l'aube et les chariots chargés. Une poignée d'hommes suivraient plus lentement avec les plus lourds d'entre eux. Les autres formeraient une solide escorte pour la prisonnière. Quiconque manquerait à son devoir et la laisserait s'échapper, que ce soit par félonie ou par négligence, connaîtrait la morsure du fouet.

Jusque-là, les soldats et leurs écuyers s'appliquaient plus ou moins à cacher leur amusement mais, à la mention du châtiment qu'ils encouraient, ils se rembrunirent. Si Morgan était juste, il n'était pas homme à parler en l'air, ils le savaient. De plus, ils avaient tous juré de le servir en toutes circonstances et d'accepter les lois et la dure discipline de la compagnie.

Sedgewick fut le seul à ne manifester aucune crainte, même s'il devait se plier aux règles comme les autres en dépit de sa longue amitié avec Morgan. Peu de choses avaient le don de l'effrayer, et c'était ce qui faisait de lui un soldat hors pair. Aux pires heures de leur compagnonnage, Morgan lui aurait confié sa vie, et cela n'avait pas changé, même s'il y avait une tension subtile entre eux.

Dès que Morgan eut terminé, tous se mirent aussitôt au travail, hormis Sedgewick qui rejoignit son ami pour lui faire la morale, comme il s'y employait depuis l'enfance, et plus particulièrement depuis que Gabriella Redclift faisait partie de leur paysage.

— Tu as oublié de m'assigner ma tâche, commença-t-il avec une pointe d'arrogance.

Il ne semblait pas garder trace de ses excès de la veille, si ce n'était un pli entre les sourcils qui révélait une migraine.

Morgan, qui s'était accroupi pour tracer des plans et des diagrammes sur le sol à l'intention de ses hommes, se redressa lourdement. Jamais il ne s'était senti aussi las, même lorsqu'il se battait contre les Turcs.

— Au contraire, je t'ai réservé la plus importante. J'aimerais que tu ramènes dame Johanna saine et sauve à l'abbaye.

— Quoi ! J'ai dû mal entendre ! s'exclama Gresham, visiblement furieux.

Morgan réprima un sourire.

— Pas du tout, mais je peux répéter si tu y tiens.

— Bon sang, Morgan !

Sachant que la discorde entre un capitaine et son second ne servait pas la bonne marche d'une compagnie, Sedgewick se rapprocha de lui et continua à voix basse :

— Tu ne me demandes pas de ramener la jeune fille en même temps ?

C'était bien ce que Morgan craignait. Gresham en pinçait pour Gabriella et voulait passer pour son champion. L'atmosphère se tendit de façon palpable, mais les deux hommes restèrent de marbre, car on les observait.

— Tu étais bien là quand j'ai exposé mon plan, non ? J'emmène Gabriella en Cornouailles, à Edgefield Keep où j'attendrai qu'Avendall se montre.

— Il viendra pour verser ton sang, pas pour Gabriella. Pour l'amour du Ciel, accepte au moins que dame Johanna reste auprès d'elle en tant que chaperon.

— Sa présence ne fera aucune différence aux yeux d'Avendall.

Morgan était las des discussions constantes avec son ami à propos de Gabriella Redclift. L'envoyer en mission le débarrasserait de lui quelque temps et le reposerait.

— Je te l'ai déjà dit : rien ni personne n'empêchera Cyprian de répudier Gabriella maintenant qu'elle a voyagé avec moi, enchaîna Morgan. Il voudra d'abord me tuer avant de se débarrasser d'elle. Qu'elle clame haut et fort qu'il ne s'est rien passé entre nous ne changera rien à l'affaire. Le doute subsistera toujours dans l'esprit de tout un chacun, et il ne le supportera pas.

— Et Gabriella ? Tu as l'intention de l'abandonner quand tout cela sera terminé ?

— Bien sûr que non. Je la renverrai à l'abbaye avec suffisamment d'or pour qu'elle et sa famille soient à l'abri du besoin le restant de leurs jours.

— Je ne me ferai pas complice de ce projet ! cracha Gresham.

— J'ai peur qu'il ne soit un peu tard pour prendre une telle décision. Je te rappelle que tu appartiens toujours à cette compagnie où tu es soumis à mon commandement, alors soit tu m'obéis, soit tu seras fouetté pour désobéissance, comme les autres.

Sedgewick lui lança un regard incendiaire mais il contint sa fureur. Ils régleraient leur différend plus tard, dans la cour d'une taverne, avec leurs poings et sans témoins.

— Avant de te décider, j'aimerais que tu réfléchisses, reprit Morgan. À qui d'autre que toi pourrais-je confier cette mission ? Crois-tu vraiment que l'un de ces hommes serait suffisamment digne de confiance pour s'en charger à ta place ? Il s'agit d'une religieuse, Gresham.

Rouge de rage, celui-ci s'efforça de respirer lentement et profondément pour se calmer.

— Je ramènerai dame Johanna à Saint-Swithin, finit-il par dire. Pas parce que tu m'en donnes l'ordre mais parce que c'est la seule chose convenable à faire. Ensuite, je te rejoindrai en Cornouailles. Mais dis-toi bien une chose, Morgan : ami ou pas, quand cette lamentable affaire sera terminée, je te flanquerai une correction telle que même ton cheval ne te reconnaîtra pas ! Ensuite, je quitterai cette compagnie de malheur, et pour de bon !

— Bonne idée, répondit gaiement Morgan, qui ne croyait pas une seconde que Gresham songeât sérieusement à mettre un terme à leur amitié. Tu devras tout de même me défendre contre Avendall avant de m'assommer, n'oublie pas.

— Qui te dit que je me contenterai de te faire voir trente-six chandelles ?

La colère de Sedgewick commençait à retomber. Il y avait même une lueur d'humour dans ses yeux, en dépit de son expression irritée.

— À vrai dire, je préférerais être fouetté plutôt que d'avoir à annoncer à lady Gabriella qu'elle va devoir se séparer de sa fidèle compagne, ajouta-t-il.

Pensif, Morgan se remémora l'allusion de dame Johanna au sujet du protecteur des demoiselles Redclift. Un personnage sans doute influent et haut placé qui voulait garder son identité secrète.

Au cours du long voyage qui les attendait, il aurait tout le loisir de réfléchir à ce mystère. Cela aurait au moins l'avantage de l'empêcher de penser sans cesse à Gabriella et à ses attraits.

Gabriella fut réveillée à l'aube, non par dame Johanna, qui avait de nouveau disparu, mais par Morgan Chalstrey. La veille au soir, il l'avait évitée et n'avait pas dormi dans son lit. À présent, il lui tendait du pain et du fromage.

— Soyez prête à partir dans un quart d'heure, ordonna-t-il avant de tourner les talons.

Elle se leva en tremblant de froid. Aucun feu n'avait été allumé. Après une brève toilette, elle sortit dans la lumière grise du petit matin brumeux. Elle aperçut Zacheus, le mulet réputé dans toute l'abbaye pour sa nature récalcitrante, mais dame Johanna n'était nulle part en vue.

La jeune fille se sentait honteuse, tout à coup. Parce que la religieuse avait refusé de lui révéler le nom de son bienfaiteur, elle l'avait ignorée toute la soirée. Elle voulait à tout prix s'excuser. Un serment était un serment, surtout pour une religieuse. Elle s'était montrée injuste envers elle.

Morgan s'étant éloigné pour s'entretenir avec un charretier, elle arrêta un garçon qui transportait une pile de couvertures.

— S'il vous plaît... auriez-vous vu dame Johanna ?

— La nonne, my lady ? Elle est là-bas, répondit-il en tendant le bras. Avec Sedgewick. Ils se préparent à partir pour l'abbaye, je crois. Blodwen est avec eux.

Ce fut comme si Gabriella avait reçu une gifle. Dame Johanna était sa seule protection, son seul réconfort, son unique espoir. Et voilà qu'elle *partait* ?

Elle fourra le pain et le fromage que Chalstrey lui avait donnés dans la poche de son manteau et s'exhorta au calme. Une nouvelle crise ne servirait à rien. En outre, ces débordements la fatiguaient. Avant de rencontrer Morgan, elle ne se mettait presque jamais en colère. Elle attendit que son cœur reprenne un rythme normal, puis se dirigea vers Sedgewick et dame Johanna. Blodwen était déjà à cheval, les traits tirés, le visage blême.

Gabriella s'arrêta à quelques pas. Elle ne devait pas pleurer, surtout pas ! Si elle voulait surmonter ces épreuves, il lui fallait demeurer sereine et raisonnable. Dieu ne l'avait peut-être pas abandonnée, finalement. Elle trouverait peut-être un moyen de s'échapper ?

— Gabriella, dit doucement dame Johanna.

— Vous partez, mon amie ? Pourquoi ?

— Lord Chalstrey l'a ordonné, répondit la religieuse en la regardant droit dans les yeux. Nous n'avons d'autre choix que de lui obéir.

Gabriella tenta de ravaler les sanglots qu'elle sentait monter dans sa gorge. Dame Johanna s'approcha d'elle et murmura :

— Ce garçon, Blodwen, mourra s'il ne peut se reposer et être soigné convenablement. Il faut le conduire à l'abbaye où il y a des lits et des remèdes.

Gabriella hocha la tête en se mordant la lèvre.

— Soyez forte, mon enfant. Quand Sedgewick repartira, je me débrouillerai pour l'accompagner. En attendant, surveillez votre langue et n'essayez surtout pas de regagner l'abbaye par vos propres moyens. Écoutez-moi bien, Gabriella : il faut absolument que vous restiez sous la protection de Chalstrey.

La protection de ce brigand ? Cette femme d'une intelligence exceptionnelle avait-elle perdu la tête ? se demanda la jeune fille, désespérée.

— Comptiez-vous… partir sans même me dire au revoir ?

— C'eût été plus facile ! répondit la religieuse en serrant ses mains glacées entre les siennes avant de l'embrasser sur la joue. Au revoir, ma chère Gabriella ! Et souvenez-vous : soyez courageuse. Je trouverai un moyen de vous rejoindre, et je vous apporterai de l'aide si je le puis.

Gabriella retint un instant les mains de dame Johanna quand celle-ci voulut la lâcher.

— Dites à mes sœurs de ne pas s'inquiéter pour moi. Dites-leur… ce que vous voudrez.

La religieuse hocha la tête, et rejoignit Sedgewick et Blodwen qui l'attendaient un peu plus loin avec les chevaux. Gabriella les suivit du regard un moment, puis revint sur ses pas, la tête haute. Désormais, elle était seule, et elle avait l'intention de demeurer sans cesse aux aguets, prête à saisir la plus petite chance d'évasion. En dépit des recommandations de sa compagne, elle penserait d'abord à elle.

Même Morgan Chalstrey devait dormir, après tout…

Elle allait se retourner pour lancer un dernier regard à dame Johanna quand l'une des aides de camp du capitaine s'approcha d'elle, tenant le mulet par la bride. Il s'agissait d'un ancien moine, vraisemblablement.

— My lady, fit-il en s'inclinant.

Elle lui tendit la main et il l'aida à grimper en selle. Elle aurait préféré se débrouiller seule mais, depuis qu'elle vivait au couvent, elle n'avait pas eu l'occasion de monter et se sentait encore un peu gauche. Ce qui ne saurait durer, se dit-elle en songeant au voyage qui l'attendait.

Elle arrangeait ses jupes quand Chalstrey s'approcha d'elle sur son étalon. Le mulet se mit à agiter nerveusement ses grandes oreilles. Mauvais présage.

— Nous ne nous arrêterons pas avant des heures, l'informa Morgan sèchement. J'espère que vous avez pris toutes vos dispositions ?

Animée d'une froide détermination, Gabriella soutint son regard sans ciller et répondit d'un ton mesuré :

— Ne vous inquiétez pas pour moi, monsieur, c'est inutile.

Elle constata avec satisfaction que l'ironie de son ton ne lui avait pas échappé.

Il fronça les sourcils.

— Je m'attendais que vous me sermonniez à propos du retour de dame Johanna à l'abbaye.

— Je vous déçois ? J'en suis navrée, susurra-t-elle, étonnée par sa réaction.

Elle découvrait là un aspect de son caractère qu'il lui faudrait songer à utiliser plus tard à son avantage. Pour l'heure, elle devait à tout prix lui cacher à quel point elle avait peur maintenant qu'elle se retrouvait seule, à sa merci.

Elle lui offrit un sourire empreint d'une chaleur totalement factice et ajouta :

— Elle sera beaucoup mieux à Saint-Swithin. Comme j'aurais aimé y retourner moi-même !

Il ne lui rendit pas son sourire.

— Mes hommes attendent. Essayez de suivre notre allure et, de grâce, épargnez-vous une humiliation en essayant de fuir. Ces soldats se sont tous mesurés aux meilleurs cavaliers du monde, avec succès. Ils n'auront aucun mal à rattraper une femme à dos de mulet.

Sur ces mots, Morgan la contourna et lança ses ordres à sa compagnie. Il ne vit pas les éclairs de fureur qui embrasaient le regard de la jeune fille. Des cavaliers se postèrent de part et d'autre de celle-ci, tandis que Chalstrey prenait la tête du convoi avec une assurance et un panache dignes d'Alexandre le Grand en personne. Gabriella dut admettre secrètement que ce rôle lui allait comme un gant...

Une petite pluie fine commençait à tomber quand ils laissèrent les charretiers et les écuyers derrière eux pour s'enfoncer dans la forêt. Gabriella rabattit la capuche de sa pèlerine sur sa tête et se résigna à passer la journée assise en amazone sur un mulet imprévisible, priant pour que l'animal rétif ne lui complique pas trop la tâche en cédant à ses penchants irascibles.

Tandis qu'elle chevauchait docilement entre ses gardes, elle se prit à imaginer que lord Avendall volait à son secours.

Il arriverait en armure rutilante et chargerait bravement les soldats de Chalstrey en brandissant son épée. Il se frayerait un chemin jusqu'à elle, croisant le fer avec quiconque se mettrait en travers de son chemin. Enroulant le bras autour de sa taille, il la soulèverait sans effort et l'installerait devant lui, sur sa selle incrustée d'or, avant de s'éloigner au grand galop, laissant Chalstrey et ses hommes ruminer leur défaite. Bien entendu, il ne les tuerait pas. Ce ne serait ni chrétien ni charitable.

Gabriella se rembrunit. L'image de Morgan Chalstrey ensanglanté, étendu sur le sol, ne lui apporta pas la satisfaction escomptée. Au contraire. Perplexe, elle chassa ces pensées et se concentra sur des rêves plus attrayants, tels que ceux qu'elle partageait avec Meg et Elizabeth, la nuit, dans leur petite cellule froide.

Elle tenta de se représenter son arrivée à Avendall Hall, l'armure de son futur mari pressée contre son dos, son souffle lui caressant la nuque. Elle apercevrait un château aux fenêtres munies de vitres, pourvu de nombreuses tours surmontées de drapeaux rouge et or flottant au vent. Ils franchiraient un pont-levis au-dessus de douves aux eaux d'un bleu transparent.

Une foule de vassaux les accueilleraient joyeusement, ainsi que la noblesse du voisinage, et tous fêteraient la victoire de lord Avendall sur le diabolique Morgan Chalstrey.

À l'intérieur, de somptueuses tapisseries orneraient les murs. Des sièges capitonnés inviteraient au repos, les boiseries luiraient d'un doux éclat, et une rangée de domestiques attendraient de saluer leur nouvelle maîtresse.

Une fête serait donnée en son honneur. Il y aurait de la musique et des danses, et elle se tiendrait au côté d'Avendall, vêtue d'une robe somptueuse et parée de magnifiques bijoux.

Un sourire se dessina sur ses lèvres tandis qu'elle s'imaginait dans la chapelle du château, prononçant ses vœux. Cyprian lui prendrait ensuite la main et, les yeux rivés sur elle, l'entraînerait sous une arche d'épées tenues par ses hommes d'armes, avant de gagner le donjon.

Une fois en haut de l'escalier, il l'attirerait dans ses bras et poserait sa bouche sur la sienne. Le rêve lui semblait réel à présent, son cœur battait plus vite… mais le baiser devenait ardent, exigeant. Le corps en feu, Gabriella prenait peur et s'écartait. Elle s'apercevait alors qu'elle n'était pas dans les bras d'Avendall mais dans ceux de Morgan Chalstrey !

— Que se passe-t-il, my lady ? fit une voix masculine toute proche. Seriez-vous souffrante ?

Gabriella sursauta et s'aperçut, à sa plus vive contrariété, que l'homme qui chevauchait à ses côtés n'était autre que celui de son rêve – non, de son cauchemar !

— Pas du tout, rétorqua-t-elle en sentant une vive rougeur envahir son visage.

Chalstrey eut un sourire moqueur.

— Je donnerais cher pour savoir à quoi vous pensiez, à l'instant.

Seigneur ! Cet homme était vraiment impossible ! Ne pas s'énerver en sa présence requérait des qualités de sainte, ce que n'était pas Gabriella Redclift. Elle sautait la messe chaque fois qu'elle le pouvait et oubliait fréquemment de dire ses prières… Un comportement qui expliquait sans doute sa situation présente.

Elle s'efforça néanmoins de prendre un air angélique.

— Je rêvais, avoua-t-elle sans détour, de mon mariage avec lord Avendall.

Pour rien au monde elle n'aurait évoqué ce baiser troublant dans lequel Avendall ne jouait plus aucun rôle.

— Je vois, fit Morgan, comme s'il pouvait voir quoi que ce soit.

Le chemin qu'ils suivaient s'était transformé en un sentier étroit, qui serpentait entre d'épais buissons d'épineux, si bien qu'ils durent chevaucher en file indienne.

Morgan prit la tête puis, se retournant, posa sur la jeune fille un regard spéculatif, tandis que les autres se positionnaient derrière eux, silencieux et attentifs.

Se souvenant soudain du pain et du fromage qui se trouvaient dans la poche de son manteau, Gabriella y plongea la main. Pour une raison connue de lui seul, Zacheus choisit ce moment-là pour céder à l'appel de la révolte.

À la stupeur générale, il se mit d'abord à braire avec conviction puis, ignorant les efforts de Gabriella pour le maîtriser, il sortit du chemin et s'enfonça entre les arbres, totalement sourd aux ordres de sa cavalière.

Comme s'il avait le diable aux trousses, il fonça au grand galop à travers la végétation dense. Tout en tirant frénétiquement sur les rênes pour tenter de l'arrêter, Gabriella tâchait de se protéger des branches qui la fouettaient au passage. Renonçant finalement à ramener l'animal à la raison, elle s'agrippa au pommeau de sa selle et se coucha sur son encolure pour éviter les branchages. Derrière elle, l'étalon de Morgan fendait l'air.

Tout à coup, les bois laissèrent la place à un immense marécage dans lequel, emporté par son élan, Zacheus entra sans ralentir jusqu'à ce que l'épaisseur de la boue finisse par entraver ses mouvements. Quand il s'immobilisa enfin, ils étaient au milieu de la fange.

Le cœur menaçant d'exploser, Gabriella se retourna et lança un regard noir à Morgan qui se tenait sur la rive.

Se penchant légèrement sur le pommeau de sa selle en cuir ouvragé, il la gratifia d'un large sourire.

— S'il s'agit d'une tentative d'évasion, my lady, je dois dire que c'est un échec spectaculaire.

Gabriella bouillait de rage. Pas question de lui avouer qu'elle n'avait pas eu l'intention de s'échapper – pas encore, du moins. Un certain nombre de soldats avaient rejoint leur chef sur la rive, et si certains le regardaient avec une pointe d'inquiétude, d'autres partageaient visiblement son amusement.

— S'il y avait un gentilhomme parmi vous, ce dont je doute fort, j'apprécierais que l'on me vienne en aide, lança-t-elle posément.

Durant un interminable moment, Morgan ne bougea pas, contemplant à loisir le tableau divertissant qu'elle offrait, perchée sur ce crétin de mulet. Il se tourna enfin vers l'homme à ses côtés et lui dit joyeusement :

— Jocko, une corde, s'il te plaît.

5

Le sauvetage de Gabriella et de sa monture se révéla plus long que prévu et parfaitement humiliant. Morgan décida ensuite d'accélérer le rythme pour rattraper le temps perdu si bien que la jeune fille ne put ni se laver ni enfiler sa seule robe de rechange rangée dans un sac et miraculeusement intacte.

Elle était non seulement couverte de vase, mais elle avait perdu une chaussure, et grelottait de froid. Sans parler de la haine farouche qu'elle nourrissait désormais envers un certain mulet blanc.

La nuit commençait à tomber quand Morgan donna enfin l'ordre de s'arrêter. Ses hommes se mirent aussitôt en devoir de monter le camp au centre d'une petite clairière autour de laquelle des gardes vigilants se postèrent. Le feu fut alimenté progressivement afin de produire le moins de fumée possible. Inutile de se faire repérer.

Gabriella s'assit devant les flammes, sur la selle dont on avait débarrassé le maudit Zacheus. Le corps parcouru d'irrépressibles frissons, elle entreprit de grignoter le morceau de pain trempé qui était resté dans sa poche.

Chalstrey s'accroupit près d'elle.

— J'ai construit un abri pour vous, derrière cette rangée d'arbres, lui dit-il avec une gentillesse inattendue. Allez vous allonger, Gabriella.

Surprise qu'il fasse montre d'une telle prévenance, elle le considéra avec perplexité. L'incident du marais l'avait d'abord amusé, mais ensuite il s'était retranché dans un silence lointain. Elle crut alors deviner ses motifs.

— Vous craignez que votre appât n'attrape froid et ne périsse avant que vous ayez pu piéger Avendall ?

Il ignora sa question.

— Il y a des loups et des sangliers dans ces bois, ainsi qu'un certain nombre d'autres dangers. Pourquoi avez-vous essayé de vous enfuir ainsi ? demanda-t-il, visiblement déconcerté.

Quelqu'un s'approcha et tendit une tasse à Morgan. Il la passa à la jeune fille et elle avala une gorgée de vin avant de répliquer :

— C'était une idée du mulet.

Morgan éclata de rire, mais elle n'aurait su dire s'il la croyait ou pas.

— En tout cas, cela valait la peine d'être vu.

Elle lui jeta un regard noir avant de boire à nouveau. Le vin était fort. Il réchauffait son corps transi et provoquait une torpeur bienfaisante. Si elle en prenait suffisamment, peut-être oublierait-elle que plusieurs jours s'écouleraient avant qu'elle puisse prendre un bain et dormir sous un vrai toit. Et puis, elle s'inquiétait pour ses sœurs qui allaient s'affoler en voyant dame Johanna rentrer seule à l'abbaye. Même si la religieuse lui avait promis de revenir, Gabriella doutait que ce fût possible.

— Combien de temps nous faudra-t-il pour gagner la Cornouailles ?

— Une semaine, si tout se passe bien. Davantage si nous devons éviter les hommes du shérif ou pactiser avec des brigands. Ou si vous décidez d'aller explorer un autre marais, ajouta-t-il après une petite pause.

Elle sourit malgré elle, mais ne tarda pas à retrouver son sérieux. La nouvelle de sa capture parviendrait bientôt à Avendall, car, voyageant seul, Hasley progressait plus vite qu'eux. Souhaiterait-il toujours l'épouser ? Son joli rêve où il venait la libérer perdait peu à peu de sa substance. Il se dissolvait dans la nuit aussi sûrement que la fumée du feu de camp. Ce n'était qu'un produit de son imagination destiné à la réconforter, et elle le savait parfaitement.

Elle cligna des paupières pour chasser ses larmes.

— Venez, Gabriella, fit Morgan d'un ton bourru.

Dépourvue de son arrogance habituelle, sa voix semblait méconnaissable. Il se redressa et lui tendit la main.

— Vous tremblez.

Momentanément vaincue, elle prit toutefois le temps de terminer son vin et de récupérer son sac avant d'accepter la main de Morgan qui l'aida à se relever.

Une peau de daim tendue entre deux arbres formait une petite tente abritant une pile de couvertures chaudes et moelleuses. La jeune fille eut immédiatement envie de se déshabiller et de s'y enrouler avant de tourner le dos au reste du monde et de sombrer dans le sommeil.

Pourtant, elle n'osa céder à ce caprice. Une femme seule dans un campement rempli d'hommes rudes et dépourvus de principes devait rester sur ses gardes si elle voulait préserver sa vertu et ce qu'il subsistait de sa réputation.

Chalstrey dut lire ses hésitations sur son visage, car il exhala un soupir d'agacement.

— Vos vêtements sont trempés, Gabriella. Vous allez attraper la mort si vous ne vous changez pas.

Elle recula d'un pas en serrant les dents.

Il attrapa une couverture en même temps que le sac contenant ses quelques effets et les lui fourra dans les mains.

— Changez-vous ou c'est moi qui m'en charge, ordonna-t-il.

— Il y a des hommes partout ! protesta-t-elle, outrée.

— Aucun d'entre eux ne peut vous voir. Nous sommes seuls.

Scrutant les alentours, elle s'aperçut qu'il avait raison ; les arbres et les buissons les cachaient à la vue.

— Alors retournez-vous, exigea-t-elle en plantant son regard dans le sien.

À son grand étonnement, il obéit sans discuter.

— Quand vous serez prête, je vous apporterai du vin.

Gabriella attendit quelques instants afin de s'assurer qu'il ne tenterait pas d'entrevoir son corps dénudé, mais il ne bougea pas. Claquant des dents, elle ôta prestement ses vêtements boueux puis sortit sa robe du sac. Dès qu'elle l'eut enfilée, elle se glissa sous l'abri et s'enroula dans les couvertures.

— J'ai terminé, annonça-t-elle avec hauteur.

Morgan pivota et baissa les yeux sur elle.

— Très bien. Je vais vous chercher à boire. Voulez-vous quelque chose à manger ?

Gabriella tombait de fatigue, mais elle mourait aussi de faim.

— Je veux bien un grand bol de vin chaud, du pain et du fromage, si vous en avez, répondit-elle en luttant pour garder les yeux ouverts.

Il se mit à rire.

— C'est comme si c'était fait, dit-il avant de disparaître dans la pénombre.

Peu après, une odeur délicieusement alléchante la tira de sa torpeur. Morgan était assis près d'elle.

Une petite lampe brillait à ses côtés, éclairant une aiguière avec une tasse ainsi qu'un plateau où se trouvaient des tranches de viande appétissantes.

— C'est du lièvre. Il ne reste plus de pain ni de fromage.

Gabriella se redressa et lui prit le plateau des mains. Le gibier rôti était croustillant à souhait.

Morgan la regarda se régaler sans mot dire, un petit sourire aux lèvres. Quand elle eut fini, elle reposa le plateau sur l'herbe.

Il secoua la tête.

— Quelle sorte de femme êtes-vous, Gabriella? Un moment vous me donnez des ordres : «Retournez-vous», «Je veux du vin»... Le moment d'après, vous dévorez à vous seule un plat de viande qui représente la ration de trois de mes hommes.

Gabriella se réjouit secrètement qu'ils n'aient pas été servis avant elle.

— Si je puis me permettre, my lord, répliqua-t-elle en prononçant les deux derniers mots avec une pointe d'ironie. Vous êtes vous-même assez déroutant. Vous m'enlevez et vous projetez de tuer mon futur mari. Vous nous entraînez tous dans un voyage éprouvant, par un temps épouvantable. Et voilà soudain que vous me confectionnez un abri confortable pour la nuit et m'apportez de la nourriture choisie. Aussi, je vous retournerai la question: quelle sorte d'homme êtes-vous, Morgan Chalstrey?

Il s'étira d'une manière féline avant de s'allonger en s'appuyant sur un coude, le menton calé dans la main. Il était décidément beaucoup trop près, songea-t-elle.

— Oh, le genre commun! répondit-il, une lueur malicieuse dansant dans ses yeux bleus. J'aime bien la façon dont sonne mon nom quand vous le prononcez. Appelez-moi Morgan, my lady, je vous en prie.

Cette suggestion la déconcerta totalement. Elle s'écarta de lui et s'appuya au tronc le plus proche.

— Vous pouvez partir à présent. Je vais dormir. Que dis-je ? Je dors déjà.

Chalstrey sourit, révélant ses superbes dents blanches.

— Il y a des bandits dans cette forêt, des sangliers et des loups. Je ne peux vous laisser seule, my lady, décréta-t-il en éteignant la lampe et en s'installant tranquillement près d'elle, le dos tourné. Nous partagerons les couvertures, ajouta-t-il. Il recommence à pleuvoir et le vent est coupant.

Gabriella s'apprêtait à protester, puis elle pensa aux animaux sauvages, aux bandits de grands chemins armés de couteaux. Bien que l'homme qui l'invitait à se coucher près de lui appartînt vraisemblablement à cette dernière catégorie – peut-être même à la première –, elle trouvait rassurant de ne pas dormir seule dans un endroit aussi dangereux.

Elle se glissa donc près de lui en se tortillant pour se couvrir sans le toucher, ce qui n'était guère aisé dans un espace aussi étroit, chacun de ses mouvements ne faisant qu'aggraver les choses. Dès qu'elle bougeait, elle le heurtait. Il finit par se retourner.

— Que se passe-t-il ?

— Oh, rien... Je... j'ai besoin de sortir, prétexta-t-elle, mortifiée.

— Eh bien, allez-y, marmonna-t-il en s'asseyant. J'aimerais bien dormir un peu avant que le soleil se lève.

Lorsqu'elle revint, il lui fit de la place près de lui et elle s'y lova, se sentant merveilleusement protégée par son corps puissant. Cette fois, il ne lui tourna pas le dos mais s'allongea face à elle et s'endormit aussitôt.

Épuisée comme elle l'était, Gabriella s'attendait à sombrer dans un sommeil sans rêve. Mais il n'en fut rien. La conscience très vive de la proximité de Morgan, de son odeur, de sa virilité à fleur de peau la tenait en éveil. Elle fut soudain prise d'un désir bien peu chrétien de le toucher, de suivre les contours de son beau visage du bout des doigts, d'explorer... le reste de sa personne. Son torse large, notamment. Ses hanches étroites et ses cuisses musclées. Et d'autres endroits aussi, plus secrets. *Pardonnez-moi, mon Dieu.*

Timidement, elle effleura son pourpoint, y posa la main. Elle sentit son cœur battre sourdement, en écho au sien.

Ébranlée par son audace, et par le torrent de sensations inconnues et troublantes qu'elle libérait en elle, Gabriella cessa un instant de respirer. Puis, hardiment, elle reprit son exploration. Elle s'aventura le long de ses côtes jusqu'à son estomac dont la dureté la surprit.

Elle brûlait de poursuivre plus bas, mais le courage lui manqua. Au moment où elle retirait sa main, Chalstrey lui agrippa le poignet et elle sursauta violemment.

— Si vous voulez que je me conduise galamment, my lady bien aimée, ne me tentez pas. C'est déjà assez difficile de rester étendu auprès de vous sans vous toucher.

Gabriella se figea. Une femme sensée aurait pris peur mais, en cet instant, elle n'avait plus rien d'une femme sensée. Elle se contenta de fixer Morgan dans la pénombre, les yeux écarquillés.

Après un moment de lutte intérieure, qu'elle perçut dans tout son être, il émit un son rauque avant de se pencher sur elle et de presser ses lèvres contre les siennes.

Tout d'abord, elle se raidit, car elle n'avait jamais été embrassée autrement qu'en imagination. La réalité de ce contact, si doux fût-il, la prit totalement au dépourvu. Puis Morgan approfondit son baiser, l'amenant habilement à entrouvrir les lèvres, et elle eut l'impression de se dissoudre tout entière. Elle émit un son, entre le gémissement et le soupir, tandis que la langue de Morgan se mêlait à la sienne en un prélude qu'elle associa intuitivement à une autre sorte d'union.

Malgré son innocence en la matière, Gabriella n'en était pas moins une femme d'instinct. Elle noua les bras autour du cou de Chalstrey.

S'enhardissant, il s'allongea sur elle, lui donnant à découvrir le poids enivrant de son corps sur le sien. Une sensation merveilleuse. Elle se serait très certainement offerte si, tout à coup, il n'avait roulé sur le dos en lâchant une série de jurons.

Il se leva tant bien que mal, sans cesser de maugréer, puis arpenta le minuscule espace de la tente.

D'abord déçue, Gabriella se ressaisit lentement. À sa grande surprise, elle n'en éprouva pas le soulagement escompté. Elle n'osait pas parler de crainte de se laisser aller à pleurer d'humiliation, ou à exploser de colère en réaction à sa frustration. Pour une raison qui lui échappait, dès qu'il s'agissait de cet homme, elle ne se reconnaissait plus. Elle avait le sentiment d'avoir affaire à une étrangère. Pire, peut-être, au vu de ce qui venait de se passer, à une ennemie !

Les marmonnements de Morgan finirent par prendre forme.

— Dieu du Ciel ! Gabriella, s'écria-t-il enfin. Ne me tourmentez plus jamais ainsi, car je vous déshonorerai à coup sûr, et moi par la même occasion !

Elle s'assit et le regarda sans comprendre, les bras enroulés autour de ses genoux repliés.

— En quoi est-ce que je vous tourmente, my lord ? souffla-t-elle, déroutée.

Il s'immobilisa brusquement, les jambes écartées, les poings sur les hanches, dans la posture d'un guerrier invincible.

— Vous ne savez vraiment pas ? Les religieuses ne vous ont rien appris sur les hommes ?

Elle haussa les épaules.

— Comment l'auraient-elles pu quand elles-mêmes sont totalement ignorantes ?

Il soupira, se passa la main dans les cheveux, puis vint s'accroupir près d'elle, l'air consterné.

— Il y avait d'autres femmes, au couvent – des veuves, des femmes répudiées par leur mari. Ne vous ont-elles jamais parlé de… de…

— De l'amour ? fit-elle d'une voix rêveuse. Oh, elles l'ont fait… Meg, ma sœur, m'a raconté des choses qu'elle avait entendues, mais je n'y ai pas cru. C'était si… étrange.

Elle s'interrompit soudain et offrit un sourire radieux à un Morgan complètement abasourdi.

— Je suis très contente que vous m'ayez embrassée, my lord. J'ai appris quelque chose.

À la lueur de la lune, elle le vit froncer les sourcils.

— Qu'avez-vous appris ?

— Qu'être mariée pourrait me plaire, après tout, répondit-elle avec une ingénuité désarmante. J'espère que lord Avendall m'embrassera comme ça tous les jours…

Un nouveau juron échappa à Chalstrey.

— Vous n'avez pas aimé ? s'étonna Gabriella, avec, cette fois, une innocence feinte.

— Non, grogna-t-il en reprenant sa place sous les couvertures. Pas du tout.

Un sourire joua sur les lèvres de la jeune fille tandis qu'elle s'étendait près de lui. Elle éprouvait un délicieux sentiment de satisfaction à l'idée qu'elle avait un certain pouvoir sur Morgan Chalstrey, et cette découverte apaisa ses peurs et ses inquiétudes.

Il avait beau garder ses distances, la chaleur de son corps la réchauffait, et elle le soupçonnait de le savoir.

Elle ferma les yeux, souriant toujours.

Dame Johanna n'était pas encline à la violence, mais elle avait appris, au cours de sa vie vouée au Seigneur, que de deux maux il fallait choisir le moindre.

Sedgewick avait emprunté les chemins de traverse les plus compliqués pour regagner l'abbaye, sans doute pour qu'elle ne puisse aider les hommes du shérif à retrouver la trace de Chalstrey, au cas où. Mais dame Johanna était la fille d'un garde-chasse et elle jouissait d'un sens de l'orientation redoutable. Elle avait mémorisé avec précision le chemin parcouru avec Gabriella avant qu'elles ne soient séparées.

Au soir de leur deuxième jour de voyage, Sedgewick décida d'une halte près d'un petit cours d'eau, à quelques kilomètres de l'abbaye. Après avoir conseillé à Blodwen de s'étendre, il descendit sur la rive pour pêcher des truites.

L'ayant observé attentivement depuis leur départ, la religieuse s'était rendu compte qu'il s'acquittait de sa mission sans grande conviction, comme à contrecœur, même s'il se montrait toujours courtois, voire souriant.

Blodwen aida la religieuse à descendre de cheval mais, au lieu d'obéir à son supérieur, il alla chercher du bois pour le feu. Après le dîner, il se coucha au pied d'un arbre et s'endormit aussitôt, épuisé.

Dame Johanna attendit que Sedgewick soit accroupi près du feu pour passer à l'action. Armée d'une grosse pierre plate, elle s'approcha de lui à pas de loup, ferma les yeux en récitant mentalement une prière et lui assena un bon coup sur la tête.

Lorsqu'il s'effondra de côté, elle se signa. Se sentant affreusement coupable, elle fit une autre prière, de pénitence cette fois, puis elle s'agenouilla pour examiner sa blessure avant de poser la tête sur sa poitrine et d'écouter son cœur. Soulagée de constater qu'il battait régulièrement, elle jeta un coup d'œil vers Blodwen. Il n'avait pas bougé.

Quand Sedgewick se réveillerait, ce qui ne saurait tarder, il se lancerait à sa poursuite. Autrement dit, il se rendrait droit à l'abbaye où, s'imaginerait-il, elle se réfugierait, pressée d'aller confesser sa mauvaise action.

Elle prit la peine d'étendre une couverture sur lui avant de se diriger vers le meilleur cheval, l'étalon de Gresham qui répondait au nom païen de Mithras. Sachant que Zacheus était lent et têtu, elle l'avait astucieusement laissé à Gabriella, certaine qu'il ralentirait leur progression, ce qui lui permettrait de les rattraper rapidement.

Heureusement, Sedgewick n'avait pas encore dessellé sa monture. Elle grimpa à califourchon et prit la route de l'abbaye afin de brouiller les pistes. Peu après, elle bifurqua vers une colline et rebroussa chemin, se gardant bien de reprendre les sentiers qu'ils avaient empruntés un peu plus tôt.

Jamais elle n'hésita sur la route à suivre. Dame Johanna ne prenait pas ses responsabilités à la légère. Elle ne trouverait pas le repos tant qu'elle n'aurait pas rejoint sa jeune protégée. Même si elle n'était pas de taille à la défendre, du moins serait-elle à ses côtés.

Mère Mary Benedict comprendrait sûrement ce qui l'avait poussée à agir comme elle l'avait fait.

Puissent Dieu et Gresham Sedgewick partager son ouverture d'esprit !

Lorsque Gabriella se réveilla, à l'aube, elle était seule sous les couvertures humides de rosée. La place de Morgan était froide, il était donc debout depuis longtemps.

Le découragement s'empara d'elle quand elle s'aperçut qu'il pleuvait toujours. Ayant laissé une chaussure dans le marécage et jeté l'autre dans un accès de colère, elle en était réduite à voyager pieds nus. Merci, Zacheus ! Quant à Chalstrey, il leur mènerait le même train d'enfer, qu'il pleuve, qu'il neige ou qu'il vente.

Trouvant inutile de rester plus longtemps sur une couche imprégnée de l'odeur d'un homme qui l'exaspérait et la fascinait tout à la fois, elle repoussa les couvertures et se glissa dehors après avoir enfilé son manteau dans le vain espoir de rester sèche.

Chalstrey émergea des buissons au même instant, l'air soucieux. Rien en lui n'indiquait qu'il l'avait embrassée la veille, exprimant ainsi sans détour le désir qu'elle lui inspirait. Elle aurait presque pu croire qu'elle avait imaginé ce qui s'était passé entre eux. Sauf que ça n'était pas le cas.

— Je suis prête, dit-elle, le devançant pour ne pas lui accorder le détestable plaisir de lui ordonner de monter sur ce mulet de malheur.

— Vous ne voulez pas déjeuner ?

Elle fit signe que non. Elle avait froid, elle était pieds nus, et elle voyageait avec des hommes dont la tête était sûrement mise à prix. En outre, l'un de ces hommes lui avait donné un baiser auquel elle avait répondu sans retenue. Vu les circonstances, manger était le dernier de ses soucis.

Morgan s'approcha d'elle et toucha son front du dos de la main pour vérifier qu'elle n'avait pas de fièvre. Rassuré, il entreprit de démonter leur abri.

Gabriella se demanda s'ils dormiraient encore ensemble et cette pensée fit courir en elle un délicieux frisson d'anticipation.

— Nous pourrions peut-être passer la nuit dans une auberge, suggéra-t-elle. J'ai vraiment besoin d'un bain.

Il récupéra les couvertures qu'il rassembla avec la bâche.

— Vous le donnerai-je moi-même ? demanda-t-il avec un sourire impudent.

Gabriella s'empourpra violemment. Jugeant plus prudent de ne pas poursuivre ce petit jeu où elle n'était pas sûre d'avoir l'avantage, elle le contourna et se dirigea vers le camp.

Morgan l'aida lui-même à s'installer sur Zacheus. Tout en sachant que le maudit animal ne le portait pas dans son cœur, il chevaucha à ses côtés sans la quitter d'une semelle. Pour la surveiller ou parce qu'il appréciait sa compagnie ?

Peut-être un peu les deux.

Ils voyagèrent à vive allure jusqu'à midi, puis, à la surprise générale, Chalstrey invita ses troupes à faire une halte. Ils s'installèrent à l'abri d'un bosquet de chênes qui commençaient à peine à perdre leurs feuilles et mangèrent de la viande froide et du pain noir qu'ils avaient acheté en chemin, dans une petite ferme. Les hommes étendirent leurs jambes et chahutèrent comme des gamins tandis que, assise sur un tronc d'arbre, Gabriella grignotait en s'efforçant d'ignorer les regards intrigués ou effrontés des uns et des autres.

Ils savaient tous qu'elle avait dormi avec Morgan Chalstrey à deux reprises et, à n'en pas douter, devaient désormais la considérer comme une moins-que-rien, ce qui se comprenait. Furieuse après Morgan, elle se promit de venger son honneur perdu.

Le problème était qu'une part d'elle-même voulait plus de cet homme énigmatique. Beaucoup et scandaleusement plus.

Ils se reposaient depuis un quart d'heure quand celui qui occupait ses pensées s'approcha d'elle d'un pas assuré, comme s'il avait des droits sur elle, et lui tendit une paire de bottes.

— Elles appartiennent au jeune Kettleburn, le palefrenier aux cheveux roux, là-bas. Il vous les prête pour le reste du voyage. C'est sa meilleure paire, je tiens à le préciser.

Gabriella ne se fit pas prier pour les enfiler. Elle ne sentait plus ses pieds.

— Merci, fit-elle en jetant un coup d'œil au garçon qui lui répondit d'un sourire narquois.

Rouge de honte, elle entreprit de se déchausser sur-le-champ. Morgan l'arrêta d'un geste.

— Qu'y a-t-il ?

Mortifiée, la jeune fille lutta pour ne pas pleurer.

— Ces hommes s'imaginent que je suis votre catin ! Qui les en blâmerait, d'ailleurs, puisque vous dormez avec moi toutes les nuits ?

Une expression menaçante assombrit le visage de Morgan. Il se tourna vers ses hommes, les englobant tous d'un seul regard glacial. Immédiatement, le silence se fit, les sourires s'évanouirent.

— En selle, ordonna-t-il d'une voix tranchante. Je ne vous paie pas pour que vous batifoliez sous les arbres.

Après avoir hissé Gabriella sur le mulet, il enfourcha Nimrod et rejoignit le jeune Kettleburn avec lequel il s'entretint un instant avant de s'éloigner sans un regard en arrière. Un homme aux cheveux gris sortit des rangs et vint se poster aux côtés de la jeune fille.

S'il était sa nouvelle escorte, elle aurait peut-être une chance de réussir à s'enfuir, songea-t-elle.

À sa grande surprise, il se mit à rire avec bonhomie.

— Je devine ce que vous pensez, my lady, mais je vous le déconseille. My lord a des yeux derrière la tête, vous savez, et il n'y a pas de meilleur cavalier que lui. Vous pourriez peut-être arriver à me semer, avec Morgan vous n'avez aucune chance.

Irritée de s'être montrée aussi prévisible, Gabriella céda néanmoins à la curiosité.

— Pourquoi l'appelez-vous my lord ?

L'homme éperonna sa monture et ils prirent place dans la longue file de soldats silencieux et de chevaux boueux.

— Parce que c'est son titre. Chalstrey ne vous a jamais dit qu'il était le duc d'Edgefield ?

6

Cyprian Avendall assena un violent coup de poing sur la table. Hasley, l'homme qu'il avait envoyé à Saint-Swithin pour aller quérir sa femme, se tenait devant lui, tremblant, le visage décomposé. Il empestait la bière qu'il avait dû boire pendant le trajet pour se donner le courage de lui annoncer la nouvelle. Derrière Hasley, ses hommes d'armes étaient blancs de peur.

— Par tous les saints ! tempêta Cyprian en se levant à demi de son siège, avant de s'y laisser retomber.

— Tu as laissé Chalstrey *voler ma femme* ! Comment peut-on être aussi stupide ?

Hasley déglutit avec peine.

— Nous n'étions qu'une poignée d'hommes, my lord. Ils étaient beaucoup plus nombreux et ils nous ont pris par surprise en se laissant tomber des arbres...

Avendall s'efforça de se contrôler. On ne gagnait rien à perdre son sang-froid.

— Si vous aviez été vigilants, comme je vous l'avais conseillé, articula-t-il lentement, Chalstrey aurait échoué. Où est-il, à présent ?

— En route pour Edgefield Keep, très certainement, se hâta de répondre Hasley, anxieux de retrouver les faveurs de son maître, car Cyprian n'était pas homme à offrir une seconde chance. Cela s'est passé à une vingtaine de kilomètres d'ici, my lord. Nous pourrions le rattraper sans problème, lui donner la leçon qu'il mérite et récupérer la demoiselle. Une jolie demoiselle, monsieur, vraiment... Vous avez bien choisi.

Avendall grinça des dents. L'idée que Chalstrey voyageait en compagnie de sa promise le rendait fou.

— Tu t'es montré inapte à te mesurer à Edgefield ! aboya-t-il avant de tourner les yeux vers son intendant, une sorte de colosse, qui gardait la porte.

Ce dernier l'ouvrit aussitôt, livrant passage à une douzaine d'hommes d'une stature tout aussi impressionnante.

— Emmenez ces misérables et veillez à ce qu'ils soient fouettés !

— S'il vous plaît, my lord... commença l'un des hommes d'armes avant de s'interrompre à l'idée de récolter dix coups de fouet supplémentaires.

Il se laissa emmener avec les autres. Hasley fut le seul à oser protester.

— C'est injuste, my lord. Si quelqu'un mérite le fouet, c'est Chalstrey, pas moi !

Un sourire mauvais déforma la bouche de Cyprian.

— Ne t'inquiète pas pour ça. Chalstrey hurlera en suppliant le Seigneur de l'épargner avant que j'en aie terminé avec lui. Emmenez-moi cette vermine ! ajouta-t-il avec un geste du bras. La vue d'un tel couard me donne la nausée.

Une fois seul, Avendall regagna son fauteuil en jurant de plus belle. L'affront que venait de lui infliger Morgan Chalstrey lui était insupportable. Il avait du mal à se contenir.

Il avait choisi Gabriella Redclift après mûre réflexion. Sa jeune sœur était très jolie elle aussi, mais trop timide à son goût, et surtout trop fragile pour porter la demi-douzaine de fils qu'il comptait lui faire. L'autre, celle aux cheveux bruns – Meg –, avait manifesté un certain intérêt à son égard, c'est pourquoi il avait choisi sa jumelle qui s'était, quant à elle, montrée froide et distance. Il aimait les défis. Dompter les insoumis l'excitait.

Il tira une épée fichée dans une fente du mur et se mit à fendre l'air avec le tranchant de la lame dans une vaine tentative pour exorciser sa rage. Le contact familier de la poignée dans sa main accrut son impatience de trancher la gorge de son ennemi. Il le saignerait, se jura-t-il. Jusqu'à la dernière goutte !

Se remémorant la belle Gabriella Redclift, ses formes voluptueuses, appétissantes, un désir violent courut dans ses veines, un feu vorace, dévorant tout sur son passage. Bon sang ! Il n'avait pas acheté cette fille, payé son éducation, pour qu'elle finisse dans le lit de Chalstrey !

Son épée s'abattit à grand fracas sur un tabouret qui se fendit en deux. Au vu des dégâts, Avendall essaya de contrôler sa fureur. Il prit une profonde inspiration et planta son arme de toutes ses forces dans le parquet. Il alla ensuite à la fenêtre qui se trouvait derrière son bureau, s'appuya au rebord, et contempla la côte rocailleuse contre laquelle déferlait la mer en furie.

Il songea à Chalstrey, à tout ce qu'il était et que lui n'était pas, aux terres florissantes qu'il possédait et que lui, Avendall, convoitait.

— Cette fois, Morgan, je te tuerai, siffla-t-il en prenant les éléments à témoin.

Plus bas, dans la cour, l'un des hommes se débattait tandis qu'on l'attachait à un poteau. Avendall s'appuya contre la croisée dans l'attente des cris, s'en délectant d'avance.

— Chalstrey ? Un *duc* ? répéta Gabriella, incrédule, tandis que Zacheus peinait aux côtés du vieux cheval de son escorte. Vous vous moquez de moi, monsieur. Chalstrey est un hors-la-loi.

Will Bible sourit. Il connaissait Morgan depuis toujours pour avoir servi avec son père.

— Comme vous voudrez, my lady.

Elle chercha Morgan des yeux et fronça les sourcils.

— Le duc d'Edgefield compte parmi les favoris du roi. Il est presque une légende vivante à lui tout seul. J'ai entendu des chants et des poèmes où il était question de lui. Il s'est battu contre les Turcs, et, en France, contre le Prince Noir...

— En effet, my lady. Et il serait prêt à recommencer si Sa Majesté le lui demandait.

— Mais Chalstrey est un *brigand*, insista-t-elle.

— Ne croyez-vous pas que Sa Majesté et le Prince Noir sont encore plus impitoyables ? Les temps sont durs, my lady, et des hommes à poigne sont nécessaires quand les choses tournent mal.

Gabriella était déconcertée.

— Pourquoi un tel homme s'attirerait-il des ennuis en enlevant la future épouse d'un compatriote ?

Will soupira en contemplant Chalstrey avec une sorte de prudence mêlée d'admiration. De toute évidence, il était comme tous les hommes de la compagnie, à l'exception de Sedgewick. Il craignait Morgan autant qu'il le respectait.

— Je ne risquerai pas le fouet, my lady, même pour une jeune personne aussi charmante que vous. Si vous souhaitez connaître les motifs qui animent lord Edgefield, vous n'avez qu'à les lui demander.

— Morgan... enfin, lord Edgefield ne fouetterait pas quelqu'un ?

— Il serait capable de fouetter sa propre mère si elle osait se mettre en travers de son chemin. Croyez-moi, aucun d'entre nous ne s'aviserait de lui désobéir. Voulez-vous que je vous montre les cicatrices que je dois à son père, du temps où j'étais jeune et me laissais aller à la rébellion ?

Gabriella n'en croyait pas ses oreilles. Elle avait grandi dans un couvent et n'avait jamais connu la violence, ni de près ni de loin.

Devant eux, le chemin tortueux s'enfonçait à nouveau dans une forêt touffue. Pour passer le temps, elle se remémora un long poème épique qu'elle se plaisait à réciter avec Meg et Elizabeth, où il était question d'un beau guerrier celte et de sa dame. Cela lui permit d'oublier momentanément le froid, ses vêtements mouillés et sales, ses cheveux emmêlés, son corps négligé. Et, plus que tout, son avenir qui lui semblait plus inquiétant à mesure que le temps passait.

Au crépuscule, la pluie cessa enfin. Peu après, ils débouchèrent dans une clairière où se trouvait un cottage abandonné entouré d'une clôture à demi effondrée. Il y avait en outre une grange, une étable et des bâtiments plus ou moins en ruine.

L'air sentait l'iode, et Gabriella, qui ne savait plus où elle était, en déduisit que la mer n'était pas loin.

Imitant les soldats, elle tira sur les rênes de sa monture et attendit les ordres de Chalstrey.

Il descendit de cheval, sortit son couteau et entra dans la maison dont la porte était ouverte. Il en ressortit quelques secondes après en rengainant son arme.

— Les chevaux sont fatigués. Nous passerons la nuit ici et repartirons demain matin.

— Les chevaux, grommela Will Bible. Les hommes, il s'en fiche…

Gabriella l'entendit à peine. Elle pensait à dame Johanna, se demandant si elle avait regagné Saint-Swithin saine et sauve. Ses pauvres sœurs devaient être au courant de son enlèvement, à présent.

Mère Mary Benedict avait peut-être prévenu le shérif. Dans ce cas, ses hommes et lui avaient dû se lancer à sa recherche.

Après avoir disposé des gardes autour du campement, puis réparti ses soldats en plusieurs groupes, leur assignant leurs tâches, Morgan rejoignit Gabriella qui attendait sur le mulet. Il la prit par la taille et la laissa glisser le long de son corps avant de la poser à terre. À dessein ? Elle n'aurait su dire.

Toujours est-il que ce contact la réchauffa instantanément.

— Où dormirai-je ? s'enquit-elle, bien qu'elle connût la réponse.

Une réponse qui la terrifiait et l'excitait tout à la fois. Elle avait l'impression de réagir comme une femme légère, ce qui mettait son intégrité morale en péril. L'enfer la menaçait. Elle devait absolument réprimer les désirs coupables que cet homme éveillait en elle.

— Au même endroit que moi, répondit-il.

L'espace d'un instant, il parut surpris, étourdi presque. Tout comme elle.

— Dans le cottage, ajouta-t-il.

— Les bruits les plus indignes courent déjà, my lord.

Il eut ce sourire en coin qui le faisait davantage ressembler à un ange déchu qu'à un valeureux duc, ami du roi.

— Je devrais peut-être envoyer l'un de mes hommes les répandre jusqu'à Avendall.

Ces mots firent l'effet d'une gifle à Gabriella, tant ils étaient cinglants, mais elle se garda bien de laisser paraître son humiliation. C'eût été reconnaître que Chalstrey avait un certain pouvoir sur elle, et il n'en était pas question.

— Je vois, rétorqua-t-elle en croisant les bras. Cela explique pourquoi vous m'avez embrassée et pourquoi vous partagez mon lit : vous voulez tourmenter votre vieil ennemi en lui racontant à quel point je suis volage !

— Cela ne lui plaira pas, c'est sûr, admit Chalstrey, l'air faussement compatissant. J'avoue que suis tenté d'aggraver la situation d'ici la fin du voyage.

Visiblement, cette perspective l'amusait au plus haut point et Gabriella eut envie de lui envoyer son poing dans la figure.

— Vous aurez besoin de ma contribution pour faire de moi une prostituée, monsieur.

Une rafale de vent souffla, la glaçant jusqu'aux os.

— Hélas, je n'ai pas l'intention de vous aider, conclut-elle avant de le contourner pour se diriger vers un cours d'eau qu'elle avait aperçu derrière le cottage.

Si elle pouvait laver sa robe, elle aurait au moins l'illusion d'être propre. Il lui saisit le bras au passage et la tira en arrière, l'obligeant à lui faire face.

— Vous n'irez nulle part sans moi, Gabriella.

— N'auriez-vous pas confiance en vos hommes, *my lord* ? répliqua-t-elle, appuyant sur son titre avec dédain.

Il plissa les yeux.

— C'est peut-être en vous que je n'ai pas confiance, my lady, dit-il avant de la lâcher.

Son expression se radoucit légèrement, et, soudain, il lui parut plus troublé qu'en colère.

— Je ne voulais pas me montrer désagréable, ajouta-t-il.

Pour une raison qui lui échappait, Gabriella le crut. Une fois de plus, elle se demanda ce qui avait conduit Morgan Chalstrey, duc d'Edgefield et Dieu sait quoi d'autre, à haïr Avendall au point de se lancer dans une telle entreprise.

— Will Bible prétend que vous seriez capable de fouetter votre propre mère. Est-ce vrai ?

— Ma mère est morte de la peste il y a dix ans, paix à son âme, répondit-il. Voyez si le cottage vous convient, my lady, j'ai deux mots à dire à l'un de mes hommes.

Ce fut elle qui lui saisit le bras, cette fois. Elle avait parlé sans réfléchir et craignait que Will ne soit puni par sa faute. Son bras était dur comme le fer sous sa main et elle soupçonna son cœur d'avoir la même consistance.

— C'est après moi que vous êtes furieux, my lord. Ne tenez personne d'autre pour responsable.

Il baissa les yeux sur sa main, puis la regarda froidement.

— Mes hommes n'ont pas besoin de vous pour prendre leur défense. Je n'en tiendrais pas compte, de toute façon.

— Eh bien, allez-y, siffla-t-elle. Fouettez-les jusqu'au sang, si vous y tenez ! Mais ne vous attendez pas que je vous ménage quand je serai rendue à my lord Avendall. Jamais je ne vous pardonnerai votre barbarie.

Pendant un terrible moment, elle crut qu'il allait éclater de rire. Mais il se contenta de soupirer.

— Avendall n'est pas votre lord. Pour l'heure, c'est moi qui le suis. Et je ne vous demanderai pas d'intercéder en ma faveur auprès de lui, même si vous vous croyez désignée pour jouer les intermédiaires avec la moitié du monde. De plus, je n'ai l'intention de fouetter personne. Pour l'instant, en tout cas.

Gabriella n'avait d'autre choix que de s'incliner et de battre en retraite, mais sa reddition n'était que temporaire. Il ne perdait rien pour attendre !

Elle fit volte-face en faisant virevolter ses jupes maculées de terre et crut l'entendre ricaner tandis qu'elle se dirigeait vers le cottage, raide comme la justice. Elle ne se retourna pas pour s'en assurer.

L'intérieur du bâtiment était tout juste bon à héberger les rats. Rien d'utilisable n'avait été laissé – ni bouilloire, ni marmite, ni lit de camp. Il y avait seulement un grenier et un âtre contre l'un des murs, avec un trou dans le toit, pour évacuer la fumée.

Gabriella retourna dans la cour où attendait Zacheus, ses longues oreilles frémissantes. Elle prit son sac en tapisserie attaché à la selle.

— Tu mériterais une bonne correction, lui dit-elle plaisamment. S'il y a une justice sur cette terre, tu seras frappé par la foudre.

— Ce n'est pas très charitable, my lady, commenta une voix derrière elle.

Elle se retourna et se retrouva face à Kettleburn. Son regard brillait d'un éclat insolent et il la jaugeait comme s'il était en présence d'une bête de foire.

— Certaines créatures semblent nées pour s'attirer des ennuis, dit-elle posément. Et quand par hasard elles ne les rencontrent pas, elles les provoquent délibérément.

Kettleburn n'était pas très vif d'esprit, mais il comprit qu'il avait été insulté et en fut contrarié.

— Je veux un baiser pour vous avoir prêté mes bottes, my lady, fit-il d'une voix mielleuse qui donna la chair de poule à la jeune fille. C'est un prix raisonnable, non ?

— Je préférerais marcher pieds nus jusqu'à Londres, rétorqua-t-elle en s'appuyant contre le mulet pour enlever la première botte dans l'intention de la lui jeter à la figure.

Et la deuxième suivrait, d'ailleurs.

Qui sait ce qui se passa dans la tête du palefrenier ? Morgan n'était pas en vue, certes, mais il n'était pas loin. Cela n'empêcha pas le jeune homme de se précipiter sur Gabriella pour essayer de l'embrasser de force.

Effrayé par ce mouvement inattendu, Zacheus se mit à braire à tue-tête en reculant. Gabriella perdit l'équilibre et tomba à la renverse dans la boue, entraînant involontairement dans sa chute le palefrenier qui se retrouva à plat ventre sur elle, et décida aussitôt de tirer parti de la situation.

Elle se débattit comme une diablesse, se tortillant en tous sens, donnant des coups de pied, le griffant. Il réussit malgré tout à lui écraser la bouche de la sienne. Son dégoût fut tel que, quand le jeune homme fut brusquement tiré en arrière, elle s'essuya les lèvres, puis se tint le ventre, prise de haut-le-cœur.

— Bon sang! gronda Morgan en remettant brutalement le garçon sur ses pieds.

Il le poussa vers Will Bible, qui l'empoigna sans ménagement.

— Emmène-le dans l'étable et attache-le comme un porc au crochet du boucher! Je m'occuperai de lui plus tard.

Encore haletante, Gabriella voulut se lever, mais elle glissa dans la boue et dut accepter la main que Morgan lui offrait. Il l'arracha du sol avec un horrible bruit de succion.

— Que s'est-il passé? demanda-t-il tandis que ses hommes, qui s'étaient rassemblés pour assister à la scène, se dispersaient lentement.

Atterrée, Gabriella contempla sa robe dans un état maintenant indescriptible. Levant les yeux sur Morgan, son regard accrocha le fouet qui pendait à sa ceinture.

— Vous... vous comptez vous en servir? Je veux dire, contre le palefrenier... ?

Morgan croisa ses bras puissants sur sa poitrine. Son expression était indéchiffrable.

— Peut-être bien. Kettleburn ne me laisse pas le choix, reconnaissez-le.

Contrairement à ce qu'on lui avait enseigné, elle n'était pas encline à tendre l'autre joue. Ce garçon était un coquin. Cependant, l'idée du châtiment qu'il encourait, de son corps meurtri, ensanglanté, lui était insupportable.

— Prenez peut-être le temps de…

— Vous n'allez tout de même pas me dire comment je dois mener ma compagnie ! jeta-t-il entre ses dents.

Il se détournait quand elle agrippa la manche de sa tunique.

— Peut-être était-ce ma faute, risqua-t-elle, prête à dire n'importe quoi pour éviter un acte d'une telle barbarie. Je… je voulais voir si je pouvais l'inciter à m'embrasser…

— Vous mentez ! J'ai assisté à la scène, Gabriella. De même que la moitié de mes hommes.

— Dans ce cas… Mais, si je suis capable de lui pardonner, ne pouvez-vous en faire autant ?

Un muscle tressauta sur sa joue assombrie par une barbe naissante qui donna envie à Gabriella d'y passer la main…

— Non, je ne peux pas.

Elle se contint tant bien que mal, luttant bravement pour ne pas éclater en sanglots.

— Alors vous êtes une brute !

Il proféra un juron.

— Sedgewick avait raison, marmonna-t-il en parcourant la cour du regard comme s'il cherchait de l'aide.

À part le mulet blanc, il n'y avait pas âme qui vive aux alentours.

Levant les yeux au ciel, il secoua la tête.

— Qu'est-ce qui m'a pris de m'engager dans un projet pareil ? demanda-t-il aux cieux. Mais qu'est-ce qui m'a pris, Seigneur !

Gabriella l'observait, oscillant entre confusion et espoir. Allait-il la libérer ? La ramener à l'abbaye ou à Avendall Hall ?

— My lord ?

— Quoi encore ?

Le courage de l'interroger sur ses intentions lui manqua. Elle lui posa une autre question :

— Puis-je... aller... changer de robe à l'intérieur ?

Morgan implorait toujours le Ciel en silence.

— Faites ce que vous voulez, dit-il sans la regarder.

Il était furieux, devina-t-elle sans bien savoir contre qui. Ou quoi. Kettleburn ? Elle ? La pluie ? Le mulet ? Les événements... ?

— Si j'avais su ! Si seulement j'avais su que vous épouser serait pour Avendall le pire des châtiments et la meilleure façon d'expier ses nombreux péchés, jamais je ne vous aurais empêchée de le rejoindre !

Gabriella ramassa son sac et gagna le cottage afin de pleurer tout son soûl, et sans témoin.

Elle venait à peine d'enfiler son autre robe, à peine plus propre que la première, que Morgan entrait avec du bois. Il s'activa aussitôt devant la cheminée.

— Qu'est-il arrivé à Kettleburn ? risqua-t-elle d'une toute petite voix.

Il tourna un instant la tête vers elle.

— Mieux vaudrait que vous ne me le demandiez pas, my lady.

Gabriella ferma les yeux, vacillant légèrement.

— Comment pouvez-vous être aussi cruel ? souffla-t-elle.

Des flammes s'élevèrent et il se redressa en s'essuyant les mains.

— Cruel ? répéta-t-il en s'approchant d'elle. Savez-vous ce qui risque d'arriver à un soldat sur un champ de bataille, et donc à une armée entière, quand un homme, un seul, n'obéit pas aux ordres ? Avez-vous la moindre idée du sort que réservent les Turcs à un prisonnier qui s'est fait prendre à cause de son indiscipline ou de sa lâcheté ?

Gabriella leva la main pour qu'il n'aille pas plus loin.

— J'en ai entendu parler, murmura-t-elle.

— C'est la *réalité*, affirma-t-il avec force. Et je ne serai pas « cruel » au point de vous la décrire. Je me contenterai de vous expliquer que dans une compagnie comme la nôtre, l'obéissance est indispensable. L'insubordination vient après la trahison en matière de gravité, et mérite un châtiment sévère. Si je permets à un seul homme de faire un écart en toute impunité, je cours droit au chaos.

Cette fois, elle ne put retenir ses larmes.

— Je ne suis pas un soldat, fit-elle d'une voix entrecoupée.

Il la contempla en silence puis, brusquement, il l'attira dans ses bras. Elle se laissa aller contre lui sans résister, tremblante d'épuisement et de chagrin. Jamais elle n'avait éprouvé un tel besoin de réconfort.

— Vous êtes glacée... Venez près du feu. Je vais vous chercher de quoi manger, des couvertures et vous vous reposerez...

Elle leva les yeux vers lui, et elle lui parut soudain terriblement fragile.

— Je voudrais surtout de l'eau, dit-elle. Des rivières d'eau chaude.

Il eut un rire rauque, puis l'embrassa sur le bout du nez. Aussitôt, une douce chaleur se répandit en elle, comme si elle avait bu une gorgée de vin chaud. Elle vit un éclair de désir traverser son regard.

— Ce sera ma pénitence, d'accord ?

Elle hésita avant d'acquiescer.

— Et Kettleburn ? Que va-t-il lui arriver ?

— Cela ne vous concerne pas.

— Je crois que si.

— Vous n'allez pas aimer la réponse.

Ils s'observèrent un instant sans mot dire, s'évaluant, se jaugeant. Et soudain, pour une raison qui lui échappa totalement, Gabriella se haussa sur la pointe des pieds et déposa un baiser rapide sur ses lèvres.

Sidéré, il renversa la tête en arrière et fit entendre ce beau rire grave qui la faisait vibrer. Son regard, qui pétillait malicieusement, devint tout à coup sombre, envoûtant. Il s'inclina sur elle et s'empara de sa bouche. D'abord doux, presque timide, son baiser se fit très vite pressant, exigeant, laissant Gabriella pantelante et éperdue.

— Peut-être que vous embrasser vaut bien quelques coups de fouet, murmura-t-il en s'écartant d'elle.

Cette fois, elle écouta la voix du bon sens et renonça à évoquer Kettleburn.

— Vous pouvez toujours tuer le mulet, si vous avez besoin d'un exutoire à votre violence, suggéra-t-elle néanmoins.

Il rit de nouveau, puis se dirigea vers la porte d'un pas décidé.

Au bout d'une heure, alors qu'elle commençait à désespérer de le voir revenir avec de l'eau chaude, il réapparut sur le pas de la porte, un seau fumant dans chaque main. Elle cessa d'attiser le feu et, tournant la tête, croisa son regard. Il la fixait, l'air étrangement fasciné, comme s'il la contemplait pour la première fois.

— Vous avez soupé ? s'enquit-il d'une voix sourde.

Inexplicablement, ces paroles la troublèrent au-delà de toute raison et elle se sentit comme transportée de joie. Il n'y avait pourtant pas de quoi. Un peu d'eau chaude, un duc hors la loi, la perspective d'une nuit allongée à même le sol, tout cela n'avait rien de réjouissant.

Peut-être était-elle victime d'un enchantement dû à la pleine lune de cette nuit d'automne.

— Oui, dit-elle dans un souffle. Will m'a apporté du pain et du ragoût.

Morgan se décida enfin à entrer. Il posa les seaux près du feu.

— Dépêchez-vous de faire votre toilette, my lady, car je ne peux vous assurer que ces seaux ne vont pas se fendre d'une seconde à l'autre. L'un de mes hommes les a trouvés dans une remise.

Gabriella se tordit nerveusement les mains. Elle était pure et sortait à peine de Saint-Swithin. L'audace de sa sœur Meg lui faisait défaut.

— Vous n'avez tout de même pas l'intention de… de rester ?

— Bien sûr que si. Autrement, qui veillera sur vous ?

Et qui me protégera de lui ? songea-t-elle. Et surtout de moi-même ?

— Vous n'allez pas attendre dehors ? insista-t-elle en jetant un regard d'envie vers les seaux dont le contenu devait commencer à refroidir.

— Si. Mais ne traînez pas. Je suis fatigué et je n'ai pas encore mangé.

Il sortit et, peu après, elle l'entendit discuter tranquillement avec l'un de ses hommes, de l'autre côté de la porte. Bien qu'elle craignît qu'il n'entrât à tout moment, le besoin de se laver l'emporta et elle procéda tant bien que mal à sa toilette à l'aide d'un morceau de sa chemise. La sensation de l'eau chaude sur sa peau glacée lui parut divine.

Elle achevait à peine de remettre sa chemise quand il revint, apportant avec lui une bouffée d'air froid qui la fit trembler.

Il la contempla d'un air hagard et se frotta la nuque, geste qui trahissait chez lui une certaine tension.

— Dieu du Ciel, Gabriella, pourquoi faut-il que vous soyez si belle ?

Elle n'aurait pas dû accepter un compliment d'un homme comme lui, tout duc d'Edgefield qu'il fût, mais elle ne put s'empêcher de se sentir secrètement flattée.

— Je vous suis vraiment reconnaissante de m'avoir apporté de l'eau, my lord.

— Gabriella, Gabriella, gémit-il, ne dites pas de telles choses. Dieu sait comment je pourrais les interpréter. Je ne suis qu'un homme…

Ne comprenant pas bien ce qu'il entendait par là, elle se mit en devoir d'étendre les peaux de daim sur la partie la plus propre du sol.

— Je crois que je vais bien dormir, cette nuit, crut-elle bon de préciser.

Il l'observait intensément, presque sombrement.

— Gabriella… vous rendez-vous compte… Pouvez-vous seulement imaginer… ?

— Quoi ? demanda-t-elle en toute innocence.

— De vous voir ainsi. Faire ce que vous faites… Seigneur Dieu ! Si c'est votre vengeance, vous m'infligez une torture à la hauteur de celles des Turcs !

Cessant de s'activer avec les couvertures, Gabriella s'approcha de lui, totalement déroutée par ses propos.

— Une vengeance ?

— Si je m'allonge près de vous…

Il se détourna, en proie à une vive agitation.

— J'ai des griefs envers Avendall, pas envers vous.

Évitant de la regarder, il se baissa, attrapa une peau de daim et une couverture, puis s'éloigna de quelques pas.

— Je dormirai là, près de la porte. Installez-vous à côté du feu, mais pas trop près. Des braises pourraient sauter…

Cette gêne inhabituelle qu'il manifestait soudain amusa la jeune fille, qui se garda bien de le montrer.

— Vous ne dormirez pas près de moi, comme les autres soirs, my lord ?

Chalstrey passa les doigts dans ses cheveux qui, tout comme sa barbe, auraient eu grand besoin des soins du barbier.

— Je ne préfère pas, bougonna-t-il.

Elle voulait seulement dormir près de lui, pour qu'il la réchauffe, qu'il la protège, il le savait, mais ses besoins à lui étaient d'une tout autre nature, alors avant de céder à la tentation, il ouvrit la porte et sortit.

Perplexe, Gabriella le suivit dans la cour. Et découvrit des hommes à cheval, munis de torches. L'espace d'un instant à la fois merveilleux et effroyable, elle crut qu'Avendall était venu la sauver.

Mais ce furent deux soldats de Morgan qui se détachèrent du groupe. L'un d'entre eux tenait un cheval par la bride.

Gabriella reconnut d'abord Mithras, l'étalon bien aimé de Sedgewick. Puis, à califourchon sur son dos, dame Johanna, l'air à la fois épuisé et triomphant. Dans une robe mouillée aussi lamentable que celle de sa protégée, elle sourit à Morgan qui la considérait avec stupeur.

— Nous avons trouvé cette femme dans la forêt, my lord, expliqua l'un des hommes. Que faisons-nous d'elle ?

— Si je réponds à cette question, je risque de me retrouver foudroyé sur place par la colère divine, répondit Chalstrey. Retournez à vos postes.

Les hommes s'exécutèrent et Morgan aida la religieuse à descendre de cheval.

— Où se trouve mon ami Gresham ? demanda-t-il d'un ton prudent.

— Ne vous inquiétez pas pour lui, my lord, répliqua dame Johanna en observant Gabriella, qui était restée en retrait, avec acuité. Il se portera à merveille dès que sa blessure à la tête sera guérie.

7

À mesure qu'ils se rapprochaient d'Edgefield Keep, l'odeur d'iode et les embruns se faisaient plus présents, leur rappelant que la mer était toute proche. Gabriella était montée derrière Chalstrey, sur Nimrod, tandis que dame Johanna chevauchait l'irascible mulet. Une semaine entière s'était écoulée depuis l'enlèvement. La jeune fille était si épuisée qu'elle avait l'impression de flotter dans un brouillard mouvant, entre rêve et réalité.

Quelques jours plus tôt, après que la religieuse les eut rejoints, Morgan avait envoyé deux hommes à la recherche de Sedgewick. Ils n'avaient aucune nouvelle depuis et le bruit courait parmi les soldats qu'après une dispute avec Chalstrey, Gresham avait décidé de poursuivre son chemin seul. Certains allaient même jusqu'à prétendre que les deux émissaires l'avaient imité.

L'arrivée de dame Johanna avait été providentielle. Sans elle, Gabriella aurait sûrement perdu sa vertu avec Morgan Chalstrey cette nuit-là, dans le cottage. La religieuse avait dormi à côté d'elle, près du feu, tandis que le duc s'était allongé devant la porte, sur le sol froid et poussiéreux, avec une simple couverture.

Décidant de partager celle de dame Johanna, Gabriella s'était relevée subrepticement pour couvrir Morgan de sa propre couverture. Depuis, elle dormait du sommeil de l'innocent auprès de la sainte femme, ce dont elle ne se réjouissait pas autant que la décence l'exigeait.

À présent, à cheval derrière Chalstrey, elle s'efforçait d'oublier combien elle aimait sentir la chaleur de son corps musclé contre le sien tandis qu'elle s'agrippait à lui, les bras noués autour de sa taille. Par moments, elle aurait juré qu'elle percevait les battements de son cœur à travers le cuir pourtant épais de son pourpoint.

Elle soupira. Elle aurait dû le haïr, le mépriser. Au lieu de cela, elle le désirait de tout son être. De toute façon, le mal était fait : sa réputation et ses espoirs de mariage étaient gravement compromis. Quitte à pâtir des conséquences d'un acte qu'elle n'avait pas commis, pourquoi ne pas en goûter les joies ? Elle aurait ainsi un souvenir à chérir pour le restant de ses jours.

À vrai dire, Gabriella regrettait en secret que dame Johanna ne fût pas arrivée quelques heures plus tard. Mais pour éviter de s'appesantir sur la question, elle s'efforça de penser à autre chose. À ses sœurs, par exemple. Elle se rappelait avec plaisir le jardin potager de Saint-Swithin où elle avait passé tant d'heures, les foires d'été et d'automne où mère Mary Benedict leur permettait parfois de se rendre toutes les trois. Elles y assistaient à des spectacles de mimes, écoutaient les troubadours chanter et les barbes conter des histoires. Quand elles allaient au marché vendre les jeunes cochons, elles récoltaient un sou avec lequel elles s'achetaient une friandise qu'elles suçaient lentement pour qu'elle dure longtemps.

Pourquoi n'avait-elle pas davantage apprécié ces joies simples quand il en était encore temps ?

Comme si elle lisait dans ses pensées, la perspicace dame Johanna, qui cheminait aux côtés de Nimrod, lança soudain :

— Je suis sûre que vos sœurs vont bien, mon enfant. Si vous voulez leur écrire, je leur remettrai votre lettre dès mon retour à Saint-Swithin.

— Quelle bonne idée ! répondit Gabriella, ravie. Mais je suis persuadée que lord Sedgewick leur a déjà dit de vive voix que j'allais bien... compte tenu des épreuves que j'ai subies, ajouta-t-elle à l'intention de Morgan.

Elle le sentit se tendre. Le coup avait porté.

— Certes, admit dame Johanna, une lueur joyeuse dans le regard. Mais il est inutile de les inquiéter en les leur racontant, Gabriella. Elles se feraient d'autant plus de souci qu'elles ne peuvent vous venir en aide.

— Sedgewick aura peut-être l'idée de les ramener avec lui, pour me faire une faveur.

Morgan se retourna pour la regarder.

— À son retour, Sedgewick devra surtout me payer ce qu'il me doit pour s'être laissé abuser par une nonne rusée.

La nonne en question eut un sourire placide.

— Je suis certaine qu'il me pardonnera.

— Je vous trouve bien sûre de vous en général, bonne dame. Ce mulet et vous formez un couple parfaitement assorti, si je puis me permettre.

Le sourire de dame Johanna s'élargit.

— Vous avez raison, lord Edgefield. Zacheus ne se laisse pas aisément détourner de la voie qu'il a choisie, tout comme moi.

Morgan inclina la tête comme pour saluer cet adversaire à sa mesure, et Gabriella vit qu'il se retenait d'esquisser un sourire.

Le soleil était haut dans le ciel quand Edgefield Keep se dressa enfin devant eux. Des drapeaux bleu et blanc agités par la brise marine flottaient au sommet de ses nombreuses tours. Des soldats montaient la garde sur le chemin de ronde. Des vitres étincelaient aux fenêtres disposées de façon à rester hors de portée des flèches.

Gabriella en demeura bouche bée.

— My lord, murmura-t-elle.

Il se tourna brièvement vers elle.

— Ce n'est pas une prison si terrible, n'est-ce pas ?

Le mot prison la ramena sur terre instantanément. De son côté, dame Johanna affichait une expression ébahie tandis que son regard passait du château à son maître. Se ressaisissant enfin, elle se signa en marmonnant quelque chose à propos des voies impénétrables du Tout-Puissant.

Morgan guida sa monture jusqu'au pont-levis, invitant Gabriella à se cramponner plus fermement à lui.

À l'intérieur des murs se trouvait un village animé, plein de gens souriants, et Gabriella se remémora son rêve où elle imaginait son arrivée dans un endroit tel que celui-ci, à la différence que le château de ses songes appartenait à Avendall, pas à Chalstrey.

Elle se permit néanmoins de feindre de croire qu'elle était attendue au même titre que Morgan et ses hommes d'armes, chaleureusement accueillis par des femmes et des enfants.

Quelque peu mal à l'aise, elle remarqua que plusieurs d'entre elles la détaillaient, et que leur expression était loin d'être amicale. En réaction, elle releva la tête avec hauteur et soutint leur regard.

Dès que le pont-levis fut remonté, Morgan renvoya ses hommes dans leurs foyers, à l'exception de

Kettleburn qui avait les mains liées au pommeau de sa selle. Gabriella l'avait observé subrepticement, pour tenter de déterminer s'il avait été fouetté ou non. Elle n'avait pu se faire une opinion et nul n'avait abordé le sujet, du moins en sa présence.

— Et moi, my lord ? demanda-t-il à Morgan.

Il s'exprimait avec respect, mais l'amertume et la colère perçaient dans sa voix.

— Remercie le Seigneur qu'il y ait des femmes ici, parce que autrement je t'aurais déjà envoyé rouler à terre. Tu passeras la nuit au cachot où tu méditeras sur tes fautes. Demain, si la chance est avec toi et que je suis de bonne humeur, je te libérerai.

Kettleburn rougit de se voir ainsi remis à sa place et lança un regard haineux à Gabriella, comme si elle était responsable de ses déboires. Il ouvrit la bouche pour parler, puis se ravisa prudemment.

Morgan héla l'un des villageois, le maréchal-ferrant à en juger d'après son tablier de cuir taché.

— Occupe-toi de ce petit plaisantin. Et qu'il ne soit pas mieux traité que nos chevaux les plus rétifs !

— Bien, my lord, répondit l'homme.

Il détacha le jeune homme, l'arracha à sa monture sans douceur et le jeta en travers de son épaule massive.

— Où voulez-vous que je l'enferme, my lord ? Dans le donjon ?

— Sa présence risque d'offenser ces hôtes innocents et laborieux que sont les rats. Mets-le dans la vieille grange, donne-lui de l'eau, de quoi manger et verrouille la porte.

Porté par le maréchal-ferrant, l'infortuné Kettleburn déclencha rires et plaisanteries. Certains lui donnèrent même des coups de gants ou de rênes au passage.

Voyant ce qu'il advenait à ceux qui n'obéissaient pas au duc d'Edgefield, Gabriella résolut de se comporter prudemment avec ce dernier, à l'avenir.

Jamais elle n'avait mis les pieds dans un château aussi vaste et d'une telle splendeur. En comparaison, Redclift faisait figure de masure tout juste bonne à servir de pigeonnier.

Morgan disparut peu après leur entrée, et un sentiment de jalousie aussi féroce qu'inattendu étreignit Gabriella à l'idée que, peut-être, une femme l'attendait. Elle se réprimanda silencieusement, et s'exhorta à ne pas oublier que Chalstrey ne se souciait pas d'elle. À ses yeux, elle n'était rien d'autre que l'instrument de sa vengeance.

Ce fut Ephriam Frame, le valet de chambre de Chalstrey, un grand homme maigre et avenant, qui se chargea de leur faire visiter les lieux, à dame Johanna et à elle-même.

L'étage inférieur abritait les cuisines, les quartiers des domestiques et la réserve. Au-dessus se trouvait la vaste salle où Morgan s'entretenait avec ses conseillers en matière de guerre, de finances et d'intendance. Il y avait également la salle commune où les repas étaient servis et où, à l'occasion, l'on donnait des fêtes. Deux tribunes de musiciens s'élevaient à chaque extrémité de la pièce, et Gabriella imagina sans peine la foule élégante dansant au son d'une musique joyeuse.

Ephriam précéda ensuite les deux femmes dans un grand escalier. La jeune fille s'efforçait de mémoriser chaque détail en prévision de la lettre qu'elle écrirait à ses sœurs.

Le valet franchit d'énormes portes munies de serrures en fer et s'arrêta au bout d'un couloir. Il les introduisit alors dans une chambre avec vue sur la mer.

Avec un petit cri de plaisir, Gabriella s'élança dans la pièce, oubliant momentanément sa condition de prisonnière.

La pièce immense et lumineuse abritait deux grands lits recouverts d'une courtepointe de velours et de nombreux coussins. Un joli bureau adossé à un mur invitait au travail et une terrasse ouvrait sur la mer dont on percevait le ressac.

Gabriella n'avait jamais vu la mer. Elle ne la connaissait que par ses lectures, et elle demeura un instant immobile, fascinée par l'immense étendue mouvante. Cédant à la curiosité, elle courut jusqu'au balcon. En contrebas, les vagues venaient se briser sur les rochers du rivage dans un jaillissement d'écume. Malgré la fatigue et sa situation plus que précaire, elle était littéralement enchantée.

— Je n'en crois pas mes yeux, murmura-t-elle quand dame Johanna l'eut rejointe.

La religieuse posa doucement la main sur son bras.

— La création de Notre Seigneur regorge de merveilles, mon enfant. C'est la première fois que je vois la mer, moi aussi. Venez, rentrons. Nous aurons tout le temps de l'admirer. Pour l'instant, il faut manger et se reposer.

À regret, Gabriella suivit son chaperon à l'intérieur. Des servantes étaient déjà occupées à remplir une baignoire d'eau chaude et délicieusement parfumée. D'autres dressaient une petite table devant le feu sur laquelle elles disposèrent un pâté de cailles, des navets bouillis et des fruits. Ephriam supervisait les opérations et distribuait des ordres.

— M. le duc vous attend dans la chambre du conseil, dit-il à dame Johanna. Il aimerait s'entretenir avec vous quand vous aurez mangé et que vous serez prête.

Cette invitation ne s'adressait pas à Gabriella, mais celle-ci n'en prit pas ombrage, car elle n'avait pas mangé de pâté de cailles depuis Noël et elle mourait de faim. De plus, elle brûlait d'envie de se laver et ne voulait surtout pas laisser l'eau refroidir.

— Je préférerais voir lord Edgefield tout de suite, si cela ne vous dérange pas, répondit la religieuse. J'ai des choses à lui dire, moi aussi.

— Je vous garderai la moitié du pâté, promit la jeune fille distraitement.

— Ne vous privez pas pour moi, mon enfant. Je n'ai pas votre appétit.

Ephriam remercia les servantes et se retira avec dame Johanna. Il referma la porte et le bruit d'une clé tournant dans la serrure suivit, rappelant Gabriella à la réalité.

Morgan se leva quand la religieuse entra dans la chambre du conseil, précédée par Ephriam. Sur le bureau, près de lui, se trouvait un plateau avec une assiette de poulet froid et du vin du domaine d'Edgefield auquel il n'avait pas touché.

— Avez-vous pris un rafraîchissement ? s'enquit Morgan, notant aussitôt la flamme qui animait le regard de la religieuse.

Il l'imagina revêtue d'une armure, partant livrer bataille aux Français ou aux Turcs à la tête de ses troupes. Quel guerrier redoutable elle ferait ! songea-t-il en réprimant un sourire.

— Je n'en ai pas besoin. Vous pouvez nous laisser, ordonna-t-elle à Ephriam en le toisant comme s'il était à son service et non à celui de Chalstrey.

Trop occupé à se composer une expression de circonstance, ce dernier ne protesta pas.

Il indiqua un siège à dame Johanna et elle y prit place avec la dignité d'un monarque s'asseyant sur son trône.

— Cette situation ne rime à rien, déclara-t-elle d'emblée.

Morgan lui présenta le plat de volaille.

— Mangez, bonne dame. Je crains que vous n'ayez pas pris le temps de vous restaurer. Assommer mon capitaine et voler son cheval ont dû avoir raison de vos forces.

Elle considéra un instant la nourriture, puis s'empressa de surmonter l'envie qu'elle lui inspirait. Dame Johanna avait le sens des priorités et allait toujours droit au but.

— Qu'avez-vous exactement l'intention de faire de Gabriella ? attaqua-t-elle.

Morgan s'assit sur le coin de son bureau et prit un morceau de viande.

— Que voulez-vous dire ?

— Vous le savez très bien. Gabriella est une jeune fille innocente, presque une enfant. Elle est issue d'une famille respectable, quoique sans ressources. Elle a l'âme noble, l'esprit fin et le cœur vaillant. Lord Avendall représentait pour elle une chance inespérée de faire un bon mariage, car elle n'a pas de dot. Vous avez vraisemblablement ruiné ses chances de l'épouser, et j'aimerais savoir ce que vous proposez en réparation.

Morgan prit le temps d'avaler une bouchée de viande et de boire une gorgée de vin avant de répondre. Il aimait les joutes verbales qui l'opposaient à dame Johanna – elle était d'une autre trempe que la plupart de ses hommes, Sedgewick excepté – et souhaitait prolonger leur échange.

Elle croisa les bras tranquillement. À en juger par son attitude, elle ne s'en irait pas avant d'avoir obtenu des réponses à ses questions.

— Qu'attendez-vous de moi ?
— Vous n'avez pas d'épouse, n'est-ce pas ?
Morgan tressaillit.
— Non. Et je n'ai pas l'intention d'en prendre une.
— Je suis certaine que Gabriella n'avait pas non plus l'intention d'être enlevée et de voir sa réputation salie.
Il serra les dents.
— J'ai une bonne raison d'avoir agi ainsi.
— En effet. Vous voulez vous venger d'Avendall.
— Vous ne savez pas pourquoi.
— Peut-être auriez-vous la bonté de m'éclairer ?
Il secoua la tête.
— C'est impossible.
Il avait été incapable de parler de Rebecca à qui que ce fût, pas même à Sedgewick, son meilleur ami en qui il avait toute confiance, sauf pour lui raconter des choses sans importance.
À la vive stupeur de Morgan, dame Johanna se leva et vint poser sa main sur la sienne.
— Je vous crois, affirma-t-elle doucement, et elle le regardait avec une telle bonté que cela faillit causer sa perte. Mais il y a un moment où, si gravement qu'on ait été lésé, il faut savoir tourner le dos au passé pour se consacrer au présent. Vous êtes un homme peu ordinaire, Morgan Chalstrey, mais, comme beaucoup de vos semblables, vous gardez les yeux fixés sur l'horizon et oubliez de regarder ce qui se trouve à votre portée.
Une fine pellicule de sueur glacée recouvrit soudain le corps de Morgan au souvenir de ce qu'Avendall avait fait à Rebecca. Cela lui était arrivé un nombre incalculable de fois, au cours d'atroces cauchemars qui le réveillaient au beau milieu de la nuit, mais jamais encore il n'avait enduré ce phénomène en plein jour.

Il se dirigea vers la fenêtre, laissa son regard errer sur la mer traîtresse. Depuis toujours, elle exerçait sur lui une étrange emprise.

— Laissez-moi, fit-il brusquement. Je ne suis pas de bonne compagnie.

Allongée sur le vaste matelas de plume, Gabriella contemplait les ombres qui dansaient au plafond, tandis que dame Johanna ronflait doucement dans le lit voisin. À travers les portes fermées de la terrasse lui parvenaient la rumeur de la mer, le bruit sourd des vagues s'écrasant sur les rochers.

Elle soupira. Elle aurait dû se réjouir d'être enfin propre et rassasiée, vêtue d'une chemise de soie et étendue sur une couche moelleuse. Au lieu de cela, elle se languissait de ces nuits passées à même le sol, dans ses vêtements boueux, à côté de Morgan Chalstrey…

Elle se tourna sur le côté et ferma les yeux. En vain. Le sommeil ne venait pas. Elle avait dormi des heures après son bain, mais, à présent, sa fatigue s'était envolée et Chalstrey occupait toutes ses pensées. Elle le revoyait souriant, fronçant les sourcils. Elle se rappelait ce qu'elle avait éprouvé quand il l'avait embrassée dans le cottage, juste avant le retour de dame Johanna.

Une onde de chaleur la parcourut et elle commença à s'agiter nerveusement. Elle se demandait si Morgan était avec une femme. Une femme sûre d'elle, sachant toujours comment se comporter, quoi dire, comment lui plaire. Une femme capable de deviner ses désirs et de les satisfaire.

Un gémissement lui échappa. Si seulement elle n'avait pas rencontré cet homme ! À l'heure qu'il était, elle serait mariée et ce qui se passait dans le lit conjugal n'aurait plus de mystère pour elle.

Ses sœurs seraient sans doute en route pour la rejoindre.

Telle une naufragée cherchant éperdument un objet auquel se raccrocher, elle essaya de se remémorer le visage d'Avendall. Rien à faire, elle avait oublié ses traits.

Chalstrey l'occupait tout entière. Il lui avait tout pris, même cela !

Exaspérée, elle se leva et enfila une robe en laine brodée qu'une servante lui avait laissée. Elle n'avait pas osé lui demander à qui elle appartenait.

Attentive à ne pas réveiller dame Johanna que ses aventures avaient épuisée, elle traversa la chambre sur la pointe des pieds à la faveur du clair de lune et souleva le loquet de la porte. Celle-ci n'était pas fermée à clé.

Dans le couloir, des bougeoirs fixés aux murs dispensaient une lumière vacillante tout en répandant une odeur de suif. Il faisait froid et Gabriella frissonna en se sermonnant silencieusement. Quelle idée de s'aventurer dans une maison inconnue et glaciale en pleine nuit !

— Gabriella ?

Elle sursauta si violemment que son cœur cessa un instant de battre. Les tempes bourdonnantes, elle scruta la pénombre.

Morgan se matérialisa peu à peu à la lueur d'une chandelle qu'il enlevait de son support.

— Que faites-vous ici ?

Elle regrettait soudain d'avoir cédé à sa nature impétueuse et de ne pas être restée dans son lit. Certes, elle avait rêvé secrètement que cette rencontre se produirait mais, maintenant que son souhait se réalisait, elle prenait peur.

— Je tentais de fuir, répondit-elle, prise de court.

Au petit sourire furtif qui joua sur ses lèvres, elle sut qu'il ne la croyait pas.

— Dites-moi la vérité, Gabriella. Mentir met votre âme en danger.

Elle se mordit la lèvre puis répondit doucement :

— Je dois confesser, my lord, que j'espérais vous rencontrer.

— C'est chose faite. Que voulez-vous ?

Elle déglutit avec peine, rassembla tout son courage.

— Je veux m'étendre près de vous à nouveau, et que… vous m'embrassiez.

8

— Aidez-moi, Seigneur, murmura Morgan en dévisageant Gabriella avec un mélange de stupeur et de désarroi.

La jeune fille attendait, retenant son souffle.

La chandelle à la main, il fit un pas vers elle puis s'immobilisa, comme s'il luttait contre une force intérieure.

— Gabriella, fit-il d'une voix rauque.

Son visage était décomposé par une émotion qu'elle ne comprenait pas. Elle perçut la légère odeur de rhum qui se dégageait de son haleine.

— Vous ne devez pas me demander cela. Je… ne pourrai pas me contenter de vous prendre dans mes bras et de vous embrasser. Ce serait au-dessus de mes forces.

Sa chandelle s'éteignit et il la jeta de côté en implorant de nouveau le ciel. L'obscurité les enveloppa, à peine trouée par la flamme incertaine de la chandelle la plus proche.

— Gabriella, comprenez-vous ce que j'essaie de vous expliquer ?

Elle releva le menton.

— Oui. Je crois.

Elle tendit la main et rencontra la poitrine de Morgan. Immédiatement, il lui saisit le poignet tel un marin s'accrochant à une ancre dans une mer démontée.

La seconde d'après, il la soulevait dans ses bras et capturait ses lèvres, l'embrassant avec une passion dévastatrice qui la bouleversa.

— Si vous voulez demeurer telle que vous êtes, Gabriella, chuchota-t-il, le souffle court, dites-le maintenant, et je vous ramène dans votre chambre,

Elle savait que ce qu'elle s'apprêtait à faire était une folie, et un péché, mais elle s'en moquait. Cet homme avait pris place dans son cœur et rien d'autre ne comptait.

— Je ne veux pas retourner dans ma chambre, Morgan.

La tenant dans ses bras comme s'il s'agissait d'un trésor inestimable, il se dirigea sans un mot vers une porte qu'il ouvrit du pied.

À l'intérieur, un feu brûlait dans la cheminée, mais Gabriella ne le remarqua pas, pas plus qu'elle ne vit le décor qui les entourait. Seul lui importait cet homme à qui elle allait se donner et qui lui appartiendrait. Et tant pis si le temps leur était compté ; elle ne voulait pas songer à l'avenir.

Morgan gravit les marches d'une estrade et déposa la jeune fille sur un lit aussi vaste et moelleux que celui qu'elle venait de quitter. Il se tint un instant immobile, puis alluma une petite lampe à huile posée sur la table de chevet.

Gabriella rougit, non de honte mais de fierté, sous son regard admiratif. Elle savait qu'elle était belle, parce qu'il le lui avait appris.

— La lumière ne vous gêne pas, constata-t-il avec un sourire.

— Je n'ai rien à cacher, my lord.

Dans son innocence, elle était comme Ève dans le jardin d'Éden, pure de tout sentiment de honte.

Cela viendrait sans doute avec le temps, mais, pour l'heure, elle ne s'en souciait pas.

Morgan prit son fin visage entre ses mains et se pencha sur elle. Près, si près... Une lueur inconnue, à la fois primitive et infiniment tendre, parut vaciller au fond de ses yeux.

— Je n'en doute pas, my lady, mais j'aimerais m'en assurer par moi-même.

Elle trembla quand il délaça le corsage de sa robe. Son émoi n'était en rien l'expression de sa pudeur mais bien plutôt d'un étrange et farouche désir de s'abandonner. Elle le fixa sans ciller tandis qu'il écartait son vêtement comme si elle avait été une déesse, et contemplait ses seins nus avec émerveillement.

Puis il plongea son regard dans le sien et laissa échapper un rire rauque. Elle le soupçonna d'avoir abusé du rhum – bien qu'elle ne l'ait jamais vu ivre jusqu'à présent –, et n'en fut aucunement contrariée.

Avec une dextérité que seule une longue pratique pouvait conférer, il acheva de la déshabiller, et elle se laissa faire, impatiente de percer le secret de ce grand mystère qui l'intriguait depuis si longtemps.

Il s'assit près d'elle sans prendre la peine de se dévêtir lui-même et, prenant ses seins au creux de ses mains, en caressa les pointes des pouces.

La sensation fut si exquise que Gabriella se cambra instinctivement. Son corps réagissait hardiment, comme s'il savait déjà à quoi s'attendre, tandis que son esprit était empli de curiosité.

Avec un sourire, Morgan intensifia ses caresses avant de se pencher sur elle et de saisir l'un des petits boutons dressés entre ses lèvres.

Gabriella cessa un instant de respirer, puis se mit à gémir en enfouissant les doigts dans les cheveux de Morgan, en proie à un plaisir proche de l'étourdissement.

La bouche de Morgan remonta lentement vers sa gorge, s'attarda le long de son cou, douce et avide. Pendant tout ce temps, elle tenta de le guider de nouveau vers ses seins, cherchant désespérément comment apaiser cette fièvre qui la consumait.

Il rit tout bas.

— Patience, my lady, patience. J'ai tellement de choses à vous faire découvrir.

Il reprit sa langoureuse exploration en sens inverse, l'embrassant et la mordillant tour à tour. Chaque fois qu'elle croyait qu'il allait s'arrêter, il poursuivait son chemin plus bas. Quand il atteignit son ventre, un cri lui échappa si bien qu'il la bâillonna de la main.

Gabriella ne savait plus où elle était. Sa peau était moite et Morgan s'en délectait. Il releva soudain la tête et l'avertit :

— Je vais à présent vous déguster, Gabriella, tout comme je le ferais d'une pêche mûrie au soleil. Il est possible que vous ayez envie de crier, mais il ne faut pas. Inutile de susciter la colère d'une certaine religieuse au caractère impétueux. Promis ?

Gabriella hocha la tête. Après une brève hésitation, il enleva la main de sa bouche et, presque d'un même mouvement, approcha son visage du triangle soyeux qui protégeait sa féminité. À peine l'eut-il effleuré de ses lèvres qu'elle perdit pied et s'arc-bouta vers lui, offerte à ses divines caresses. Un cri comme jamais elle n'en avait émis, proche du feulement, s'échappa du plus profond de son corps.

Elle craignit que Morgan ne s'écarte et, devinant qu'elle ne pourrait le supporter, n'hésita pas à le retenir. Il n'avait pas l'intention de la punir, au contraire. Son baiser se fit plus profond, et elle fut emportée dans un tourbillon de sensations d'une intensité vertigineuse. Lentement, inexorablement, il la mena au sommet du plaisir. Oubliant toute retenue, elle se tordit en gémissant sur le lit jusqu'à l'explosion finale et foudroyante qui la laissa pantelante.

Il attendit qu'elle s'apaise pour se lever et ôter ses vêtements. Elle entrouvrit les yeux et murmura, incrédule :

— Ce n'est pas fini, my lord ?

Il sourit brièvement, puis redevint grave.

— Non, my lady, répondit-il en s'allongeant près d'elle et en déposant un baiser sur sa tempe, là où battait une petite veine. J'irai lentement, Gabriella, mais cela risque d'être un peu douloureux.

Elle prit son visage entre ses mains et plongea son regard au fond du sien.

— Je veux tout connaître, my lord. Tout.

Laissant courir l'index sur la bouche qui venait de lui procurer une extase indicible, elle ajouta :

— La douleur ne fait-elle pas partie du plaisir ?

Morgan soupira, puis l'embrassa. Un baiser doux et cependant profond, et passionné. Ses mains expertes ne furent pas longues à ranimer en elle la flamme du désir.

Il consacra un long moment à la préparer, et Gabriella en fut touchée car, malgré son innocence en la matière, elle devinait qu'il lui en coûtait de se dominer ainsi. Elle percevait la force de son désir dans la tension de ses muscles, les infimes frémissements de son visage, les profondeurs voilées de son regard d'azur et le tremblement de son corps. Pourtant, il ne céda pas à la hâte, à aucun moment.

Quand enfin il bascula sur elle et lui écarta les jambes, elle était étourdie, égarée par la passion. Elle l'enlaça étroitement.

— Doucement, Gabriella, murmura-t-il en s'insinuant entre ses cuisses.

Mais elle n'écouta pas ses avertissements. Si elle devait souffrir, autant en finir au plus vite. Et puis, elle voulait combler Morgan aussi complètement que lui-même l'avait comblée, alors elle glissa les mains au bas de ses reins et l'invita hardiment à venir en elle.

Avec un long gémissement rauque, il céda à son invite et la pénétra d'un seul coup, déchirant au passage le voile de la vertu.

La douleur fut brève et intense. Presque simultanément, une voluptueuse sensation s'y mêla, puis prit le dessus. Morgan commença à se mouvoir en elle et elle lui répondit sans hésiter, ondulant à son rythme tandis que leurs deux corps intimement unis entamaient la danse magique de l'amour.

Leur souffle rauque entrecoupé de gémissements se fit haletant. Chaque coup de reins les rapprochait de la jouissance, et soudain le cataclysme les emporta, si violent, si puissant que Morgan renversa la tête en arrière et qu'un cri lui échappa tandis que Gabriella sanglotait en se cramponnant à lui telle une naufragée. Elle sentit sa semence se répandre en elle en même temps qu'un plaisir sans nom, à la limite du supportable, déferlait en elle.

Le corps encore secoué de spasmes, il retomba sur elle et, sans la lâcher, roula sur le côté en s'efforçant de reprendre son souffle.

— Je crois que je viens d'être condamné à la damnation éternelle, dit-il au bout d'un long moment. Si ce n'était déjà fait. Mais cela valait bien toutes les flammes de l'enfer.

Il était toujours en elle et, déjà, elle le sentait durcir à nouveau. Un soupir d'anticipation lui échappa.

— Vous ne devriez pas plaisanter avec ces choses-là, my lord.

Il lui maintint les hanches puis, paresseusement, lascivement, recommença à aller et venir en elle.

— Dans la vie, plaisanter permet de supporter certaines choses, Gabriella.

Elle gémit doucement sous la montée du plaisir et n'eut même pas la force de lui répondre.

— Gabriella, quel sort m'avez-vous donc jeté pour que je perde la tête à ce point ?

— Aucun, my lord, souffla-t-elle en cherchant sa bouche. Aucun... Oh...

Il la fit taire d'un baiser tout en prenant avidement possession de son corps. Un unique incendie les embrasa simultanément et ils atteignirent l'extase en quelques minutes. Alors, merveilleusement satisfaits, ils s'endormirent dans les bras l'un de l'autre.

Il la réveilla en chuchotant son nom. Elle ouvrit les paupières et le découvrit, penché sur elle, qui lui souriait dans la pâle lumière de l'aube.

D'abord muette de stupeur, elle recouvra lentement la mémoire, et son visage se colora vivement. Elle allait détourner la tête quand il lui prit le menton pour l'en empêcher.

Il la contempla, déchiffrant sans peine ses pensées dans son regard, puis il lui donna un bref baiser.

— Dépêchez-vous de vous habiller avant qu'Ephriam arrive avec mon nécessaire de rasage. Je ne tiens pas à ce qu'il vous voie étendue sur ce lit, toute rose de sommeil, les cheveux ébouriffés et si belle. Oui, très, très belle...

Ne sachant trop si elle devait se sentir indignée ou flattée, elle bondit du lit et enfila prestement la chemise et la robe qu'il lui tendait.

Assis au milieu du lit, impressionnant et magnifique, il l'observait avec une admiration teintée d'amusement, comme elle luttait avec les lacets qui fermaient son corsage, sans doute intimidée par l'attention dont elle faisait l'objet.

Il glissa finalement vers le bord du matelas, lui attrapa la main et l'attira vers lui pour se charger lui-même du laçage. Au lieu de continuer ce qu'elle avait commencé, il écarta les pans de son corsage, tira sur sa chemise et saisit tour à tour la pointe de ses seins entre ses lèvres, pour les taquiner du bout de la langue.

Immédiatement transportée dans le royaume des sens, Gabriella sentit une douce chaleur l'envahir, qui se transforma soudain en une poussée de fièvre. Des petits cris de plaisir lui échappèrent.

Elle eut à peine le temps de redescendre sur terre que, déjà, il avait refermé la robe et noué les lacets.

— Sauvez-vous. Ephriam me sert depuis plus de vingt-cinq ans et jamais il n'a été en retard.

Gabriella descendit de l'estrade et se dirigeait vers la porte quand elle entendit des bruits de pas dans le couloir. Elle se retourna vers Morgan, affolée.

Il lui désigna un paravent en bois ouvragé dans un coin de la pièce et elle eut à peine le temps de se glisser derrière qu'un coup discret résonnait à la porte. Elle ferma les yeux et retint son souffle. Elle songea à l'humiliation qu'elle ressentirait si on la découvrait dans cette cachette improvisée. Elle n'osait prier, car elle n'était pas en position d'implorer l'aide divine.

— Avez-vous bien dormi, my lord? demanda Ephriam à son maître, comme il le faisait sans doute chaque matin.

— Oh, oui! Très bien.

Gabriella perçut un sous-entendu subtil dans son intonation. Elle rougit, et sa rougeur s'accentua quand elle entendit le maître d'Edgefield Keep se déplacer dans la pièce, nu, sans aucun doute.

À travers une fente, entre les panneaux du paravent, elle aperçut Ephriam sur l'estrade qui repoussait les couvertures dans l'intention de faire le lit.

— Je vois que vous avez eu une invitée récemment, remarqua-t-il avec flegme.

Mortifiée, la jeune fille tenta en vain de calmer les battements désordonnés de son cœur. Elle ne voyait pas Morgan, mais des bruits d'eau la renseignèrent sur ses activités.

— En effet, Ephriam ! répondit-il gaiement.

Un son râpeux parvint alors à la jeune fille et elle souhaita confusément qu'il se tranche la gorge avec son rasoir !

— L'une de ces petites coquines qui travaillent aux cuisines, je crois.

— Vraiment ? dit Ephriam sans grande conviction en se dirigeant vers la porte avec les draps souillés.

Dès qu'il fut sorti, Gabriella jaillit hors de sa cachette en fulminant.

Devant un petit miroir mural, Morgan se rasait, vêtu d'une simple tunique de laine verte qui formait un contraste saisissant avec le bleu de ses yeux.

— Vous aurais-je mise en colère, my lady, en faisant référence à vous comme à une « petite coquine » ? s'enquit-il avec un grand sourire.

— Évidemment !

Elle était encore sous le choc. Ephriam avait failli la surprendre. D'ailleurs, elle était loin d'être convaincue qu'il ne se doutât de rien.

— Bien, déclara Morgan, de plus en plus amusé, en achevant de se raser. La passion vous va bien, my lady, de quelque nature qu'elle soit. À présent, sauvez-vous avant que je ne vous ramène dans mon lit et qu'un scandale à faire trembler les murs de la chapelle n'éclate.

Gabriella préféra ne pas prendre le risque de le défier. Elle lui jeta un regard meurtrier, empoigna ses jupes et se hâta vers la porte. Elle grimaça quand elle grinça, vérifia que le couloir était désert avant de s'y aventurer pour regagner sa chambre sur la pointe des pieds.

Précaution inutile : dame Johanna était réveillée. Vêtue de sa robe et de sa guimpe, elle regardait par la fenêtre.

À la fois penaude et prête à affronter l'orage, Gabriella s'immobilisa au centre de la pièce. Après tout, elle avait presque vingt ans, un âge auquel la plupart des femmes avaient déjà plusieurs enfants. Elle aurait certes préféré que son retour passât inaperçu, mais elle ne regrettait pas ce qu'elle avait fait.

Dame Johanna pivota sur ses talons et la considéra, le visage sans expression.

— Va-t-il vous épouser, mon enfant ?

Trop pressée de quitter la chambre de Morgan sans être vue, Gabriella n'avait pas pensé à lui poser la question. Elle se mordit la lèvre, soudain désemparée.

— Je ne crois pas, dit-elle d'une toute petite voix.

— Prendriez-vous Chalstrey pour époux, s'il vous le proposait ?

N'ayant pas de dot, Gabriella n'avait jamais songé qu'on puisse lui demander son avis sur la question. Par ailleurs, elle ne pouvait exiger réparation. Morgan ne l'avait pas déshonorée. Elle s'était elle-même offerte à lui de son plein gré.

— Il ne le fera pas, déclara-t-elle.

— Vous n'avez pas répondu à ma question.

Il faisait encore nuit mais les cloches de la chapelle sonnaient déjà l'heure de la messe. Dame Johanna prit son missel.

Gabriella ravala ses larmes tant bien que mal. Elle n'allait pas pleurer pour un acte dont elle portait l'entière responsabilité.

— Si j'avais mon mot à dire sur le sujet, je vous répondrais que Morgan Chalstrey est le seul mari que je choisirais.

Dame Johanna réfléchit en silence pendant un long moment, puis elle hocha la tête et se dirigea vers la porte, faisant trembler les flammes des lampes à huile sur son passage.

Gabriella attendit qu'elle fût sortie pour laisser libre cours à ses larmes.

Avendall était seul dans ses appartements privés quand on lui amena Kettleburn que l'on poussa sans cérémonie dans la pièce. Le jeune homme avait des cheveux roux, signe d'une nature intraitable, et il venait d'Edgefield Keep, ce qui pouvait s'avérer fort utile.

— Tu es un homme de Chalstrey, dit Cyprian en crachant dans l'âtre un petit os de poulet. Es-tu venu pour me délivrer un message ou as-tu simplement décidé d'en finir avec la vie ?

Kettleburn se redressa tant bien que mal.

— J'ai laissé tomber le duc, jeta-t-il grossièrement.

Cyprian ne toléra son impudence que parce qu'il soupçonnait le jeune homme au visage criblé de taches de rousseur de détenir des informations qui l'intéressaient au plus haut point.

— Il ne t'aurait pas plutôt chassé ? répliqua Cyprian en glissant un regard oblique au nouveau venu tout en feignant de s'intéresser à la volaille qu'il dégustait.

Il constata que le visage du gamin prenait l'horrible couleur de ses cheveux.

— Ce Chalstrey est un maître impitoyable, ajouta-t-il.

Toujours cramoisi, Kettleburn ne répondit pas.

— Je t'écoute, enchaîna froidement Avendall en s'attaquant à un nouveau morceau. J'ai horreur de perdre mon temps, alors soit tu me dis ce qui t'amène, soit tu déguerpis.

— C'est au sujet de la femme. Celle qu'on a enlevée.

— Gabriella, susurra Avendall.

Il concentra toute son attention sur le jeune traître, mais se garda bien de le lui laisser voir, affectant la plus grande indifférence à son égard. Ses espions, à Edgefield Keep, l'avaient déjà informé de l'arrivée de Gabriella et de sa condition de prisonnière. En revanche, il ignorait si le séducteur légendaire qu'était le duc l'avait mise dans son lit.

Malgré lui, sa main serra convulsivement son verre de vin et il espéra que Kettleburn n'avait rien remarqué.

— Que sais-tu au sujet de la demoiselle ? l'interrogea-t-il de ce ton doucereux et presque cordial qu'il réservait aux imbéciles, aux chiens et aux femmes.

— Qu'elle est plus que belle et que Chalstrey s'est entiché d'elle, rétorqua Kettleburn en lorgnant la carcasse de poulet.

Prenant le temps de surmonter la fureur que ces paroles provoquaient en lui, Cyprian attendit quelques instants avant de répondre d'une voix égale :

— Je vois. Et elle, elle s'est entichée de lui également ?

Kettleburn osa sourire. L'insolent ! À la place de Morgan, Avendall l'aurait fait fouetter à mort, et il se demanda si son vieil ennemi n'était pas devenu laxiste depuis son retour en Angleterre.

— La petite est aussi fougueuse qu'une jument pas encore débourrée.

L'envie démangeait Cyprian de prendre son fouet, mais l'enjeu était trop important pour qu'il puisse se permettre la moindre erreur. Une fois de plus, il se domina, contrôlant tous les muscles de son corps massif. Rien, dans son apparence, ne trahissait ses véritables sentiments, pas un cillement, pas un frémissement.

— Pas encore débourrée ? répéta-t-il comme s'il n'avait pas compris l'insinuation obscène du palefrenier.

— Votre dame est bien gardée, my lord. Par une nonne. Chalstrey n'a dormi près d'elle que pour la protéger de nous tous, mais c'est tout.

Serait-ce possible qu'il n'ait pas touché à Gabriella ? s'étonna Cyprian. Il s'en serait fait un point d'honneur, après ce désagrément à propos de cette pauvre Rebecca ? Se pourrait-il que lui-même ait sous-estimé la constance et la moralité de sa future épouse ?

Il se surprit à sourire.

— Pourquoi m'apportes-tu ces nouvelles ? Qu'espères-tu obtenir en trahissant ton maître ?

— Je vous l'ai dit, Chalstrey n'est plus mon maître. Il a chargé un de ses hommes de me mettre dehors à l'aube et m'a fait dire que si jamais je remettais les pieds sur ses terres, il ne m'épargnerait pas. Je n'ai même pas eu le temps de faire mes adieux à une ou deux petites, au village.

Avendall réfléchit – il jubilait intérieurement –, puis appela son intendant.

— Emmenez cet homme aux cuisines afin qu'on lui serve un repas. Ensuite, vous enverrez un messager portant mes couleurs à Edgefield Keep. Il informera le duc que j'exige que ma fiancée me soit ramenée sur-le-champ. Au cas où il refuserait de satisfaire ma demande, j'enverrais une armée contre lui.

Kettleburn s'illumina à l'idée que le sang risquait d'être versé.

— Chalstrey est fatigué de la guerre, risqua-t-il. Mais il est aussi fier que Satan lui-même, et je crois bien que votre message ne lui plaira pas.

— Quand vous aurez mangé, fichez-moi le camp. Et que je ne revoie plus jamais votre misérable personne entre ces murs ! répliqua Avendall comme s'il ne l'avait pas entendu.

Kettleburn en resta abasourdi, puis la colère le prit, mais il suivit le régisseur sans broncher. Une fois la porte close, Avendall se leva et commença à arpenter la pièce.

Comme tout le monde au château, Gabriella apprit que des hommes d'Avendall Hall approchaient, et elle descendit dans la cour quand la herse fut levée pour laisser passer un seul des cavaliers.

Morgan autorisa l'envoyé à mettre pied à terre pour lui remettre un parchemin qu'il déroula et dont il prit connaissance sous les regards attentifs des villageois.

Il releva la tête et sourit, plissant les yeux pour se protéger des rayons du soleil automnal.

— Voici ma réponse, dit-il.

Il jeta le parchemin en l'air, tira son épée et le fendit en deux avant qu'il ait eu le temps d'atteindre le sol.

Le cavalier fronça les sourcils, puis prit la parole, haussant la voix afin que tout le monde puisse l'entendre :

— My lord Avendall a juré que si Edgefield refusait d'exaucer ses souhaits, il viendrait avec ses soldats et détruirait ce château ainsi que tous ceux qui le défendront.

Les hommes d'armes de Morgan accueillirent la nouvelle par des rires et des sifflets, mais Gabriella semblait terrifiée.

— Il ne faut pas qu'ils se battent, chuchota-t-elle à dame Johanna qui se tenait à ses côtés. Pas pour une cause qui n'en vaut pas la peine.

— J'ai bien peur qu'ils ne l'entendent pas ainsi, répliqua la religieuse d'un air sombre.

Gabriella savait qu'il était inutile d'intercéder auprès de Morgan pour le faire changer d'avis. Il ne lui avait pas adressé la parole ni même accordé un regard depuis ce matin où elle était sortie subrepticement de sa chambre, le corps encore tremblant de désir. Il voulait peut-être d'elle dans son lit, mais il n'écouterait pas ses conseils pour autant.

Elle s'éloigna discrètement, se fondant dans la foule animée. L'ébauche d'un plan insensé se formait déjà dans son esprit.

9

Deux heures plus tard, elle quittait Edgefield Keep avec un groupe de pèlerins qui avaient trouvé refuge dans l'enceinte du château, la veille au soir. Vêtue de la robe de rechange de dame Johanna, ses cheveux d'or pâle dissimulés sous la guimpe et les yeux soigneusement baissés, elle franchit le pont-levis à pied.

Une fois dans la campagne, la petite troupe se sépara : les pèlerins prirent le chemin de Londres et Gabriella celui d'Avendall Hall. Elle n'eut qu'à suivre les traces encore fraîches des messagers de Cyprian pour savoir dans quelle direction aller.

Elle marcha d'un bon pas, en route vers son destin ; au crépuscule, cependant, Avendall Hall n'était toujours pas en vue. Elle aperçut alors un paysan sur une charrette tirée par un bœuf. Son premier mouvement fut de s'enfuir mais, quand il la héla, l'appelant « bonne dame », elle se souvint qu'elle portait l'habit des religieuses de Saint-Swithin et s'arrêta pour le saluer en inclinant la tête.

— Suis-je encore loin d'Avendall Hall ? demanda-t-elle en regardant avec envie la paille qu'il transportait.

Ses jambes étaient douloureuses, ses pieds lui brûlaient, et elle se sentait pleine d'appréhension.

Le charretier la considéra un instant avec une affabilité mêlée de pitié.

— Non, bonne dame... C'est à environ dix kilomètres d'ici. Je m'y rends justement pour aller chercher ma fille Bess. Un peu de compagnie me ferait bien plaisir, si vous voulez vous reposer un peu, proposa-t-il en désignant l'arrière de la charrette.

Gabriella ne se fit pas prier.

— Je dois avouer que vous tombez bien ! s'écria-t-elle, oubliant qu'elle était censée être une nonne. C'est le Seigneur qui vous envoie ! ajouta-t-elle d'un ton plus adapté à son habit.

Une fois assise à l'arrière, elle s'efforça d'adopter un pieux maintien.

— Merci, vous êtes très aimable, monsieur.

Le vieil homme sourit, tapota le bœuf du bout de sa longue badine, et la charrette s'ébranla sur le chemin cahoteux.

Il entreprit d'expliquer à Gabriella que sa fille, une jolie demoiselle engagée à Avendall Hall pour travailler aux cuisines, avait été surprise avec un garçon d'écurie. La gouvernante, Mme Cooper, ne tolérait pas ce genre d'histoires. Elle avait sommé la pauvre Bess de quitter le château. Ayant été informé des ennuis de sa fille par un colporteur, l'homme allait donc la chercher sans bien savoir ce qui l'attendait.

Gabriella le rassura tant bien que mal sans parvenir pour autant à oublier ses propres problèmes. Elle avait abandonné l'homme qu'elle aimait pour un autre qui la rebutait afin d'éviter un bain de sang qui se solderait par la mort de l'un d'entre eux. Peut-être parviendrait-elle à raisonner Avendall et, qui sait ? à gagner son affection.

Elle n'avait pas la moindre idée de la façon dont il l'accueillerait. Mais, qu'il lui ouvrît les bras ou pas, elle serait malheureuse, car elle aimait Chalstrey sans espoir de retour. Il était évident qu'il ne songeait pas à lui accorder une place durable dans sa vie. Cependant, cela ne changeait rien aux sentiments qu'elle lui portait, et lui porterait, suspectait-elle, jusqu'à la fin de ses jours.

Si Avendall voulait toujours d'elle, elle l'épouserait et souffrirait en silence. S'il la rejetait, il la chasserait sûrement, la laissant dans le dénuement le plus complet.

Pour ne pas sombrer dans le désespoir, elle décida de ne pas songer à cette seconde éventualité. La seule chose qui importait était d'éviter un conflit meurtrier. Le reste était secondaire.

La nuit était tombée quand ils arrivèrent enfin à Avendall Hall. Des torches éclairaient la cour intérieure. Gabriella remercia le charretier et s'en fut vers son funeste destin.

Elle se dirigea droit vers la porte du château, telle une martyre prête à être jetée dans la fosse aux lions. Après une ultime hésitation, elle rassembla son courage et s'approcha des hommes d'armes qui gardaient l'entrée. Se détachant sur le ciel étoilé, la demeure paraissait glaciale et sinistre.

Elle n'eut pas le temps de s'annoncer que lord Avendall en personne apparaissait sous la grande voûte du porche. À l'instant où elle le vit, le profond malaise qu'elle avait ressenti lors de leur première rencontre à l'abbaye la saisit de nouveau.

Il s'immobilisa sur le seuil et la détailla de la tête aux pieds. Craignant qu'il ne l'ait pas reconnue, Gabriella s'inclina et déclara :

— Je suis Gabriella Redclift, my lord.

Il descendit rapidement la demi-douzaine de marches sans un sourire et sans prononcer un mot de bienvenue. Seul un muscle tressautant sur sa joue indiquait un émoi quelconque, et Gabriella éprouva ce sentiment de répugnance qu'il lui avait déjà inspiré.

Il était certes d'apparence agréable, mais semblait totalement dépourvu d'humour et de chaleur, et elle se demanda si elle n'avait pas agi un peu vite en venant le trouver. Ce ne fut pas seulement sa fureur contenue qui la frappa – après tout, elle était justifiée dans la mesure où sa future femme avait été enlevée. Non, en l'observant mieux, elle se rendit compte qu'une rancœur meurtrière l'animait, et qu'elle n'avait que peu, sinon rien, à voir avec elle.

C'est contre Morgan qu'elle était dirigée.

Non seulement elle s'était montrée imprudente, mais elle avait aussi fait preuve de vanité en s'imaginant qu'elle était la cause de la guerre entre les deux hommes. En réalité, elle servait seulement de prétexte.

— Que faites-vous dans ces vêtements ridicules ? aboya-t-il en lui saisissant violemment le bras pour la propulser en haut des marches.

— Lâchez-moi immédiatement, ordonna-t-elle, indignée, en résistant de toutes ses forces. Vous me faites mal !

Avendall la fusilla du regard, mais finit par relâcher la pression de sa main.

— Ne vous donnez pas en spectacle, siffla-t-il d'un ton menaçant qui lui glaça l'échine. Je suis le maître ici et vous seriez bien avisée de vous en souvenir.

Gabriella céda, non parce qu'elle regrettait sa conduite, mais parce qu'elle n'avait pas le choix. Du moins pour l'instant.

— Oui, my lord, répondit-elle, feignant la timidité.

Il posa la main au creux de ses reins et la guida entre les gardes, à l'intérieur du château, dans un vaste vestibule qui devait servir de salle commune. Un feu brûlait dans la cheminée, tout au fond.

Gabriella serait bien allée y réchauffer son corps aussi bien que son cœur, mais Avendall l'entraîna résolument vers l'imposant escalier.

La jeune fille sentit la panique l'envahir, horrifiée à l'idée qu'il l'emmenait peut-être dans sa chambre. Il ne lui était pas venu à l'esprit qu'il puisse déjà nourrir le projet de la faire sienne, comme Morgan avant lui. Et quelque chose lui disait que ce ne serait pas aussi agréable…

Elle songea bien à lui fausser compagnie, mais elle n'avait pas la moindre chance d'atteindre ne serait-ce que la salle commune. Et même si elle y parvenait, les gardes l'arrêteraient avant qu'elle ait posé le pied dans la cour.

— Où allons-nous ? s'enquit-elle aussi calmement que possible alors qu'elle se sentait sur le point de vomir ou de s'évanouir. My lord ? ajouta-t-elle d'une voix tremblante, comme il ne répondait pas tout de suite.

— Je veux vous examiner, répondit-il d'un ton léger, comme s'il faisait une remarque sur le temps ou sur la couleur de son cheval préféré.

Ils étaient parvenus en haut des marches et Gabriella pivota à demi pour lui faire face.

— *M'examiner*, my lord ? Dans quel but ?… Serait-ce l'état de mes dents que vous voulez vérifier ?

En dépit de la fureur qui déformait ses traits, Avendall rétorqua d'une voix atone :

— Ce ne sont pas vos dents qui m'intéressent, mais votre vertu.

Médusée, Gabriella crut qu'un étau lui broyait l'estomac.

— Bon sang ! s'exclama-t-elle, utilisant une expression de Morgan que jamais jusqu'ici elle n'aurait osé employer.

Avendall plissa les yeux, mais ne fit aucun commentaire sur le choix de son vocabulaire. Il avait tout autre chose en tête.

— Cela n'a rien d'inhabituel. Je me suis laissé dire que vous aviez batifolé avec Chalstrey.

Le sang monta au visage de Gabriella, puis s'en retira tout aussi vite, la laissant étourdie. Elle essaya de le contourner, non pour s'échapper, puisque cela lui semblait impossible, mais pour s'écarter de son écœurante personne. Vif comme l'éclair, il enroula le bras autour de sa taille et la souleva du sol. Gabriella se débattit avec acharnement.

— Que se passe-t-il, my lady? souffla-t-il contre son oreille. Si vous êtes toujours vierge, vous n'avez rien à craindre.

Avec lucidité, Gabriella comprit qu'elle devait ménager ses forces pour plus tard, et cessa de lutter.

Avendall l'emmena dans une grande chambre, la déposa sur le sol et ferma la porte à double tour.

Sa prisonnière chercha aussitôt des yeux un objet susceptible de lui servir d'arme et n'en vit aucun. Le tisonnier était trop loin et les meubles étaient dépourvus du moindre bibelot. La pièce austère ne comportait rien d'autre qu'un énorme fauteuil, une table massive et, que Dieu lui vienne en aide, un lit!

Avendall s'adossa à la porte et l'évalua de nouveau du regard.

— Enlevez cette guimpe qui cache vos cheveux.

Même si elle n'avait nullement l'intention de se rendre, Gabriella n'osa désobéir. Elle ôta le voile et sa somptueuse chevelure d'or ruissela jusqu'au creux de ses reins.

Pour la première fois, Avendall sourit.

— La beauté absout bien des péchés.

Gabriella frissonna et le toisa.

— Quels péchés, my lord? Les miens ou les vôtres?

— Les vôtres, bien sûr. Tous, hormis la fornication avec Edgefield. Ce péché-là, je ne le pardonnerai pas.

Gabriella n'avait jamais entendu prononcer le mot forniquer mais elle n'eut aucun mal à en deviner le sens. Il fit un pas vers elle et elle recula précipitamment.

— Et si je m'étais donnée à un autre homme, en plus de Chalstrey ?

— Silence ! rugit-il à la grande frayeur de la jeune fille. Si vous voulez vous épargner cette épreuve, et me l'épargner par la même occasion, il vous suffit de me dire la vérité.

Au point où elle en était, Gabriella estima qu'elle n'avait plus rien à perdre. De toute façon, Avendall découvrirait qu'elle avait perdu sa virginité, et il se vengerait. Au moins, en avouant, elle ne subirait pas l'affront d'être *examinée*.

— Très bien, fit-elle après avoir pris une longue inspiration. J'ai passé la nuit dernière dans le lit de Morgan.

Un silence terrible accueillit cet aveu, plus terrible que tous les cris, toutes les menaces. Partagée entre la terreur et la fierté, Gabriella ne bougea pas tandis qu'Avendall la dévisageait avec des yeux démoniaques.

Quand il parla enfin, la suavité de sa voix la glaça jusqu'à la moelle.

— Il vous a donc séduite.

Gabriella n'avait jamais excellé à dompter sa nature impulsive, aussi répliqua-t-elle avec une douceur égale :

— Non, my lord. C'est moi qui lui ai demandé de me laisser dormir avec lui.

Elle regretta aussitôt sa franchise, mais il était trop tard. Ivre de colère, Avendall la gifla à toute volée du revers de la main, avec une telle violence qu'elle faillit tomber à la renverse.

— Je suis désolée, my lord.

Elle ne s'excusait que pour les paroles imprudentes qu'elle venait de prononcer, pas pour la nuit qu'elle avait passée dans les bras de Morgan, et il le savait.

Bouillonnant de rage, il la saisit à la nuque d'une main de fer et la poussa vers la porte. Une fois dans le couloir, il lui empoigna le bras. Gabriella tressaillit de douleur mais n'osa dire un mot. Il était en proie à une telle fureur qu'il était capable de la pousser du haut de l'escalier pour qu'elle se brise les os.

Comme elle n'avançait pas assez vite à son goût, il l'agrippa de nouveau par la taille et, la soulevant du sol, la transporta jusque dans la cour. Impassibles, les gardes feignirent de ne rien remarquer des occupations de leur maître.

— Mon cheval ! glapit-il comme un forcené. Tout de suite !

L'un des deux hommes courut exécuter l'ordre de leur maître qui continua son chemin. Il semblait avoir totalement oublié la présence de Gabriella.

Celle-ci, de son côté, essayait de ne pas penser au châtiment qu'il lui réservait.

À peine quelques minutes plus tard, le garde était de retour, tenant un immense étalon gris par la bride.

Avendall jeta Gabriella sur la selle et grimpa derrière elle. Elle ne doutait pas qu'il fût un excellent cavalier, et elle venait d'apprendre à ses dépens qu'il était d'une force peu commune. S'il avait l'intention de se venger de Morgan, il ferait un adversaire redoutable.

Les sabots du cheval claquèrent sur les pavés et, au cri d'Avendall, la herse s'éleva. L'instant d'après, l'étalon fonçait au triple galop dans l'obscurité.

Gabriella ferma les yeux. Le vent mordant lui coupait le souffle. Convaincue que sa fin était proche, elle pria silencieusement la Vierge Marie d'intercéder en sa faveur et lui demanda pardon pour tous ses péchés dans l'espoir d'être acceptée au paradis ou, au moins, au purgatoire.

Au bout de ce qui lui sembla un interminable voyage, elle reconnut la silhouette d'Edgefield Keep, au loin. Oscillant entre soulagement et terreur, elle se demanda si Avendall comptait mettre sa vengeance à exécution dès ce soir-là.

Un frisson la secoua à cette perspective. Si par malheur Morgan périssait, elle en porterait l'entière responsabilité, alors qu'elle n'avait entrepris cette démarche que pour préserver la paix. Comment des intentions aussi nobles avaient-elles pu tourner ainsi au désastre ?

Au pied du pont-levis, qui n'avait pas été levé, Avendall tira si violemment sur les rênes pour immobiliser son cheval que celui-ci hennit et se cabra.

— Chalstrey ! hurla-t-il. Je te ramène ta traînée au sang chaud !

— Comment ça, *elle est partie* ? Expliquez-vous ! exigea Morgan, oubliant un instant qu'il s'adressait à une religieuse.

Dame Johanna se tenait devant lui, dans la salle commune, et semblait anormalement agitée.

— J'aurais dû le prévoir, my lord, je l'avoue. Mais l'un des villageois s'est cassé la jambe en élaguant un arbre, et puis il y a eu un enfant à mettre au monde. Quand je suis retournée dans notre chambre, j'ai constaté que mon habit et ma guimpe avaient disparu. J'ai tout de suite compris que Gabriella avait emprunté mes vêtements pour quitter le château.

L'annonce de cette nouvelle remplit Morgan de colère et d'effroi. Il faisait nuit, maintenant, et les dangers ne manquaient pas, dehors. Des loups affamés sortaient de la forêt pour chercher quelque chose à se mettre sous la dent, des brigands, des bandits de grands chemins, des meurtriers de toutes sortes erraient dans la nature.

Déployant d'immenses efforts pour garder son calme, il ferma les yeux. Si l'on faisait le moindre mal à Gabriella, il en perdrait la raison.

— Comment a-t-elle pu s'échapper ? murmura-t-il, plus pour lui-même que pour dame Johanna. J'ai fait garder toutes les issues.

— Je viens de vous dire que mon habit et ma guimpe avaient disparu, my lord, remarqua la religieuse avec impatience. Gabriella a dû sortir du château avec ce groupe de pèlerins. Ainsi vêtue, elle est passée inaperçue. D'après moi, elle est partie à Avendall Hall.

L'horrible vérité frappa Morgan de plein fouet.

— Bon sang ! Ce n'est pas possible !

Oubliant toute retenue, il saisit dame Johanna par les épaules et la secoua.

— Vous le croyez vraiment ?

— J'en ai peur, my lord, soupira-t-elle. Elle était là quand l'envoyé d'Avendall est venu vous délivrer son message. Je crains qu'elle ne se considère comme responsable de tous vos ennuis et qu'elle n'ait agi ainsi que pour éviter un carnage. Elle espère empêcher votre mort, my lord, ainsi que celle d'Avendall.

Morgan sentit le sang se retirer de son visage en pensant à tout ce que cet homme était capable de faire à Gabriella, surtout s'il la soupçonnait d'avoir partagé son lit. Et elle était suffisamment franche et candide pour avouer la vérité, si Cyprian la lui demandait.

Il somma l'homme qui montait la garde devant la chambre du conseil d'aller seller son cheval sur-le-champ.

Dame Johanna s'accrocha à son bras des deux mains.

— My lord, soyez raisonnable. Avendall ne vous ouvrira les portes de son château que pour vous tuer ! En revanche, si c'est moi qui me présente...

— Que ferez-vous ? la coupa-t-il en se dégageant. Un sermon ? Je le connais mieux que personne. Il n'écoutera pas les gentils reproches d'une nonne !

— Vous êtes excédé...

— En effet ! vociféra-t-il en se dirigeant au pas de charge vers la porte ouverte. Et pire encore !

Dame Johanna se précipita devant lui et lui barra le passage en écartant les bras. Si les circonstances n'avaient été aussi dramatiques, il aurait ri du spectacle qu'elle offrait.

— Je vous en prie, my lord ! N'agissez pas imprudemment, demandez conseil à vos hommes les meilleurs...

Morgan s'inclina ironiquement.

— Grâce à vous, bonne dame, le plus compétent de mes hommes est probablement étendu dans l'infirmerie de Saint-Swithin à l'heure qu'il est, si toutefois les loups et les brigands l'ont épargné, et si *vous* ne l'avez pas tué avec votre pierre !

Dame Johanna tressaillit mais ne broncha pas. Elle jugea plus prudent de ne pas mentionner la rumeur selon laquelle Sedgewick aurait délibérément choisi de ne pas reprendre son service auprès de son ami.

— Avendall vous tuera ! répliqua-t-elle.

Morgan l'écarta et continua son chemin. À peine avait-il atteint la cour qu'un garçon d'écurie d'une dizaine d'années se jeta dans ses jambes, affolé.

— My lord! My lord! C'est Avendall! Il est là et... il a ramené la dame, Gabriella!

Morgan remit l'enfant d'aplomb, avant de s'élancer au pas de course vers le petit groupe rassemblé derrière la herse.

— Ouvrez! hurla-t-il au garde.

— C'est peut-être une ruse, my lord, remarqua un homme à côté de lui.

Trop tard. La lourde herse remontait en grinçant. Dès que l'ouverture fut suffisante, Morgan bondit sur le pont-levis. Avendall était bien là, sur un grand étalon. Gabriella aussi, ses cheveux défaits emmêlés par le vent, les yeux agrandis de frayeur.

— Je commençais à penser que tu n'étais pas intéressé, Chalstrey, persifla Avendall.

Il fit basculer Gabriella du cheval et, l'empoignant par la taille, la laissa se balancer dans le vide. S'il la lâchait, elle risquait de tomber dans la douve vide et profonde, hérissée de pierres tranchantes, ou bien d'être piétinée par l'étalon.

— Tu ne veux plus d'elle, Edgefield? Tu as peut-être trouvé d'autres amusements maintenant que tu es parvenu à tes fins?

Morgan était un soldat. Sa longue expérience lui avait enseigné que, dans ce genre de situation, il fallait à tout prix garder son sang-froid. Dans le cas contraire, Gabriella pourrait perdre la vie ou être grièvement blessée.

Il parla d'un ton mesuré.

— Dis-moi quelle réponse tu veux entendre, Cyprian, et je me ferai un plaisir de te la donner.

Avendall renversa la tête en arrière et éclata de rire. Son cheval hennit et caracola, s'approchant dangereusement du bord du pont-levis. Gabriella réussit à garder calme. Elle se contenta de fixer Morgan muettement en s'accrochant au bras d'Avendall des deux mains.

Ce dernier cessa de rire aussi soudainement qu'il avait commencé. Il était visiblement fou de jalousie.

— Tu t'imagines peut-être que je vais me contenter de tes restes ? cracha-t-il.

Morgan fit un pas en avant, la main posée sur la poignée de son épée.

— Serais-tu devenu un si piètre adversaire, depuis notre dernière rencontre, que tu sois obligé de te servir d'une femme comme bouclier ? rétorqua-t-il d'une voix égale.

Avendall jura puis, sans prévenir, rejeta Gabriella au loin. Elle s'étala de tout son long sur les planches. Calmement, Morgan s'approcha d'elle et lui tendit la main pour l'aider à se relever sans quitter un seul instant Avendall des yeux.

— Quand ? se contenta-t-il de lui demander.

— Demain, à midi.

Pointant sa dague vers la herse à moitié levée, derrière Morgan, il ajouta :

— À la lance, ici même. Je ne voudrais pas qu'il y ait une trop grande distance entre l'endroit où tu périras et ta tombe, my lord Edgefield.

Morgan sentait Gabriella trembler près de lui, quoiqu'elle dominât sa peur et gardât la tête haute. Du coin de l'œil, il vit une larme rouler sur sa joue.

— Très bien, dit-il, très maître de lui, sa main s'ouvrant et se refermant lentement sur la poignée de son épée.

Avendall hocha la tête, posa un regard indéchiffrable sur Gabriella, puis fit demi-tour et se fondit dans la nuit.

La jeune fille portait effectivement la tenue de dame Johanna, excepté la guimpe. Ses cheveux d'or brillaient sous les étoiles. Elle le regardait avec des yeux si pleins de désespoir que le sermon qu'il avait préparé à son intention ne put franchir ses lèvres.

— Vous a-t-il fait du mal ? demanda-t-il.

— Il m'a rudoyée, reconnut-elle. Mais peu importe... Je suis en sécurité, à présent.

Morgan désigna le château avec un geste d'une emphase moqueuse, et elle s'y dirigea, le menton haut et le dos droit.

Derrière elle, il secoua la tête. Le lendemain ou le surlendemain, il lui enseignerait les règles élémentaires de prudence, d'humilité et d'obéissance qu'une femme doit observer. Mais avant, il s'appliquerait à effacer les blessures qu'Avendall avait pu lui infliger et, si elle le voulait bien, il lui ferait l'amour avec une tendresse telle qu'elle oublierait les épreuves qu'elle venait d'endurer.

Gabriella ne se soucia pas des villageois qui la regardaient passer aux côtés de Morgan, ni des soldats dans la cour ou des domestiques à l'intérieur du château. Chalstrey l'emmenait dans sa chambre, tout le monde le savait. Et elle s'en moquait.

Son seul désir était de reposer en sécurité entre ses bras. Elle ne penserait pas au lendemain, ni à ses dangers, se promit-elle.

Une fois dans la chambre de Morgan, elle fut frappée par le contraste qu'elle offrait avec la cellule spartiate qu'occupait Avendall. Un feu vif ronflait dans la cheminée, des tapisseries colorées, des tapis moelleux et des meubles magnifiques rendaient la pièce accueillante et chaleureuse. Chalstrey lui indiqua un fauteuil et lui versa un verre de vin.

Pendant qu'elle buvait, tenant le verre entre ses mains tremblantes, il effleura ses cheveux avec une douceur empreinte de respect.

— Je m'absente un moment, je ne serai pas long.

Elle aurait voulu le supplier de rester, de ne pas la quitter un seul instant, mais sa fierté l'en empêcha. Elle hocha simplement la tête.

Fidèle à sa promesse, il revint quelques minutes plus tard avec une robe de soie bleue brodée d'or. Il étendit la somptueuse parure sur ses genoux, s'agenouilla devant elle et posa le verre, qu'elle avait rempli une deuxième fois, pour prendre ses mains dans les siennes.

— Vous êtes glacée, my lady, murmura-t-il avec une inquiétude sincère qui tranchait avec sa morgue habituelle et la force farouche qui émanait de lui.

Gabriella sentit des larmes brûlantes lui monter aux yeux. Elle savait se défendre contre les réprimandes et les critiques, mais la tendresse la désarmait totalement. Hormis avec ses sœurs, ce n'était pas un sentiment qu'elle avait eu l'occasion de beaucoup partager dans sa vie.

— Je suis désolée, my lord. J'ai voulu arranger la situation et je n'ai fait que l'aggraver.

— Chut... souffla-t-il en posant un doigt sur ses lèvres. Je sais ce que vous éprouvez, nous en reparlerons plus tard. Pour l'instant, laissez-moi m'occuper de vous.

Gabriella renifla, et une nouvelle larme roula sur sa joue.

— Je crois que ce serait plus facile pour moi, my lord, si vous tempêtiez et me traitiez de tous les noms.

Un bref sourire joua sur les lèvres de Morgan. Il se redressa et, à cet instant, plusieurs servantes entrèrent, chargées d'une baignoire en cuivre ouvragé. Évitant de regarder dans leur direction, elles déposèrent leur fardeau et s'esquivèrent.

La jeune fille contempla avec stupéfaction la magnifique baignoire ronde qui luisait à la lumière des flammes. Jamais elle n'avait vu d'objet aussi scandaleusement attirant.

Morgan ôta son épée, se débarrassa de ses bottes et se servit un verre de vin qu'il dégusta en silence, l'air pensif.

Les servantes furent bientôt de retour avec des seaux d'eau chaude qu'elles vidèrent dans la baignoire avant de se retirer.

Cette fois, Morgan referma la porte et tourna la clé dans la serrure. Le cœur de Gabriella commença à battre la chamade.

Il s'agenouilla à nouveau devant elle et lui enleva ses bottes. Il se mit ensuite debout, l'aida à en faire autant, et, avec d'infinies précautions, la débarrassa de sa robe de religieuse et de sa chemise.

À la lueur des flammes, il l'examina soigneusement, cherchant des traces de blessures ou de coups. Il posa ses lèvres sur chaque bleu, chaque égratignure. Lorsqu'il la souleva dans ses bras pour la plonger dans l'eau, Gabriella tremblait, mais pas de froid.

À l'aide d'un linge doux et d'un savon parfumé – un luxe rare –, Morgan lava la jeune fille entièrement, puis brossa longuement sa chevelure.

Il la sortit ensuite de l'eau et la sécha avec des gestes si caressants qu'elle se sentit frémir, les nerfs à fleur de peau. La tête lui tournait, et elle crut que ses jambes allaient se dérober sous elle quand il la prit dans ses bras et la porta jusqu'au lit.

— Si vous préférez que je dorme dans un fauteuil, près du feu, dites-le, Gabriella, déclara-t-il après l'avoir déposée sur les draps.

Elle secoua la tête.

— Je préfère que vous dormiez à mes côtés, my lord, murmura-t-elle.

10

Telle une déesse païenne inconsciente de ses pouvoirs, Gabriella dormait près de Morgan. Malgré l'ecchymose qui marquait sa pommette, son visage offrait cette expression de sérénité triomphante que seules les attentions d'un amant prévenant pouvaient provoquer. Sur ses lèvres pulpeuses, dont le dessin parfait évoquait volontiers l'impertinence, flottait à présent un petit sourire mystérieux.

Tandis qu'il la contemplait, appuyé sur un coude, Morgan éprouva soudain une sensation douloureuse, comme un déchirement au plus profond de son âme.

« Mais tu n'as pas d'âme, Chalstrey, se rappela-t-il. Et pas de cœur non plus. » Rebecca les avait emportés avec elle dans la tombe. Et puis, il était un soldat, et ne pouvait se permettre d'éprouver des sentiments. Quand le roi le rappellerait, ce qui se produirait inévitablement, il devrait partir, alors mieux valait ne pas être retenu par des chaînes d'aucune sorte.

Gabriella s'étira en exhalant un léger soupir. La pâle lumière de la lune éclairait ses seins nus et Morgan sentit son sexe durcir presque douloureusement au souvenir de la façon dont sa bouche s'en était repue. Comme il avait aimé la façon qu'elle avait eue d'enfouir les mains dans ses cheveux avec frénésie ! Et ses plaintes d'extase incontrôlables...

Du bout du doigt, il effleura l'arête de son nez aristocratique. Il avait bien conscience de s'être conduit comme un gredin en profitant sans vergogne de cette jeune fille, mais il s'était laissé prendre à son charme comme un idiot. Et il la désirait toujours. Désespérément.

Cédant à la tentation, il se pencha et cueillit l'une après l'autre la pointe de ses seins entre ses lèvres.

Gabriella gémit et la frange épaisse de ses cils papillonna.

— Morgan, souffla-t-elle.

Il ne s'agissait pas d'une réprimande mais d'une invitation, douce, sensuelle. Irrésistible.

Il roula sur elle, repoussa les mèches soyeuses de son front, et prononça des mots qu'il n'avait jamais dits à aucune des nombreuses femmes qui avaient jalonné sa vie.

— J'ai besoin de vous.

Cet aveu lui causa une gêne qui le surprit lui-même.

Elle ouvrit ses yeux magnifiques, le contempla avec émerveillement, puis, cambrant les reins, l'invita à entrer en elle. À cet instant, il se sut perdu.

Il la pénétra avec reconnaissance et elle l'accueillit sans réserve, s'accordant aussitôt à son rythme, ondulant telle une branche flexible sous la brise tout en lui murmurant des mots tendres.

Parfois, il s'interrompait, demeurait un instant en suspens, puis il reprenait son va-et-vient divin. Peu à peu, il accéléra la cadence. Ses poussées se firent de plus en plus profondes, de plus en plus violentes.

Quand il explosa en elle, le corps secoué de spasmes à en perdre la raison, elle le rejoignit dans l'extase en pleurant de bonheur.

Il se laissa retomber près d'elle, épuisé et comblé, en songeant qu'aucune femme avant elle ne lui avait fait atteindre une telle plénitude. Et tandis qu'il sombrait dans le sommeil, il se demanda comment il supporterait de lui dire adieu quand le moment viendrait. Car il viendrait, c'était inévitable.

Gabriella se réveilla le lendemain matin, seule dans le lit du duc. Elle se leva aussitôt et s'habilla en toute hâte. De la cour lui parvenaient les bruits des préparatifs du duel. Après avoir simplement brossé ses cheveux, elle s'approcha de la fenêtre. En bas, des domestiques occupés à des tâches mystérieuses couraient en tous sens.

De là où elle se trouvait, elle apercevait l'entrée ainsi que la lice où se tiendrait la joute. Des hommes étaient en train de préparer le terrain et installaient les sièges réservés aux hôtes importants pendant que d'autres s'entraînaient à l'épée ou au bâton, et que les archers vérifiaient leurs arcs. Le duel entre Chalstrey et Avendall menaçait de se transformer en un véritable tournoi.

Un frisson de peur parcourut Gabriella à l'idée des horreurs qui risquaient de marquer cette journée. Dame Johanna choisit ce moment pour entrer. Elle la rejoignit et se tint près d'elle. Dieu merci, elle ne fit aucune allusion au fait que Gabriella avait passé la nuit dans cette chambre.

— Regardez, dit-elle à la jeune fille. Là-bas.

Gabriella plissa les yeux. Au loin, sur la route qu'elle avait empruntée la veille, elle aperçut Avendall sur son immense étalon. Un contingent d'hommes d'armes en armure, certains portant des drapeaux rouge et or, le suivaient.

Elle reporta son attention sur ce qui se passait dans l'enceinte du château, cherchant Morgan du regard.

— Où est-il ? demanda-t-elle sans même s'apercevoir qu'elle avait parlé à voix haute.

— Edgefield est dans la salle commune où il inspecte son armure. Il s'agit d'une véritable exhibition. Les écuyers ont passé la nuit à tout faire reluire.

— J'ai affreusement peur, confessa Gabriella en se tournant vers son amie.

— C'est la preuve que vous êtes une jeune fille sensée. Ce que votre comportement n'a pas toujours été.

Gabriella baissa les yeux un instant, avant de croiser à nouveau le regard de dame Johanna.

— J'ai péché, c'est vrai, admit-elle, l'air misérable. Et je brûlerai sûrement en enfer pour avoir provoqué ce duel entre Chalstrey et Avendall.

— Voyons, mon enfant, vous n'en êtes pas responsable. Les raisons de leur rivalité plongent leurs racines dans le passé.

— Et si Morgan était tué ?

Elle n'osait envisager une pareille éventualité, mais elle était bien placée pour savoir qu'elle existait. Elle avait pu mesurer l'ampleur de la haine qui animait Avendall et sa terrible force physique. Elle effleura l'ecchymose sur sa joue ; Morgan l'avait embrassée, là et ailleurs, durant la nuit, en jurant de se venger.

— Nous devons prier pour qu'il soit épargné, dit la nonne.

Elle détourna les yeux d'Avendall, qui venait d'atteindre le pont-levis, et étudia Gabriella avant d'ajouter :

— Espérons qu'ils seront épargnés tous les deux et qu'ils se rendront compte que leur arrogance et leur fierté auraient pu leur coûter ce qu'ils ont de plus précieux.

Elle s'interrompit un instant, répugnant visiblement à aller plus loin, et cependant déterminée.

— Nous ne parlerons pas de péché, vous et moi, Gabriella, car il est naturel qu'un homme et une femme dorment ensemble. Mais avez-vous songé à votre avenir ? Et si Chalstrey vous avait fait un enfant ?

Gabriella se tourna vers dame Johanna au moment où la herse s'élevait pour laisser entrer Avendall dans ses plus beaux atours.

— Si je porte l'enfant de Chalstrey, je serai la plus heureuse des femmes, que je sois son épouse ou sa maîtresse.

— Et l'enfant ? Si c'est un garçon, comment réagira-t-il le jour où il s'apercevra qu'il n'a rien alors que les héritiers légitimes de son père peuvent prétendre aux terres d'Edgefield qui leur reviennent de droit ? Et si c'est une fille, croyez-vous qu'elle épousera un noble gentilhomme ou qu'on l'utilisera comme un pion dans des manœuvres politiques en la traitant comme une courtisane ?

Voyant que ses questions avaient atteint leur but, dame Johanna ajouta plus doucement :

— Quoi qu'il en soit, vous n'êtes pas faite pour jouer les ornements ou les partenaires d'une nuit. Non, mon enfant, pas vous. Vos passions sont trop affirmées et votre fierté trop grande pour que vous vous contentiez d'une existence frivole et vide. Il vous faut un homme susceptible de vous donner une véritable place dans sa vie. Et quoi que vous en pensiez en ce moment, jamais vous ne vous contenterez de miettes. Avez-vous oublié pourquoi vous étiez si impatiente de venir en Cornouailles, à l'origine ?

Gabriella la fixait sans mot dire, frappée par la justesse de ses paroles. Dame Johanna avait raison. Même si Morgan la transportait au septième ciel quand il lui faisait l'amour, même si, dans ses bras, elle éprouvait un bonheur sans mélange, cela ne lui suffirait pas. Elle n'était pas faite pour vivre dans l'ombre de quiconque. Elle était forte, intelligente, et aspirait à s'accomplir au grand jour.

— Vous ne me suggérez tout de même pas d'épouser Avendall ? murmura-t-elle. Il m'a rejetée. N'avez-vous pas vu comment il m'a ramenée à Morgan, la nuit dernière ?

Dame Johanna pinça les lèvres, signe chez elle de réprobation ou d'émoi.

— Avendall est un monstre. Je ne vous vois pas liée à une brute pareille. Mais vous courez au désastre si vous partagez le lit d'un homme qui ne vous prendra pas pour épouse.

Les yeux de Gabriella s'emplirent de larmes. Même si Morgan survivait à ce duel, le jour viendrait où elle devrait lui dire adieu. Elle ferait mieux de retourner à Redclift Hall et de s'atteler à la remise en état du domaine plutôt que de rester à Edgefield Keep sans lui.

La mort dans l'âme, elle hocha la tête pour faire savoir à dame Johanna qu'elle avait compris. Ensemble, elles quittèrent la chambre et descendirent dans la salle commune.

Morgan s'aperçut à peine de la présence de la jeune fille, tant il était occupé à se préparer pour ce combat sanglant. Qui aurait imaginé qu'il l'avait serrée si tendrement dans ses bras, quelques heures plus tôt, en lui confessant qu'il avait besoin d'elle ?

Trop fière pour tenter d'attirer son attention, elle ne lui accorda pas un regard et traversa la pièce la tête haute dans l'intention d'aller à la lice vérifier les bancs destinés aux spectateurs.

— Gabriella ! lança Morgan, l'interrompant sur sa lancée.

Il semblait amusé, impudent même. Personne n'aurait pu soupçonner qu'il s'apprêtait à livrer un combat mortel.

Gabriella se retourna, les joues brûlantes, et s'inclina respectueusement, comme l'exigeaient les convenances. Après tout, Morgan était le maître d'Edgefield Keep, le seigneur de tous ceux qui y vivaient. Pourtant, elle réduisit sa révérence à sa plus simple expression.

— Oui, my lord? dit-elle du bout des lèvres.

Il s'approcha d'elle en haussant les sourcils avec étonnement. À son vif désarroi, elle sentit son pouls s'accélérer. Comme elle gardait les yeux baissés, il glissa le doigt sous son menton pour l'obliger à relever la tête et à affronter son regard. À ce simple contact, une bouffée de chaleur irradia dans tout son corps, lui coupant le souffle.

— Où allez-vous avec tant de hâte, my lady? s'enquit-il aimablement.

— Je me sens agitée, ce matin, my lord. Je... voulais inspecter la lice.

Des rires masculins accueillirent cette révélation. D'un seul coup d'œil, Morgan imposa le silence à ses hommes. Reportant son attention sur Gabriella, il l'observa avec intérêt, ôtant son doigt, ce qui permit à la jeune fille de retrouver une respiration à peu près normale.

— La lice? répéta-t-il.

Gabriella s'empourpra de plus belle. À sa grande confusion, elle s'aperçut que son trouble n'était pas dû à une quelconque indignation mais bien plutôt au violent émoi que Morgan provoquait en elle avec une facilité déconcertante.

— Oui. Ce sont les sièges destinés aux spectateurs qui ont attiré mon attention. J'ai assisté à leur installation, de là-haut, et ils me semblent instables. Il ne faudrait pas qu'un accident survienne pendant le... la... confrontation.

Un petit sourire en coin flotta sur ces lèvres que Gabriella avait embrassées avec tant de passion si peu de temps auparavant. Ce souvenir causa un délicieux inconfort dans la région secrète de son corps que Morgan avait conquise si virilement.

— Serait-ce tout ce qui vous préoccupe ? insista-t-il.

Gabriella croisa enfin son regard sans chercher à cacher l'ampleur de son désespoir.

— Non, my lord. J'ai surtout peur que vous finissiez transpercé par une lance tel un lièvre embroché !

Des murmures s'élevèrent dans le petit groupe réuni autour de la rutilante armure posée sur la table telle une créature métallique à figure humaine. Cette fois, Morgan ne réprimanda pas ses hommes mais son regard d'azur soutint celui de Gabriella sans ciller.

— Ne craignez rien, my lady, articula-t-il lentement, sur un ton à la fois doux et cinglant. Je suis un soldat exercé et je ne crains pas les hommes tels que Cyprian Avendall.

— Oh ! répliqua-t-elle sur le même ton. Ce sera donc Avendall l'embroché ? Voilà de quoi être réconfortée, vraiment !

Il approcha son visage à quelques centimètres du sien.

— Vous devriez l'être, en effet, après ce que cet animal vous a fait ! siffla-t-il.

— Je n'ai aucune sympathie pour lui, je le reconnais, mais je ne me réjouirai pas pour autant des effets d'une vengeance que Dieu seul a le pouvoir de décider ! À présent, si vous voulez bien me laisser passer, j'aimerais me rendre sur la lice, comme j'en avais l'intention.

— Allez-y ! gonda-t-il en l'invitant d'un geste à poursuivre son chemin.

— Vous devriez peut-être la munir d'une épée et d'une armure, my lord, suggéra l'un de ses hommes. Je parie que cette petite est de taille à se défendre contre Avendall sans l'aide de quiconque.

— Silence ! aboya Morgan.

Gabriella n'avait pas bougé d'un centimètre.

— Je vous prie de ne pas crier !

Il la toisa avec des flammes dans les yeux.

— Vous avez vraiment le don de m'exaspérer !

— Parfait, dit-elle en levant le menton. Au moins, je n'aurai pas perdu ma journée !

— Venez, intervint dame Johanna en lui prenant fermement le bras.

— Ils m'ont appelée « petite » ! fulmina-t-elle tandis que la religieuse la tirait vers la porte.

Dame Johanna sourit, mais ne fit aucun commentaire sur l'altercation qui venait de se produire.

— Je dois aller voir le nouveau-né, au village, ainsi que sa mère. Vous avez la tête ailleurs, mon enfant. Faites attention, vous risquez de vous faire renverser par un cheval.

Gabriella hocha distraitement la tête, mais elle ne décolérait pas.

En voyant la jeune fille traverser la cour, belle comme le jour malgré l'ecchymose qu'il lui avait infligée, sa chevelure couleur de miel ondulant sur sa pèlerine, Avendall éprouva un pincement de regret. Ce n'était d'ailleurs pas le premier depuis la veille.

Il descendit de cheval et tendit les rênes de sa monture à l'un de ses hommes sans quitter Gabriella des yeux. Elle semblait furieuse et n'en était que plus belle.

Il s'était conduit comme le dernier des idiots en la traitant comme il l'avait fait.

Impulsivement, il lui emboîta le pas sans avoir pour autant l'intention de s'excuser. Cette fille était souillée, et donc indigne de devenir sa femme ainsi que la mère de ses enfants. Néanmoins, il déplorait de s'être laissé aveugler par la rage, car elle ferait une partenaire idéale, pour une nuit ou davantage. Et quoi de mieux pour narguer Chalstrey que de coucher avec sa favorite du moment ?

— Demoiselle ! la héla-t-il d'une voix un peu rauque, tel un garçon d'écurie nerveux tentant de séduire une fille de cuisine avenante.

Elle se retourna, et, une fois de plus, il se traita de tous les noms. Il avait agi comme un sot. Gabriella était venue à lui pour lui offrir d'être sa femme, et dans son incapacité à contrôler sa fureur – ce qui lui avait déjà causé des ennuis en maintes occasions – il s'était non seulement privé du plaisir de mettre cette superbe créature dans son lit mais de celui d'infliger à son vieil ennemi un camouflet cuisant.

Il ressentit une joie secrète quand l'incrédulité se peignit sur les traits parfaits de la jeune fille.

— Bonjour, my lady, fit-il en s'inclinant brièvement.

Gabriella lui décocha un regard meurtrier avant de faire volte-face et de poursuivre son chemin.

Il l'arrêta en lui saisissant le bras, mais avec douceur, cette fois, car il n'ignorait pas que les hommes de Chalstrey, postés un peu partout, l'avaient à l'œil.

— Je vous en prie, my lady, permettez-moi de faire amende honorable pour ma conduite regrettable lors de notre dernière rencontre.

Il s'efforçait de s'exprimer d'un ton aimable mais, en réalité, l'insolence de la fille l'offensait au plus haut point et l'envie de donner à cette garce la correction qu'elle méritait le démangeait.

Gabriella fixa avec mépris la main gantée sur son bras jusqu'à ce qu'il l'enlève.

— Ne posez plus jamais vos mains sur moi. Je n'ai qu'à crier et vous serez transpercé d'une douzaine de flèches séance tenante.

Avendall se contrôla d'extrême justesse, au prix d'un effort surhumain.

— Je vous trouve bien sûre des capacités des hommes de votre amant, susurra-t-il. Permettez-moi de vous faire remarquer que je ne suis pas venu seul à Edgefield Keep. Mes propres soldats sont là aussi pour me défendre. Je suis certain que vous n'avez pas envie d'assister à des effusions de sang supplémentaires. Celles qui vont avoir lieu entre Chalstrey et moi dans moins d'une heure ne vous suffisent-elles pas ?

Elle déglutit avec peine, s'exhortant au calme, mais dans ses yeux magnifiques il devinait son désir de lui enfoncer un poignard dans le cœur. Un désir qui l'excitait délicieusement.

— Que me voulez-vous exactement ?

Avendall sourit.

— Vous le savez très bien. Et je l'aurai peut-être, si ce duel se termine selon mes prédictions. Qui viendra à votre secours, ma douce, quand j'en aurai fini avec Chalstrey une fois pour toutes ? N'êtes-vous pas l'enjeu de ce combat ?

Cette fois, il la vit frissonner et s'en délecta, tout comme il se délectait à l'idée de posséder ce corps tout en courbes alléchantes, seins généreux et hanches rondes. Dompter ce caractère rebelle ne ferait que pimenter leurs rapports.

— Je crois que c'est lord Edgefield qui en finira avec vous, rétorqua-t-elle avec une feinte sérénité. L'enjeu vous passera sous le nez, je le crains.

Avendall eut envie de la gifler, d'abîmer l'autre joue de ce ravissant visage un peu trop impertinent à son goût. Il regretta d'autant plus de l'avoir repoussée trop vite. Il devait gagner ce duel coûte que coûte. Ensuite, rien ni personne ne l'empêcherait de récupérer la femme qui lui revenait de droit. Il en ferait sa maîtresse. Elle lui devait au moins ça, et bien plus.

Plutôt que de céder à la violence, il sourit.

— Je vous ferai mienne avant que la lune se lève, promit-il. Mais je vous préviens, my lady, vous ne trouverez pas mes caresses aussi tendres que celles de Chalstrey, et vous apprendrez vite que je suis bien moins tolérant.

Gabriella lui cracha en pleine figure. Avendall faillit l'étrangler, là, tout de suite, devant les gens d'Edgefield Keep. Mais le plaisir de la soumettre le moment venu lui donna la force de résister à son impulsion. Et la main d'un soldat sur son épaule acheva de le ramener à la raison.

— Je vous en prie, my lord, ne vous emportez pas. Vous obtiendrez satisfaction sur la lice.

Avendall n'eut pas besoin de se retourner pour savoir qu'il s'agissait de Withcomb, son meilleur archer et son meilleur cavalier. Aucun autre de ses hommes n'aurait osé intervenir.

— Oui, répondit-il d'une voix sourde en remarquant que Gabriella semblait moins arrogante tout à coup. Occupe-toi des autres, Withcomb. Tout va bien.

Withcomb s'éloigna et la jeune fille reprit aussitôt la parole d'un ton presque aimable.

— Vous avez encore le pouvoir d'arrêter cela. Chalstrey ne le fera pas, mais peut-être saurez-vous vous montrer plus sage, malgré votre satané caractère.

Avendall croisa les bras. Il avait l'impression d'avoir repris l'avantage et comptait bien en tirer le meilleur parti.

— Qu'attendez-vous de moi ?

— Rassemblez vos hommes et rentrez chez vous. Tout de suite. Évitez ce combat, le sang versé… la mort.

— Vous voulez que je perde la face devant mes hommes, sans parler de mon vieil ennemi et de ses vassaux ? Quel profit tirerais-je d'un geste généreux, certes, mais totalement stupide ?

Gabriella se mordit la lèvre. Sa bouche était légèrement gonflée, sans doute à cause de la barbe naissante de Chalstrey, ce matin, ou de leurs baisers répétés. Maudits soient-ils ! Ils le paieraient cher !

— J'irai avec vous à Avendall Hall, répondit-elle d'une toute petite voix, après un long silence.

— Aussi tentante que soit votre proposition, je ne crois pas une seconde que Chalstrey consentirait à un aussi noble sacrifice.

Incapable de s'empêcher de la toucher, il effleura sa joue meurtrie et poursuivit :

— Ne me prenez pas pour un idiot, my lady. J'ai un don particulier pour repérer la ruse. Vous préféreriez coucher avec le diable en personne plutôt qu'avec moi. Hélas pour vous, vos préférences ne comptent pas parce que de toute façon, je vous ferai écarter les cuisses. En revanche, je trouve offensant que vous ayez espéré me duper. Vous me crachez au visage, vous m'annoncez la victoire de Chalstrey comme une menace et vous voudriez que je vous prenne au sérieux ?

— J'ai agi avec précipitation, dit-elle, s'efforçant de prendre un ton humble.

Avendall se mit à rire.

— Vraiment ? J'espère que votre petite sœur sera plus docile, glissa-t-il en se délectant de voir une expression d'horreur s'inscrire peu à peu sur les traits de Gabriella.

— Que voulez-vous dire ?

Un lent sourire joua sur les lèvres d'Avendall.

— J'ai fait mander votre jeune sœur, la plus malléable. Elle s'appelle... Elizabeth, je crois. Nous nous marierons dès son arrivée et, cette épouse-la, je vous jure qu'on ne me l'enlèvera pas avant qu'elle ne soit parvenue jusqu'à moi.

Pâle comme la mort, Gabriella vacilla légèrement.

— Non… Pas Elizabeth, je vous en prie ! Elle n'a que seize ans, c'est encore une enfant.

— C'est ce que je préfère.

Du coin de l'œil, il vit Chalstrey se diriger vers eux à grandes enjambées et il posa la main sur la poignée de son épée, mine de rien. Si Edgefield le défiait ici, il se battrait volontiers.

Sans tenir compte de Morgan, Gabriella s'accrocha à son bras.

— Vous ne pouvez pas épouser Elizabeth ! s'écria-t-elle. Elle en mourra et… je ne le permettrai pas !

Il l'ignora et reporta toute son attention sur son ennemi.

Celui-ci se trouvait à la hauteur de la jeune fille, à présent. Il fixait ses mains toujours agrippées à son bras et, bien qu'elle ne lui accordât pas un regard, ce fut comme si elle percevait sa fureur. Elle bondit soudain en arrière, tremblant de tous ses membres.

— J'espère que Chalstrey vous tuera !

Avendall lui répondit sans quitter ce dernier des yeux.

— Priez pour que Dieu vous entende, my lady, parce que vous passerez le reste de vos jours – et de vos nuits, cela va sans dire – comme courtisane. Ma courtisane. Vous aurez toutefois une consolation : quand je serai avec vous, votre sœur connaîtra un répit dans ses devoirs d'épouse.

Il était parvenu à ses fins. Gabriella perdit totalement son sang-froid. Elle se jeta sur lui tel un chat sauvage, toutes griffes dehors, et le frappa à coups de pied et de poing. Il rit des quelques coups qu'elle réussit à lui assener avant que Morgan la saisisse à la taille pour la tirer en arrière.

— Tenez-vous tranquille, fit-il, tandis qu'elle se débattait avec acharnement pour lui échapper, lui envoyant des coups de talon au passage.

Il jura, sans toutefois perdre son calme, puis appela un dénommé Jocko. Un homme aux allures de vaurien sortit de la foule rassemblée autour d'eux. Il semblait hésitant.

— Emmène my lady dans la chambre du conseil, ordonna Edgefield en fourrant tant bien que mal la jeune furie dans les bras de Jocko. Et garde-la là-bas jusqu'à nouvel ordre.

— Non ! hurla Gabriella. Non, Morgan... vous ne pouvez pas m'enfermer ! Je vous en supplie...

— Si tu ne t'exécutes pas immédiatement, tu le regretteras ! déclara le duc au malheureux Jocko, sans quitter un seul instant Avendall des yeux.

Jocko ne se le fit pas dire deux fois. Il s'éloigna en toute hâte, luttant comiquement avec son fardeau qui ne cessait de gesticuler et de supplier Chalstrey.

— La demoiselle m'a fait une offre intéressante, déclara Avendall, tandis que les cris furieux de l'intéressée leur parvenaient encore. Elle m'a proposé sa vertu, du moins ce qu'il en reste, pour que je quitte Edgefield Keep sans me battre avec toi.

Comme il s'y attendait, cette nouvelle déchaîna la fureur de Chalstrey. Il empoigna son épée, puis, au dernier moment, se ravisa. Sa tension, son désir de se battre étaient presque palpables, mais le duc était un homme d'honneur, ce qu'Avendall considérait comme une tare. Depuis l'enfance, Morgan Chalstrey avait été éduqué pour être un chevalier du royaume. D'un geste de la main, il invita Avendall à le précéder vers la lice.

Les deux hommes s'y rendirent côte à côte, en silence. On apporta leur armure dont ils furent revêtus selon le rituel, pièce par pièce. On les aida ensuite à monter sur leurs chevaux, puis on leur tendit les lourdes lances.

Les deux combattants prirent place à chaque extrémité de la lice.

Le moment de régler leurs comptes était enfin arrivé, et Avendall s'en trouvait fort aise.

À force de se débattre, Gabriella parvint à échapper à Jocko dans le couloir du premier étage. Le temps qu'il retrouve son équilibre, elle avait relevé ses jupes et s'était précipitée dans la direction opposée.

Jocko était un soldat, un homme solidement bâti, très musclé. Mais si sa force était son meilleur atout, la rapidité était son point faible. Contrairement à Gabriella, qui dévala le grand escalier, le semant sans peine.

— Attendez ! cria Jocko d'une voix presque suppliante. Je vous en prie, my lady...

Mais elle était déjà dans la cour, désolée pour le malheureux qui devrait endurer les foudres de son maître pour l'avoir laissée échapper – encore faudrait-il que Morgan en sorte vivant. Elle ne pouvait empêcher le duel et, maintenant qu'elle connaissait les sinistres desseins d'Avendall concernant sa sœur, elle ne tenterait rien pour qu'il n'ait pas lieu. À vrai dire, si l'occasion lui en était donnée, elle le tuerait de sa propre main !

En réalité, Gabriella voulait assister à ce combat pour une seule raison : elle aimait Morgan Chalstrey, quels que soient ses sentiments pour elle. S'il triomphait, elle serait à ses côtés pour partager, sinon célébrer, sa victoire. S'il perdait, elle se précipiterait pour le prendre dans ses bras. Et personne ne l'en empêcherait. Non, personne.

Avendall l'emmènerait peut-être de force, mais pas avant qu'elle ait voué son âme et son cœur au seigneur d'Edgefield Keep.

À tout jamais.

11

Gabriella ressentit le premier choc du fer contre le bois dans tout le corps. Les larmes jaillirent de ses yeux, brûlantes. Elle suffoquait, mais continua cependant à courir vers la lice sans se soucier de savoir si on s'était lancé à sa poursuite.

Quand elle y parvint, elle vit d'abord l'armure de Morgan étincelant comme de l'argent sous le soleil, puis celle d'Avendall, tout aussi rutilante. Les deux hommes brandissaient leur lance comme si elle n'avait pas pesé plus lourd qu'une plume. Leurs chevaux piaffaient, mais Gabriella soupçonna que c'était d'impatience et non de peur, car ils partageaient sûrement la soif de combattre de leurs maîtres.

Les voir s'affronter ainsi, telles deux bêtes sauvages impitoyables, inspira à la jeune femme un sentiment proche du dégoût.

Ils reprirent place à chaque bout de la lice, s'immobilisèrent, puis s'élancèrent de nouveau à une vitesse qui glaça le sang de Gabriella. Oubliant tout ce qui n'était pas l'instant présent, elle cessa de respirer et attendit le choc imminent.

Quand il se produisit, il fut d'une violence telle que Gabriella sursauta et se couvrit la bouche de la main. Les lances s'entrechoquèrent, se séparèrent, frappèrent de nouveau. Morgan enfonça la sienne dans le bouclier d'Avendall qui parvint à se maintenir en selle malgré l'impact.

L'étalon gris tangua dangereusement mais resta debout. Les bras serrés autour d'elle, Gabriella tremblait comme une feuille. Il lui semblait que les chevaux étaient animés de la même folie meurtrière que leurs cavaliers, comme s'ils n'avaient été élevés que dans ce but.

On apporta une autre lance à Morgan. Il la saisit avec aisance, bien qu'il dût déjà être blessé sous son armure, tout comme Avendall d'ailleurs. Elle ressentit une bouffée de colère. Comment osait-il risquer sa vie ainsi ? Il aurait tout aussi bien pu brandir son cœur à elle à la pointe de sa lance, tant elle se sentait vulnérable. Et impuissante.

Au signal, les deux ennemis s'élancèrent de nouveau en direction l'un de l'autre, libérant dans cette course folle toute la haine trop longtemps contenue qui les rongeait.

Le coup qu'ils se portèrent fut si terrible qu'on eût dit que la terre avait tremblé.

Un épais nuage de poussière s'éleva du sol en tournoyant, dissimulant les combattants à la vue. L'espace d'un interminable instant, un étrange silence s'abattit sur la lice. Tout semblait immobile, comme si le monde entier retenait son souffle dans l'attente de ce qui allait suivre.

— Il est désarçonné ! cria quelqu'un dans la foule.

Gabriella tendit le cou, scrutant le nuage opaque où l'on devinait seulement les silhouettes enchevêtrées des chevaux. Impossible de dire qui, de Morgan ou d'Avendall, était tombé.

Sans réfléchir, elle s'élança vers les cavaliers, esquivant sans difficulté la main de dame Johanna qui l'avait rejointe sans qu'elle s'en soit rendu compte. Quand elle arriva près d'eux, elle découvrit Avendall honteusement assis sur le sol. Morgan se tenait devant lui, le dominant de toute sa taille, l'épée brandie, la visière relevée.

Avendall chassa ses hommes qui s'étaient précipités pour l'aider. Avec beaucoup de difficultés, étant donné le poids de l'armure et les séquelles du coup que son adversaire venait de lui infliger, il parvint à se remettre debout. Il arracha son casque avec colère et le jeta de côté, révélant des traces de sang dans ses cheveux emmêlés.

Gabriella s'approcha de Morgan mais n'osa pas le toucher. Lui aussi enleva son casque, calmement, avant de le laisser tomber à ses pieds. Il ne lui accorda pas un regard, ne lui dit pas un mot. Il le ferait quand ils se retrouveraient en tête-à-tête, et il risquait de se montrer cinglant, elle le savait.

Des écuyers surgirent pour emmener prestement les chevaux.

Les deux combattants échangèrent un regard si brûlant de haine que Gabriella crut qu'ils allaient s'embraser sur place.

Avendall était désarmé face à Morgan. Le sang continuait de couler de son crâne, mais la défaite publique qu'il endurait était sans aucun doute la pire des blessures. Une humiliation insurmontable. Pourtant, Gabriella n'éprouvait aucune pitié pour cet homme qui s'était ouvertement déclaré leur ennemi, à la plus fragile de ses sœurs et à elle.

Ce fut Morgan qui, le premier, rompit le silence.

— Seul le serment que j'ai prêté en tant que chevalier m'empêche de t'enfoncer cette lame dans la gorge, dit-il à Avendall d'un ton d'autant plus insupportable qu'il demeurait calme. Rassemble tes hommes et va-t'en avant que je ne renonce à l'honneur au profit du bon sens, et que je ne te tue sur-le-champ. Il n'y aura pas d'autre affrontement aujourd'hui.

Cette déclaration entraîna un tonnerre de cris de protestation. De toute évidence, l'assistance aurait préféré une mise à mort en règle. Ils réclamaient du sang, des os brisés, des ventres ouverts. Écœurée, Gabriella serra les poings en fusillant du regard cette foule déçue de n'avoir pas assisté à une boucherie.

Ils ne se laissèrent pas intimider par sa fureur, mais Morgan leur imposa le silence d'un seul regard, aussi bien à ses gens qu'à ceux d'Avendall.

Ce dernier tourna vers elle des yeux haineux et elle comprit qu'il n'avait rien oublié des promesses qu'il lui avait faites un peu plus tôt. Il se baissa en grimaçant pour ramasser son casque.

Quoi qu'il dise à Morgan, cela ne ferait que le rabaisser davantage, aussi se contenta-t-il de s'éloigner. Tête basse, ses hommes lui emboîtèrent le pas à contrecœur. Ils récupérèrent leurs chevaux et quittèrent le château.

Morgan était vivant, et le sang n'avait que peu coulé. Gabriella laissa échapper un long soupir de soulagement, et sursauta presque quand le duc s'adressa à elle.

— Vous ! gronda-t-il sourdement.

Elle recula d'un pas. Certes, jamais Morgan ne lèverait la main sur elle, elle le savait. En revanche, il semblait sur le point de lui infliger une belle semonce dont elle se serait bien passée, même si elle était méritée, d'un certain point de vue.

— Ne vous avais-je pas ordonné de rester dans la chambre du conseil ?

Elle continua de reculer mais il avançait d'autant. Elle s'arrêta donc, soutenant son regard sans ciller.

— Vous n'avez pas d'ordres à me donner, my lord, riposta-t-elle.

Une légère défaillance dans sa voix indiquait qu'elle était beaucoup moins vaillante qu'il y paraissait, elle enchaîna néanmoins :

— Je ne suis ni votre épouse ni votre servante. Pas plus que je ne suis un cheval, un chien, un soldat ou un vassal. Aucune loi ne m'oblige à me mettre au garde-à-vous dès que vous émettez le moindre son.

Morgan rengaina son épée, puis enleva lentement ses gantelets. Il les jeta de côté et un gamin se précipita pour les ramasser.

— Vous commencez sérieusement à m'ennuyer, my lady. Je vous conseille de ne pas mettre ma patience à trop rude épreuve, car je risque de perdre ce qui m'en reste, et vous le regretterez, je vous le garantis.

Gabriella s'efforça de juguler la panique qu'elle sentait monter en elle en respirant profondément.

— Je voulais simplement être auprès de vous, au cas où vous auriez été vaincu et que vous auriez eu besoin de mon réconfort, déclara-t-elle avec franchise, croyant bien faire.

À l'expression qui se peignit sur le visage de Morgan, elle comprit qu'elle avait eu tort.

— *Parce que vous pensez que j'aurais pu être vaincu ?* articula-t-il, plus furieux que jamais.

La foule, qui suivait la scène avec un vif intérêt, recula d'un seul mouvement tandis que Gabriella, piquée au vif, oubliait toute prudence et rétorquait :

— Vous vous croyez invulnérable, my lord ? Quelle présomption ! Avendall aurait très bien pu triompher et m'emmener avec lui, puisque j'étais l'enjeu de ce duel. Seul le destin en a décidé autrement !

— Je ferais peut-être mieux de le rappeler et de vous offrir à lui en cadeau. Ainsi, je retrouverais la paix que je connaissais avant de vous rencontrer.

Les poings sur les hanches, Gabriella ne se souciait plus de leur auditoire

— Vous perdez la mémoire aussi facilement que la patience, my lord. Vous ne m'avez pas vraiment *rencontrée,* si je ne m'abuse. Je vous rappelle que vous m'avez *enlevée*…

Morgan mit un terme à sa diatribe en lui agrippant le bras pour l'entraîner vers le château. Au loin, un martèlement de sabots se fit entendre comme Avendall et ses hommes traversaient le pont-levis. Hors d'elle, Gabriella se tournait vers Chalstrey pour le traiter d'ours mal léché – l'insulte la plus virulente qu'elle connût – quand elle le vit fermer brusquement les yeux avant de vaciller, puis de s'écrouler sur le sol dans un fracas de ferraille.

Oubliant aussitôt leur différend, elle s'agenouilla près de lui et scruta avec angoisse son visage livide. D'autres se précipitèrent, mais dame Johanna les écarta pour s'accroupir auprès du blessé. Elle posa les doigts sur sa gorge, cherchant son pouls.

— Emmenez-le dans sa chambre, ordonna-t-elle en se relevant. Avec beaucoup de précautions, s'il vous plaît.

Quatre hommes d'armes soulevèrent aussitôt leur maître et le transportèrent à l'intérieur du château, suivis par Gabriella, au comble de l'inquiétude. Elle le croyait indemne, mais sa victoire n'était peut-être que toute relative. Elle craignait maintenant qu'il ne soit grièvement blessé sous son armure. S'il mourait, elle mourrait aussi, cela ne faisait pas l'ombre d'un doute. Il était l'air qu'elle respirait, sa raison d'être. *Son univers.* Sans lui, elle dépérirait, puis s'éteindrait.

Du dos de la main, elle essuya ses larmes. Elle aurait mieux fait de rester à Saint-Swithin et de prendre le voile plutôt que d'aimer un homme comme elle aimait Morgan Chalstrey, corps et âme. L'amour qu'elle lui portait la laissait sans défense.

Dans la chambre, dame Johanna distribuait ses ordres.

— Débarrassez-le tout de suite de son armure en faisant très attention. J'ai besoin d'eau chaude et de linges propres. Ranimez le feu et apportez des braseros pour chauffer la pièce.

Pendant que soldats et domestiques s'activaient en tous sens, Gabriella demeurait à distance, les yeux rivés sur le visage de Morgan. Il était d'une pâleur mortelle. Il lui rappelait un défunt qu'elle avait vu un jour à Saint-Swithin où il était venu chercher refuge par une nuit glaciale. Le malheureux était mort aux premières heures du jour, près de l'âtre, dans l'infirmerie.

— Restez calme, mon enfant, lui conseilla la religieuse, devinant l'affolement qu'elle s'efforçait de contrôler. Vous ne me serez d'aucune aide si vous cédez à la panique.

— Dois-je apporter des sangsues, bonne dame? s'inquiéta l'un des soldats.

— Sûrement pas, répondit la religieuse. Maintenant, retirez-vous tous. J'aimerais soigner votre maître en paix.

Tout le monde quitta la pièce à regret, sauf Gabriella. Elle s'approcha du lit en tremblant.

Morgan gisait torse nu sur le drap, la partie médiane de son thorax barrée d'une vilaine ecchymose violette. Dame Johanna l'examina de près, palpant sa poitrine avec une efficacité empreinte d'une grande douceur.

Le blessé gémit, tourna la tête de droite à gauche sur l'oreiller sans reprendre conscience.

— C'est bien ce que je pensais, fit la nonne. Il a des côtes cassées. Il est possible qu'il y ait des lésions internes mais je ne le crois pas. Entre le coup très violent qu'il a reçu et la maîtrise dont il a dû faire preuve ensuite, il a épuisé ses ressources physiques.

— Idiot, murmura misérablement Gabriella en regrettant d'avoir cédé à la colère un moment plus tôt. Est-ce qu'il va mourir ?

Dame Johanna eut un petit sourire triste.

— Non, mon enfant. Votre Morgan est fort comme un bœuf. Il se remettra.

Comme mû par quelque instinct de défense profondément ancré en lui, Morgan ouvrit les yeux et regarda tour à tour les deux femmes. Ses joues avaient repris un peu de couleur. Gabriella éprouva un soulagement si intense qu'elle faillit crier de joie malgré l'incertitude qui pesait sur son avenir.

— Ne me dites pas qu'Avendall a eu la lâcheté de faire demi-tour et de me frapper dans le dos, grommela-t-il. Je regrette déjà suffisamment de l'avoir laissé en vie. Je ne devais pas être moi-même pour avoir commis une erreur pareille.

Gabriella s'assit au bord du lit et repoussa de son front les cheveux bruns collés par la transpiration.

— Avendall est reparti en vaincu, my lord. Vous avez des côtes cassées, c'est pourquoi vous vous êtes évanoui.

— Évanoui, répéta Morgan, consterné. Bon sang, Gabriella, vous avez le don de choisir votre vocabulaire ! Évanoui... J'ai l'impression que vous parlez d'une grand-mère édentée !

Confuse, la jeune fille se mordit la lèvre. Elle n'avait pas eu l'intention de le peiner en laissant entendre qu'il était faible.

— Vous devriez prendre la plume, my lord, intervint dame Johanna tout en déchirant des linges pour en faire des bandages, et nous faire la liste des mots qui ne risquent pas d'offenser votre orgueil démesuré. Nous afficherons le décret sur la porte de la chapelle afin que nul ne puisse tomber par inadvertance dans les travers d'un discours imprudent.

Sous la poussière et les ecchymoses, les joues de Morgan s'empourprèrent.

— Si vous avez l'intention de me sermonner, bonne dame, faites-moi d'abord monter du vin. Je vais en avoir besoin pour affronter vos reproches en même temps que la douleur. Je crains fort que les deux conjugués n'aient raison de moi sans ce soutien.

— Gabriella, allez chercher du vin pour my lord, dit dame Johanna sans hésiter. En quantité !

Morgan émit un rire rauque. Vaincu, il laissa peu après Gabriella lui en faire boire de longues gorgées pendant que dame Johanna bandait ses côtes. Il endura l'épreuve sans broncher. Seules la pâleur de son visage et la sueur qui perlait sur son front indiquaient l'intensité de ses souffrances. Sans doute revenue à des sentiments de charité chrétienne, dame Johanna ne lui infligea pas d'autres remarques désobligeantes. Une fois son bandage terminé, elle le salua et se retira.

— Si cette femme n'avait pas été nonne, je l'aurais nommée capitaine dans mon armée, observa-t-il tandis que Gabriella passait doucement un linge humide sur son visage.

Il fronça les sourcils et tourna un regard absent vers la fenêtre.

— Je me demande ce qui retient Sedgewick, continua-t-il comme pour lui-même. Peut-être en a-t-il eu assez de servir à mes côtés ? Dieu sait qu'il m'a souvent menacé de partir, malgré l'amitié qui nous liait !

Morgan ne vit pas Gabriella tressaillir à la mention de Gresham Sedgewick. Tout naturellement, elle songea à l'abbaye et à ses sœurs bien-aimées. Elles couraient un terrible danger, toutes les deux, même si Avendall n'avait pas inclus Meg dans ses menaces. Si la pauvre Elizabeth tombait entre ses griffes, il risquait fort d'emmener Meg par la même occasion et de la contraindre à devenir l'une de ses maîtresses.

Gabriella ne le permettrait pas. Elle affronterait tous les périls plutôt que de laisser Avendall détruire ses sœurs. Plutôt mourir ! Elle ferait tout ce qui était en son pouvoir pour les protéger, quelles qu'en soient les conséquences pour elle.

Elle se souvint alors de son bienfaiteur inconnu, sans doute un homme d'influence. Pourquoi ne pas lui demander de l'aide ? Dame Johanna accepterait sûrement de lui révéler son identité si elle lui apprenait quelle menace pesait sur Meg et Elizabeth.

— Je suis sûre que my lord Sedgewick va bien, et qu'il est en route pour Edgefield Keep, répondit-elle enfin.

Mais Morgan ne semblait pas convaincu. Son expression troublée trahissait une souffrance intérieure bien plus profonde et ancienne que celle causée par ces jeux insensés sur la lice.

— Je n'aurais pas dû l'asticoter sans cesse comme je l'ai fait. Gresham était - est - mon ami le plus cher.

Gabriella prit le bol en bois contenant une infusion d'herbes somnifères que dame Johanna avait laissée près du lit.

— Buvez, my lord, et cessez de vous tourmenter. Sedgewick va revenir. Vous pourrez alors vous amender.

Il considéra le liquide rébarbatif avec méfiance puis se résigna à en prendre une gorgée. Aussitôt, il grimaça et la recracha, aspergeant le drap.

— Dieu du Ciel ! Cette mixture ferait vomir un mort !

Gabriella soupira.

— My lord, vous feriez mieux de prendre votre médicament, sinon je me verrai obligée d'appeler dame Johanna pour qu'elle se charge de vous l'administrer à ma place.

Morgan lui décocha un regard noir, prit le bol à deux mains et en avala le contenu d'un coup. Après quoi il jeta le récipient sur le sol en proférant un juron hautement coloré.

Gabriella s'efforça de garder son sérieux.

— Moi qui vous croyais raisonnable, le gronda-t-elle en le bordant soigneusement. Jamais je n'aurais imaginé que vous vous conduiriez comme un sale garnement. À votre âge ! Vous avez vraiment un fichu caractère.

— Vous êtes mal placée pour me lancer une telle accusation, my lady, répliqua Morgan avant de bâiller à s'en décrocher la mâchoire. Quand je pense que j'ai dû vous arracher à Avendall que vous attaquiez comme une tigresse enragée ! Si je vous avais laissée faire, vous l'auriez achevé avant que j'aie eu le plaisir de le désarçonner !

Gabriella se rembrunit.

— Qu'est-ce qui vous a empêché de le tuer, my lord ? Vous vous êtes montré plus que charitable en l'épargnant.

Morgan ferma les yeux.

— L'honneur interdit à un chevalier de tuer un adversaire désarmé.

— Il n'aurait pas eu tant de scrupules s'il avait été à votre place.

Il bâilla de nouveau.

— Ce n'est pas parce qu'il n'a pas le sens de l'honneur que je dois oublier le mien. J'avoue que j'ai été très tenté de plonger ma lame dans sa gorge. C'est une envie qui me démange depuis longtemps.

Elle effleura son visage meurtri du bout des doigts.

— Pourquoi vous haïssez-vous à ce point, tous les deux ?

Morgan rouvrit tant bien que mal ses paupières qui se faisaient de plus en plus lourdes.

— À cause de Rebecca, murmura-t-il avant de succomber à l'effet soporifique de la redoutable potion de dame Johanna.

Rebecca. C'était pour elle qu'il avait pris ces risques insensés. Pour la venger. Il avait enlevé la fiancée d'un autre et failli perdre la vie au cours de ce duel pour prendre sa revanche sur son ennemi. Aurait-il agi de même si elle, Gabriella, avait été à la place de Rebecca ?

Préférant ne pas se tourmenter inutilement avec ces questions, elle décida de faire passer Morgan et ce qu'elle éprouvait pour lui au second plan, et de regagner l'abbaye. Il n'y avait pas de temps à perdre. Elle devait rejoindre ses sœurs avant les hommes d'Avendall. Si toutefois ce fourbe avait vraiment envoyé un détachement à Saint-Swithin. Car il avait peut-être menti, n'évoquant ses sœurs que parce qu'il avait deviné qu'elles étaient ce qu'elle avait de plus cher au monde.

Quoi qu'il en soit, elle ne pouvait courir le risque de tabler sur cette seconde hypothèse.

Dame Johanna ne parut pas étonnée quand, après les vêpres et le repas du soir, Gabriella lui exposa son projet. Elle ne doutait pas que mère Mary Benedict lui prêterait assistance quand elle aurait connaissance du danger qui menaçait ses sœurs.

Les deux femmes se trouvaient à l'écart, dans un petit jardin qui avait été labouré dans l'attente du printemps.

— Vous tenez vraiment à quitter lord Edgefield, mon enfant ? Dans l'état où il est ?

— Non, mais je le dois, répondit Gabriella en essuyant subrepticement une larme. Morgan souffre, mais il n'est pas grièvement blessé. Il sera vite sur pied pour recommencer ses jeux puérils sur la lice.

Dame Johanna lui sourit tendrement.

— Vous êtes un être noble, Gabriella, mais prompte à réagir, vous aussi. Néanmoins, je dois reconnaître que si vous voulez quitter Edgefield Keep, c'est le moment ou jamais. Inquiets comme ils le sont pour leur maître, les gardes seront sans doute distraits, et le seigneur lui-même n'est pas à même de vous poursuivre.

Elle réfléchit un instant et ajouta en soupirant :

— Bien. Je vous accompagnerai, car il est hors de question que vous voyagiez seule, et il est temps pour moi de regagner l'abbaye où mes devoirs m'attendent. De plus, je suis impatiente d'avoir des nouvelles du jeune Sedgewick. Il tarde à rentrer, ce qui inquiète les villageois et alimente les rumeurs.

Gabriella sentit une bouffée de gratitude l'envahir. À deux, elles multipliaient les chances d'arriver saines et sauves à bon port. Une question cependant demeurait.

— Me direz-vous le nom de mon bienfaiteur, ma sœur ? Il interviendra peut-être...

— Il est loin, mon enfant et a d'autres préoccupations. Non, nous nous débrouillerons seules.

Dame Johanna se détourna, l'air préoccupé, et Gabriella n'insista pas. Rien ne persuaderait la religieuse de rompre sa promesse et de lui avouer le nom de l'homme grâce auquel ses sœurs et elle subsistaient depuis des années.

— Hélas, j'ai bien peur de devoir me rendre coupable d'un nouveau vol...

— Quoi ? s'exclama Gabriella avec stupeur.

— Eh bien, il nous faut des chevaux, non ? risqua la religieuse en soupirant avec une joyeuse résignation et une pointe de malice. Zacheus ne nous acceptera pas toutes les deux sur son dos sans rechigner, vous le connaissez.

Gabriella acquiesça. Inclinant la tête l'une vers l'autre, elles mirent au point leur projet à voix basse.

Pendant que dame Johanna se rendait au chevet de Morgan, Gabriella emballa leurs affaires et les cacha derrière la commode de la chambre qu'elle était censée partager avec la religieuse, puis elle la rejoignit chez le duc.

Morgan dormait toujours profondément. Son torse bandé se soulevait au rythme de sa respiration régulière et profonde. La laissant seule avec le blessé, dame Johanna quitta la pièce et se rendit aux écuries afin de commettre son forfait.

La clarté de la lune baignait la chambre d'une lumière argentée. Assise sur ce lit où elle avait été déflorée, puis comblée de bonheur, Gabriella posa son front contre celui de Morgan. Elle ne se rendit même pas compte que ses larmes coulaient et tombaient sur le visage de son bien-aimé.

Quand les bruits dans la cour puis dans le couloir lui indiquèrent qu'il était temps de partir, elle effleura ses lèvres des siennes ; une caresse aussi légère qu'une brise d'été.

— Adieu, Morgan Chalstrey, duc d'Edgefield, souffla-t-elle. Adieu.

De peur de revenir sur sa décision, Gabriella s'empressa de quitter la chambre du maître d'Edgefield Keep et se glissa silencieusement dans le couloir obscur.

Il ne parvenait pas à savoir combien de temps s'était écoulé depuis que Gabriella l'avait quitté – une heure ? une journée ?... Il avait dû rêver. Même

Gabriella ne pouvait être assez folle pour s'aventurer à l'autre bout de l'Angleterre sans protection.

Morgan ouvrit les yeux.

— Nom d'un chien ! murmura-t-il.

Elle était vraiment venue lui dire adieu, il le savait confusément. Grimaçant de douleur, il rejeta les couvertures et parvint à s'asseoir.

Toutes les chandelles étaient éteintes. Il faisait nuit noire, à présent. En tâtonnant, il parvint à trouver une tunique, un pourpoint, ses jambières et ses bottes. Dans l'état où il était, s'habiller seul se révéla un vrai calvaire, mais il y parvint. Il traversa ensuite la chambre, et jura quand son pied heurta le cadre de la porte. Parvenu au sommet de l'escalier, il hurla pour rameuter les gardes.

Gabriella et dame Johanna quittèrent l'enceinte du château par la poterne que les villageois empruntaient pour se rendre aux champs. Dissimulées sous leurs capuches, tête baissée, elles évitèrent tant bien que mal les rayons de lune qui se montraient de temps à autre entre les nuages. Cependant, elles n'avaient rien pour passer inaperçues. Gabriella montait Zacheus, ce mulet tellement dépourvu de grâce qu'il défiait même la charité chrétienne. Quant à dame Johanna, elle n'avait rien trouvé de mieux que de choisir un hongre gris à peine débourré.

Gabriella eut beau protester, arguant qu'une vitesse trop grande trahirait leurs intentions, la nonne ne voulut rien entendre, si bien que la jeune fille finit par la soupçonner de prendre un certain plaisir aux joies de l'équitation. Certes, Saint-Swithin n'offrait pas de telles occasions. Leur seul équidé n'était autre que le redoutable Zacheus, leur unique moyen de transport en plus du vieux chariot qu'il acceptait parfois de tirer, après de louables et innombrables efforts de persuasion.

La nonne décida de couper à travers la campagne, à l'écart de la route principale. Elles attendirent qu'Edgefield Keep soit suffisamment loin derrière elles pour ralentir un peu. Là, Gabriella s'autorisa un dernier regard en arrière, au risque d'être transformée en statue de sel, telle la femme de Lot, pour avoir péché.

— N'avez-vous jamais souhaité connaître une autre vie ? demanda-t-elle à sa compagne au bout de quelques minutes.

Contrairement à ce qu'elle avait craint, dame Johanna ne la rabroua pas.

— Je crois que cela nous arrive à tous, un jour ou l'autre, mon enfant. Allons, hâtons-nous. Si vous accordez un seul moment de répit à ce mulet, il se couchera sur-le-champ et refusera d'ouvrir un œil tant qu'il ne l'aura pas décidé.

Ainsi prévenue, Gabriella maintint l'allure sans se faire prier.

12

Gabriella et dame Johanna s'enfoncèrent dans la forêt. Quand l'obscurité devint trop épaisse, elles firent halte à l'abri d'épais buissons. À la faible lueur de la lune, elles ramassèrent quelques branchages et prirent le risque de faire un feu. Même modeste, il était facilement repérable, mais il était indispensable pour tenir à distance les animaux sauvages, et les préserver du froid mordant de cette nuit d'automne.

Assise près des flammes minuscules, Gabriella tentait de réchauffer ses pieds gelés en songeant avec nostalgie à la chaleur de la chambre de Morgan, à celle de son corps contre le sien. Elle se sermonna : elle avait entrepris ce voyage dans l'intérêt de ses sœurs, il y allait peut-être même de leur survie. Elle devait coûte que coûte atteindre Saint-Swithin avant les émissaires d'Avendall. Quand mère Mary Benedict saurait quel monstre il était, elle ne les laisserait pas emmener Elizabeth ou Meg. Et si Dieu le voulait, elles accepteraient de rentrer à Redclift Hall avec elle afin de s'occuper de leur mère et de leur beau-père, et de l'aider à faire à nouveau fructifier le domaine. Gabriella n'y connaissait peut-être pas grand-chose en agriculture et en élevage, mais elle était experte en chiffres. Ce qui était un atout non négligeable.

Le hurlement d'un loup interrompit ses pensées et elle frissonna. De l'autre côté du feu, dame Johanna sursauta et s'empara du bâton qu'elle avait ramassé un peu plus tôt. Une arme dérisoire, mais elles n'avaient rien d'autre pour se défendre.

— Cette bête est-elle près de nous ? l'interrogea Gabriella dans un murmure.

Déjà, des images de corps humains déchiquetés par des crocs remplaçaient celles qui occupaient ses pensées un instant auparavant. Tout près, le cheval et le mulet tiraient nerveusement sur la corde qui les retenait à un arbre.

Scrutant la pénombre, dame Johanna tendit le bout d'une verge vers les flammes. La lune, cette alliée qui les éclairait un peu plus tôt, s'était cachée derrière d'épais nuages d'où elle ne semblait pas décidée à émerger.

— Oui, répondit-elle dans un souffle en se redressant lentement. Ils sont plusieurs et ils approchent. Prenez une pierre ou une branche dans le feu, Gabriella, et préparez-vous à livrer bataille.

La jeune femme ne se le fit pas dire deux fois. En fait, elle s'était déjà munie d'un bâton. Mais des cailloux ou des branches enflammées ne remplaceraient pas une épée ou un gourdin. Encore moins une centaine d'archers, car il faudrait bien cela pour venir à bout de ces animaux, elle le craignait.

Le plus insupportable dans l'idée d'affronter la mort, c'était la pensée de ne plus revoir Morgan. Jusqu'ici elle avait plus ou moins réussi à se persuader qu'elle avait pris la bonne décision en le quittant, mais à présent il lui manquait douloureusement.

Elle tira une longue branche du feu et, armée de cette torche improvisée, elle se leva.

À cet instant précis, la lune sortit de derrière les nuages, répandant sa pâle lueur sur les lieux, et Gabriella suffoqua. Ils étaient au moins six ou sept. Encerclant leur camp de fortune, ils les fixaient de leurs yeux jaunes.

Affolé, le cheval ruait en émettant des hennissements déchirants. En revanche, la nature belliqueuse qui caractérisait Zacheus avait pris le pas sur la peur. Ses longues oreilles rabattues en arrière, il faisait entendre un son épouvantable, entre la plainte stridente et le braiment le plus atroce.

Sous la lune, les loups se révélèrent efflanqués. Une horrible lueur rouge sang luisait dans leurs yeux d'or. Les montures ne semblaient pas les intéresser Ce soir, ils avaient décidé de se repaître de chair humaine.

— Ils ne craignent pas le feu ? s'inquiéta Gabriella en se glissant entre leurs montures et les carnivores affamés.

— Ces bêtes ne craignent plus grand-chose dans l'état où elles sont, mon enfant, répliqua dame Johanna en brandissant néanmoins sa torche de fortune. Avez-vous vu leurs côtes ? Ces loups n'ont rien mangé depuis si longtemps qu'ils sont prêts à prendre tous les risques.

L'un d'eux se tourna vers Gabriella et fit un pas vers elle en grondant. Le cœur battant à tout rompre, elle tendit son bâton ridicule dans sa direction.

— Ne bougez pas, Gabriella, dit dame Johanna d'une voix douce. Si vous faites mine de vous détourner, il vous sautera dessus immédiatement.

Gabriella frémit de tout son être, s'efforçant de chasser les visions d'horreur qui lui venaient à l'esprit.

— Arrière ! ordonna-t-elle au loup, essayant de prendre un ton autoritaire sans y parvenir.

Sa voix tremblait autant que ses jambes qui menaçaient de se dérober sous elle d'un instant à l'autre.

Le loup s'immobilisa. Son pelage ondulait sous la caresse du vent glacé. Tous deux se mesurèrent du regard. Les autres ne bougeaient pas, mais leurs grondements résonnaient dans le noir.

— Rapprochez-vous du feu, lui conseilla dame Johanna. *Très* lentement.

Retenant sa respiration, Gabriella s'exécuta. Le loup suivit son mouvement puis, sans prévenir, s'élança dans sa direction. Gabriella hurla. Perdant l'équilibre, elle tomba et se retrouva à quelques centimètres des braises incandescentes.

Suffoquant de terreur, elle s'attendait que le loup retombe sur elle mais, à sa grande surprise, rien de tel ne se produisit. Il s'était arrêté à quelques pas de Zacheus qu'il fixait d'un air avide.

Pour une fois, le redoutable caractère du mulet se révéla une vraie bénédiction. Décidé à affronter la mort courageusement, il se mit à braire à pleins poumons en tirant sur sa corde qui finit par lâcher. Une fois libre, il lança une ruade terrible contre le loup, un instant égaré par ces sons infernaux.

Ce dernier roula sur le sol et se retrouva à quelques centimètres de Gabriella.

— Ici ! Nous sommes là ! se mit à hurler dame Johanna.

Épouvantée, Gabriella crut que la religieuse tentait d'attirer l'attention du loup sur elles pour le détourner de Zacheus.

C'est alors qu'elle perçut à son tour les bruits inespérés d'une cavalcade. Des cavaliers surgirent brusquement de l'obscurité, mais Gabriella les devina plus qu'elle ne les vit, car elle gardait ses yeux rivés sur le loup. Si elle les détournait, ne serait-ce qu'un quart de seconde, il lui sauterait à la gorge.

Un certain remue-ménage s'ensuivit tandis que les loups mis en déroute s'enfuyaient. Hélas, le chef de meute demeura immobile, ses yeux jaunes dardés sur elle. Il savait qu'il allait mourir, mais, visiblement, il avait décidé qu'elle mourrait avec lui. Il se ramassa sur lui-même, puis bondit brusquement sur elle.

Une flèche siffla dans les airs et l'atteignit en pleine poitrine. La vie déserta le regard jaune juste avant que l'animal retombe sur Gabriella. Un hurlement inhumain jaillit alors de la gorge de la jeune fille.

Morgan apparut à la lumière du feu, repoussa le corps de l'animal et posa son arc.

— Gabriella ! s'écria-t-il en la prenant par les épaules.

Comme elle continuait de crier, il la secoua sans ménagement. Ses cris se transformèrent en sanglots et elle se laissa aller contre lui, épuisée et vaincue. Il l'enveloppa de ses bras, prêt à la protéger de son corps quel que soit le péril et d'où qu'il vienne.

— C'est fini, ma chérie, c'est fini, murmura-t-il d'une voix apaisante. Vous ne risquez plus rien.

Se ressaisissant, Gabriella cessa peu à peu de pleurer et se raidit soudain.

— Dame Johanna ? Seigneur, Morgan ! Est-ce qu'elle est...

Morgan lui sourit, mais la tension se lisait sur ses traits, et une petite veine battait convulsivement à sa tempe.

— Votre amie, dont le penchant pour le vol de chevaux semble se confirmer, se porte comme un charme.

Gabriella remarqua alors que des hommes s'activaient autour d'eux, traînant à l'écart le cadavre du loup, rassemblant ses affaires et celles de dame

Johanna tout en discutant d'un air grave. Du coin de l'œil, elle aperçut son amie qui caressait les naseaux blancs de Zacheus, lui souriant tendrement tout en le louant sans doute pour son courage admirable.

— Nous aurions rendu le cheval, crut bon de préciser Gabriella, qui craignait d'avoir eu définitivement raison de la patience de Morgan.

— Vous croyez que je me soucie de ce maudit cheval ?

Il ne souriait plus et, tout à coup, son regard rappela à la jeune femme celui du loup tant il était féroce.

— Qu'est-ce qui vous a pris de vous lancer dans une aventure aussi insensée ? Votre dernière escapade ne vous a donc pas servi de leçon ?

Gabriella déglutit avec peine.

— Je n'avais pas le choix, my lord, répondit-elle tandis qu'il se redressait, l'entraînant avec lui avant de la soulever dans ses bras.

Seule la crispation de ses mâchoires trahissait la douleur que certains mouvements lui infligeaient.

— Vous avez entendu Avendall, hier, dans la cour, enchaîna-t-elle. Il a envoyé des hommes chercher ma jeune sœur, Elizabeth, à l'abbaye. Je n'ose imaginer ce qu'il adviendra d'elle si elle tombe entre les griffes de ce monstre.

Morgan soupira et posa un instant son front contre la tempe de la jeune femme.

— J'ai envoyé un messager à Saint-Swithin peu avant le duel, lorsque nous revêtions nos armures. Il n'épousera aucune de vos sœurs, ni maintenant ni jamais, Gabriella.

Il la jucha sur son cheval en réprimant un grognement et monta derrière elle.

— La prochaine fois que vous déciderez de vous lancer à l'assaut de ce monde injuste, prenez le temps de réfléchir avant et de vous demander si c'est vraiment nécessaire, my lady.

Apaisée par une potion calmante, Gabriella dormait dans le lit de Morgan. Quant à cette insupportable dame Johanna, elle s'était retirée depuis longtemps dans sa chambre, de même que les domestiques. Plus une seule lampe ne brûlait nulle part. Comme à l'accoutumée, les hommes d'armes ronflaient dans la salle commune. Même les souris avaient cessé de gratter.

Seul Morgan ne parvenait pas à trouver le sommeil.

Il s'éloigna de la fenêtre, traversa la pièce et ranima le feu. Il lui suffisait de se rappeler la terreur primitive qui l'avait submergé quand il avait vu Gabriella à terre, sur le point d'être dévorée par ce loup affamé, pour oublier la douleur dans sa cage thoracique.

Jamais il n'avait ressenti une terreur pareille, pas même sur les champs de bataille de France ou du pays du Levant où il avait pourtant vu des atrocités innommables. Ses mains tremblaient tellement quand il avait saisi son arc que, l'espace d'un instant, il avait cru que jamais il ne pourrait tirer cette flèche.

Il se laissa tomber dans un fauteuil devant la cheminée et étendit ses jambes douloureuses de fatigue. Il était épuisé mais ne parvenait pas à dormir pour autant. Chaque fois qu'il fermait les yeux, il voyait Gabriella étendue, morte, le corps déchiqueté, ses yeux grands ouverts fixant le ciel sans étoiles. Une vision trop réelle pour être supportable.

— Morgan ?

Sa voix ensommeillée était un peu rauque. Elle avait apparemment oublié sa mésaventure, alors que lui tremblait encore et gardait dans la bouche le goût fade de la peur à l'état brut.

— Vous ne venez pas vous coucher ?

Il préféra ne pas la regarder. Voir ses longs cheveux blonds déployés autour d'elle, ses yeux immenses innocemment sensuels, les pointes de ses seins à travers la chemise, c'était trop pour un homme dans son état.

— Non, Gabriella.

Elle bâilla avec abandon et il l'imagina en train de s'étirer comme une jeune lionne. Le désir alluma un brasier dans son ventre.

— Pourquoi, my lord ? Vous devez être éreinté et vos blessures vous font sûrement souffrir.

— En effet.

— Vous êtes en colère contre moi ?

Elle semblait intéressée, mais pas plus concernée que cela.

— Oh que oui, my lady ! Au point d'avoir envie de vous flanquer une fessée. Heureusement pour vous, je ne crois pas y parvenir sans me rompre deux ou trois côtes supplémentaires.

— Je m'en chargerais moi-même si vous m'infligiez un tel outrage, affirma-t-elle, prompte à la repartie malgré la fatigue.

Morgan soupira et son regard se perdit dans les flammes dansantes.

— Je veux que vous me promettiez de ne plus quitter le château sans m'en parler.

— Je suis donc toujours prisonnière.

— Non. J'ai plutôt l'impression que c'est *moi* qui le suis... Je dois veiller sur vous, Gabriella.

Il l'entendit soupirer, bouger sur le matelas de plumes, et il sentit une douce tempête se lever en lui. Sa réponse ne le surprit pas vraiment.

— Je ne peux vous faire une telle promesse, my lord. Si j'apprenais que mes sœurs ont besoin de moi, rien ne m'empêcherait de tenter de les rejoindre. Et si...

— Si ? la pressa-t-il comme elle se taisait.

— Si vous deviez prendre une femme, je ne supporterais pas de rester ici. Je ne serai jamais votre maîtresse, my lord, et voir mes enfants écartés au profit de ceux d'une autre, les entendre se faire traiter de bâtards serait au-dessus de mes forces.

Il s'attendait si peu à un tel discours qu'il se mit à rire. Mais il s'agissait d'un rire amer, dépourvu de joie.

— Si je devais prendre une femme ? Je n'ai jamais demandé, ni même eu envie de demander une femme en mariage, jusqu'ici.

— Jusqu'ici ? répéta-t-elle d'une toute petite voix.

Morgan se retourna enfin pour regarder Gabriella et ce qu'il vit confirma ses craintes : à la lueur du feu, elle était belle à en mourir. Une enchanteresse nue, inconsciente de son pouvoir.

— Gabriella, je n'épouserai pas d'autre femme que vous. Et tous les enfants que vous mettrez au monde porteront mon nom.

Sa ravissante bouche s'entrouvrit et ses yeux s'écarquillèrent. Pour une fois, elle en resta sans voix. Morgan lui-même paraissait surpris par la déclaration qu'il venait de faire. Une seule chose lui semblait claire : si exaspérante fût-elle – et Dieu sait qu'elle pouvait l'être –, Gabriella apportait dans sa vie une force, une lumière vitale, essentielle. Sans elle, il se sentirait seul comme jamais il ne l'avait été jusqu'à présent malgré son caractère indépendant.

Il avait eu pour maîtresses des courtisanes célèbres, des épouses délaissées par des hommes comme lui-même. Il avait passé des heures mémorables avec des filles de harems expertes dans l'art de donner du plaisir à un homme, et avec un tas d'autres femmes rencontrées sur les nombreuses routes qu'il avait prises au cours de sa vie. Mais aucune, pas même Rebecca, ne l'avait jamais ému aussi profondément que cette petite tête de mule élevée dans un couvent, cette voleuse de chevaux au caractère bien trempé.

— Dois-je faire venir un prêtre avant que nous ne commettions un péché inévitable et imminent ou refusez-vous ma proposition ?

Elle rougit délicieusement, ce qui ne fit que la rendre, à son insu, encore plus désirable.

— Non, my lord, je ne refuse pas.

Morgan se leva de son fauteuil.

— Très bien. Habillez-vous décemment pendant que je réveille le père Aloysius.

Gabriella s'agenouilla sur le lit, le drap remonté jusqu'au cou, les yeux brillant d'espoir telle une petite fille. Cette vision fut comme un coup de poignard en cet endroit secret de son être qu'il n'avait jamais dévoilé à personne. Et cependant il ne l'aimait pas. Depuis Rebecca, non, depuis bien avant elle, il avait perdu la capacité à éprouver un tel sentiment.

— Peut-être est-il inconvenant de se marier au milieu de la nuit...

Il alla jusqu'à elle et prit son menton tremblant dans sa main.

— Il est bien plus inconvenant, ma lady bien-aimée, de faire les choses que je vous ai apprises sans le consentement de la Sainte Église.

Gabriella baissa timidement les yeux et il déposa un baiser sur son front.

Puis, se demandant quel esprit farceur s'était emparé de lui, Morgan quitta la chambre pour aller chercher le prêtre.

Gabriella eut tout juste le temps d'enfiler une robe de laine, de brosser ses cheveux et de courir réveiller dame Johanna, qui leur servirait de témoin, que Morgan revenait. Le père Aloysius, qui sonnait les matines et disait la messe et l'office du soir à

Edgefield Keep, le suivait en bâillant. Il n'avait pas l'habitude d'être ainsi tiré du lit qu'il occupait dans une minuscule cellule derrière la chapelle. Ses cheveux blancs en bataille, la soutane de guingois, il posa sur la jeune femme un regard bienveillant.

— Ah, oui, dit-il à Gabriella. Je me souviens de vous, mais pas pour vous avoir vue à la messe, je dois l'avouer.

Il se tourna vers le maître des lieux et se permit de lui parler franchement, car il vivait depuis de nombreuses années au château.

— Cela ne va pas plaire à Avendall. Mais alors, pas du tout.

— Allons-y quand même, l'invita Morgan avec impatience.

Gabriella jeta un coup d'œil à dame Johanna, s'attendant à lui trouver une expression scandalisée. À sa vive surprise, elle découvrit dans son regard l'éclat d'un sourire heureux.

Les futurs époux prirent place devant la cheminée tandis que le prêtre leur faisait face, le dos aux flammes.

Et c'est ainsi que par cette nuit glaciale où elle avait failli mourir dévorée par les loups, Gabriella jura obéissance, amour et fidélité à Morgan Chalstrey, lord Edgefield, alors que depuis un an elle tentait de se résigner à devenir lady Avendall. Pour ce qui était de l'amour et de la fidélité, elle était vraiment sincère. En revanche, l'obéissance n'étant pas dans sa nature, elle doutait fort d'être capable de respecter ce vœu-là…

Elle ne s'aperçut que la cérémonie était terminée que lorsque Morgan se pencha pour lui donner le baiser rituel aussi passionnément que s'ils avaient été seuls. Le contact de ses lèvres la laissa aussi faible et chancelante que si elle avait bu un alcool fort.

Pendant que Morgan serrait vigoureusement la main du père Aloysius, dame Johanna s'approcha de Gabriella et l'embrassa sur la joue.

— Votre Morgan ne sera pas un mari de tout repos, mais il veillera sur vous et vous rendra très heureuse, mon enfant.

Gabriella rougit en songeant que la nuit n'était pas terminée et qu'elle lui promettait encore de nombreux plaisirs. Ne sachant que répondre à son amie, elle hocha brièvement la tête. Tant de choses étaient arrivées en si peu de temps qu'elle avait l'impression de flotter sur un nuage.

Le prêtre et la religieuse se retirèrent, et Morgan ferma la porte à double tour. Il se tourna vers Gabriella et la contempla longuement, à la fois amusé et déconcerté.

— J'ai besoin de votre réconfort, ma tendre épouse. J'aimerais que vous chassiez de mon esprit la vision de ce loup prêt à vous dévorer. Elle me hante sans relâche.

Gabriella s'émut d'apprendre qu'il avait eu si peur pour elle. Peut-être l'aimait-il autant qu'elle l'aimait ?

— Mais... vos côtes, my lord...

— Vous pourriez aussi essayer de me faire oublier qu'elles me font mal.

Elle délaça aussitôt sa robe qui glissa et se déploya en corolle sur le parquet sombre poli par les pieds de générations de Chalstrey qui avaient fait l'amour dans cette chambre avant eux. Combien de couples avaient conversé dans cette pièce, y avaient ri, conçu et mis des enfants au monde, avant de fermer les yeux pour toujours, le moment venu ?

Gabriella souhaita mourir dans cette pièce, quand elle serait vieille, que ses cheveux auraient pris la couleur de la neige et que son cœur abriterait des souvenirs assez nombreux pour l'accompagner dans l'éternité.

— À quoi pensez-vous ? lui demanda Morgan en s'approchant d'elle.

Il contemplait son corps nu avec un respect mêlé d'admiration, comme s'il le voyait pour la première fois. Il saisit ses seins au creux de ses paumes, puis ses mains descendirent le long de ses flancs, s'attardèrent sur sa taille fine avant de lui agripper les hanches avec une fermeté indiquant qu'il n'allait pas tarder à prendre la direction des opérations.

— J'espérais mourir dans cette chambre.

Il quitta le spectacle fascinant de ses seins pour la dévisager avec stupeur. Elle sourit et précisa :

— Quand je serai très, très vieille. Tant de choses se sont passées ici, Morgan. Nos enfants seront conçus et naîtront ici. Ces murs seront les témoins de nos rires, de nos désaccords, de nos larmes peut-être. Mais nous serons aussi tellement heureux !

Elle ignora l'ombre fugace qui passa dans ses yeux – était-ce celle du chagrin ? Comme toutes les jeunes épousées innocentes des choses de la vie, elle n'était pas encore prête à reconnaître que l'amour n'était pas seulement joie et bonheur, mais qu'il s'y mêlait chagrin et douleur en un composé mystérieux.

Il l'attira contre lui et l'embrassa avec une ardeur qui alluma en elle un feu dévorant. Elle sentait sa virilité pressée contre son ventre et se délectait à l'idée de l'avoir en elle, de ne plus faire qu'un avec lui.

Quand il l'autorisa à reprendre souffle, elle chuchota contre ses lèvres :

— Vos côtes, my lord…

— Qu'elles aillent au diable ! marmonna-t-il en lui mordillant le lobe de l'oreille, le souffle court, avant de déposer une série de baisers brûlants le long de son cou.

Instinctivement, elle s'arc-bouta contre lui en une invite très directe. Il émit un grognement animal qui n'avait rien à voir avec la douleur due à ses blessures.

— Petite sorcière, murmura-t-il en riant doucement. Petit ange…

— Apprenez-moi à vous donner du plaisir.

Ces quelques mots signèrent sa reddition. Il était perdu. Définitivement.

De son côté, lady Edgefield se révéla une élève douée et consciencieuse. Elle fut merveilleusement récompensée pour ses efforts. Quand il le fallait, elle se soumettait corps et âme à sa volonté, puis inversait les rôles et prenait à son tour l'initiative.

Lorsque le ciel se teinta de mauve, à l'approche de l'aube, les amants s'endormirent, comblés.

Après l'humiliation subie sur la lice d'Edgefield Keep, Avendall oublia toute idée de mariage avec Elizabeth Redclift. Avant le coucher du soleil, il prit la route de Londres, accompagné par une vingtaine d'hommes à la mine patibulaire.

Ils chevauchèrent toute la journée, et ne s'arrêtèrent que lorsque leurs montures eurent atteint les limites de leurs forces. Avendall passa les nuits suivantes à ruminer, incapable de trouver le sommeil, tandis que ses compagnons ronflaient, couchés à même le sol, dans la salle commune d'une auberge ou dans l'écurie d'un fermier. La honte de sa défaite face à Edgefield et la blessure infligée à son orgueil le hantaient, tout autant que la trahison de cette femme destinée à être sienne et à se soumettre à son bon plaisir.

Elle n'était qu'une traîtresse, une traînée. Pourtant il ne parvenait pas à la chasser de son esprit. Il la désirait furieusement. La rage qui le consumait ne s'apaiserait que lorsqu'il l'aurait possédée. Il la briserait et, à travers elle, il briserait Chalstrey. Il était en train de perdre l'esprit, il ne l'ignorait pas, mais il n'y pouvait rien.

Il n'allait pas jusqu'à s'imaginer qu'il aimait cette petite garce. L'amour, c'était bon pour les poètes et les idiots, et il n'était ni l'un ni l'autre. Bien plus que cette fille, c'était se venger de Morgan Chalstrey qu'il voulait. Il avait séduit la ravissante Rebecca avec des mots, des fleurs et du vin – Chalstrey n'avait jamais pu accepter la vérité, Sedgewick était bien placé pour le savoir –, mais avec Gabriella, ce serait fort différent. Il lui apprendrait qu'il ne souffrait la comparaison avec aucun autre, et encore moins avec son vieil ennemi.

Après cinq jours passés à parcourir les routes semées d'ornières par un froid glacial, Avendall parvint à Londres. Tout comme les Chalstrey, les Avendall avaient servi le roi loyalement. Il serait bien reçu.

Sur les rives de la Tamise, il paya un batelier pour l'emmener avec deux de ses meilleurs hommes jusqu'à Sheen où il projetait de rencontrer le vieux souverain vaincu. Les choses allaient mal en France et la santé du roi déclinait.

Une odeur fétide montait du fleuve que fréquentaient un nombre impressionnant d'embarcations. Pour Avendall, qui avait grandi à la campagne, il évoquait un caniveau charriant des eaux sales où pullulaient les rats. Il n'adressa pas la parole à ses compagnons qui avaient compris, depuis leur départ, qu'il valait mieux s'abstenir de lui poser la moindre question. Ils n'étaient pas ses amis ; il se contentait de les tolérer, car Londres était un vrai coupe-gorge et il avait besoin d'eux pour assurer sa protection.

Avendall jeta à peine un coup d'œil au Savoy Palace, demeure de John de Gaunt, duc de Lancaster, l'un des jeunes fils du roi. Formidable combattant sur le champ de bataille, il ne serait pourtant jamais l'égal de son frère aîné, l'impitoyable et ingénieux Prince Noir.

Épuisé de n'avoir pas fermé l'œil durant cinq nuits, Avendall atteignit enfin sa destination. La légendaire White Tower, autrefois résidence de Guillaume le Conquérant, se dressait contre un ciel gris de fumée.

Une fois à Sheen, Avendall et ses hommes attachèrent leurs chevaux à une rampe d'amarrage sur le quai et arrêtèrent un gamin pour veiller sur eux. Pour plus de sûreté, Cyprian glissa une pièce dans la petite main sale du vagabond en lui posant la lame de son poignard sur la gorge.

— Prends garde à ce que nos chevaux soient là à notre retour, sinon je te tranche la tête. C'est compris ?

Le gosse acquiesça, affirmant qu'il les soignerait si bien qu'ils se languiraient de lui plus tard.

Suivi par son escorte, Avendall franchit peu après les grilles du palais. Son nom et ses armoiries lui ouvrirent aisément le passage. Sa famille était célèbre pour sa loyauté au roi, sa vaillance au combat et sa générosité quand il s'agissait de remplir les coffres du royaume.

Que les Chalstrey soient encore plus appréciés dans ces domaines importait peu à Cyprian. Il avait des griefs légitimes, et le roi lui prêterait une oreille attentive et bienveillante, il n'en doutait pas.

C'est dans ces dispositions d'esprit qu'il attendit d'être reçu. Il passa une heure entière à arpenter l'antichambre tout en remâchant ses erreurs. Car il en avait commis de sérieuses, notamment en ramenant Gabriella à Chalstrey, trahissant par là même l'intensité de la passion que la traîtresse avait éveillée en lui. Dieu du Ciel, quelle arme il avait fournie à son ennemi, cette nuit-là !

Un valet en livrée finit par venir le chercher.

— My lord ? Sa Majesté va vous recevoir. Essayez toutefois de ne pas trop le fatiguer, car il traverse de dures épreuves.

Avendall hocha la tête bien qu'il se souciât comme d'une guigne des préoccupations de ce roi inconsistant aux yeux chassieux. Il fit signe à ses hommes de l'attendre, et emboîta le pas au valet. Alice Perrers, la maîtresse du roi, était à ses côtés, comme toujours, veillant sans doute plus que jamais sur ses propres intérêts.

Avendall posa un genou en terre et baissa humblement la tête en signe d'obéissance à son souverain, non sans noter au passage son teint blafard et son air hagard. Edward III, autrefois imposant et digne, n'était plus que l'ombre de lui-même. Frêle et malade, il se tenait sur son trône, enveloppé de châles telle une vieille dame souffrante.

— Avendall. Approchez que je vous voie.

Cyprian s'exécuta. Tout diminué qu'il fût, Edward n'en restait pas moins le souverain, et il n'avait qu'un mot à dire pour que la vie de l'un de ses sujets jugé impudent prenne subitement un cours des plus désagréable.

— Mes condoléances, Votre Majesté. C'est avec beaucoup de peine que j'ai appris la disparition de votre sainte reine, déclara Avendall en se signant et en s'inclinant de nouveau.

Edward ne répondit pas, et durant de longues minutes l'air parut s'alourdir du poids de son découragement. De son côté, Alice semblait irritée par l'évocation de son ex-rivale.

— Laissez-nous, lui ordonna le roi.

Avendall adressa un bref signe de tête à Alice qui se retira docilement. Il risqua un regard plus attentif au roi qui, visiblement, trouvait la couronne bien lourde à porter ces temps derniers.

— Comment le Prince Noir s'en sort-il ? s'enquit Cyprian dès qu'il fut seul avec le souverain, mis à part les gardes. Je suppose qu'il a mis la France à genoux, à l'heure qu'il est ?

Edward sourit, mais son visage las ne reprit pas vie pour autant.

— Mon fils poursuit sa tâche vaillamment, comme le prince qu'il est, et malgré les nombreuses croix qu'il doit porter. Seriez-vous venu offrir vos services, Avendall ?

— Je vous ai amené vingt hommes, Votre Majesté, répondit-il en songeant qu'il annoncerait la nouvelle à sa compagnie plus tard. Et je peux m'employer à recruter et à entraîner d'autres soldats, si vous le souhaitez.

— À propos de soldats, comment va Edgefield ? demanda le souverain, s'illuminant soudain. Il s'est montré une aide précieuse aux côtés du duc de Lancaster, dans notre conflit contre la France, et il nous manque beaucoup depuis qu'il est parti.

Avendall serra les dents, et parvint à ne pas laisser voir sa jalousie.

— C'est justement Edgefield qui m'amène, Votre Majesté. Il m'a fait subir un grave préjudice et je suis venu chercher vos conseils tout autant que votre réconfort.

Edward haussa ses sourcils blonds broussailleux.

— S'il s'agit de cette vieille histoire concernant la petite Sommerville...

— Non, Votre Majesté, répondit Avendall après s'être assuré que le roi n'avait pas l'intention de finir sa phrase. Il s'agit d'une affaire beaucoup plus récente, et tout à fait regrettable.

Posément, Cyprian lui raconta comment Chalstrey avait enlevé celle qu'il s'apprêtait à épouser.

— J'aimerais obtenir réparation pour cette injustice, conclut-il avec une humilité feinte.

Le roi réfléchit longuement avant de prendre la parole.

— Je vais mander Edgefield à la cour afin d'entendre sa version de l'histoire, déclara-t-il, retrouvant un peu de son autorité et de sa puissance d'antan. Si j'estime que vous avez été lésé, Chalstrey sera puni comme il le mérite, quoi qu'il m'en coûte. Votre promise vous sera alors restituée, par ordre de la couronne.

Avendall réprima un sourire de satisfaction et s'inclina profondément devant son souverain.

— Oh, oui, murmura-t-il. Je veux retrouver Gabriella, je le veux vraiment.

Bien entendu, il se garda d'ajouter qu'il s'était battu en duel contre Chalstrey à ce sujet, qu'il avait été vaincu, et que cette humiliation le rendait fou.

13

Quinze jours s'étaient écoulés depuis cette nuit au cours de laquelle dame Johanna et Gabriella s'étaient fait attaquer par les loups. Assises près du feu dans la salle commune d'Edgefield Keep, par un froid après-midi, les deux femmes conversaient.

— Je ne différerai pas plus longtemps mon départ pour l'abbaye, mon enfant. L'hiver sera bientôt là, et la route est longue jusqu'à Saint-Swithin.

Gabriella nageait dans le bonheur depuis qu'elle avait épousé Morgan, bien qu'elle n'ait pas encore assumé publiquement le rôle important qui lui incombait en tant que lady Edgefield. Dame Johanna était sa seule amie, ici. Qui la conseillerait, quand elle ne serait plus là ? Car elle avait désespérément besoin de conseils.

Elle posa sa broderie sur ses genoux et se retint d'éclater en sanglots.

— Je n'aime pas l'idée que vous partiez, confessa-t-elle en se forçant à sourire. J'ai tant à faire et tant à apprendre. Tenir les comptes, diriger les cuisines et les domestiques, prévoir les quantités de semences, s'occuper de l'entretien des jardins, veiller aux besoins des villageois... Je crains de faire une piètre maîtresse, ma sœur.

Dame Johanna lui adressa un sourire affectueux et étendit ses robustes jambes recouvertes de bas de laine maintes fois reprisés.

— Ne dites pas de sottises, vous serez largement à la hauteur de vos tâches et irez même au-delà de ce que l'on attend de vous. Je n'ai jamais douté de vos aptitudes, Gabriella, alors n'en doutez pas vous-même.

La jeune femme n'avait pas mesuré l'ampleur de la tâche qui serait la sienne en épousant le seigneur d'Edgefield Keep, et qui ajouterait une charge supplémentaire à ses responsabilités de femme et de mère. Si elle se sentait quelque peu submergée par le nombre de défis à relever, son fort tempérament y trouvait aussi de quoi l'aiguillonner.

— J'ai entendu une fille de cuisine raconter que le roi pouvait rappeler my lord à tout moment, pour l'envoyer à la guerre, confia Gabriella d'une voix mal assurée. Morgan me l'a confirmé. En tant que chevalier, il a prêté serment et doit se tenir à la disposition du roi.

— Vous ne le saviez pas, mon enfant ? s'étonna la religieuse. Vous dont le père servait le roi ? Votre mari est un soldat. Vous serez donc amenée à prendre ses affaires en charge s'il devait s'absenter.

La perspective d'avoir un tel pouvoir n'était pas pour déplaire à la jeune femme. Mais souvent, la nuit, une fois la fièvre du désir assouvie, Gabriella ne parvenait pas à s'endormir. Elle redoutait le jour où le roi rappellerait Morgan et où cette place près d'elle demeurerait vide.

Combien de temps serait-elle séparée de l'homme qu'elle aimait chaque jour davantage, avec une dévotion et une passion sans mélange ? Des mois ? Des années ?

À jamais ?

Elle sursauta comme une bûche roulait hors du feu.

— C'est douloureux d'aimer, soupira-t-elle. Peut-être ne me serais-je pas laissée aller à aimer aussi profondément, aussi totalement, si j'avais su.

— Certes, reconnut dame Johanna. Mais cet amour qui vous lie à Edgefield, cet enchantement que vous partagez avec lui est rare et précieux. Il vaut la peine d'être vécu. Soyez courageuse, mon enfant. Vous êtes la femme qu'il fallait à un homme tel que Chalstrey, et vous serez à la hauteur pour gérer son domaine, croyez-moi. Essayez toutefois de vivre un peu au jour le jour, de profiter pleinement de chaque instant sans songer nécessairement au lendemain. Il serait dommage que vous gâchiez le présent par crainte de l'avenir. Dommage et inutile.

Gabriella allait répondre quand du bruit attira son attention. Morgan descendait l'escalier en compagnie de plusieurs de ses hommes. Elle entendit le nom de Sedgewick à une ou deux reprises. Ils n'avaient eu aucune nouvelle de lui ni des cavaliers partis à sa recherche plusieurs semaines auparavant.

Morgan semblait soucieux, mais un sourire illumina son visage dès qu'il vit sa femme. Ce sourire la réchauffa instantanément, tel un rayon de soleil.

Il prit congé des hommes avec lesquels il s'entretenait en privé depuis des heures et se dirigea vers elle. Comme l'exigeaient les convenances, elle voulut se lever, mais il l'en empêcha en posant la main sur son épaule, et en l'y laissant.

— J'ai choisi six hommes pour vous ramener à l'abbaye, annonça-t-il à dame Johanna en s'inclinant avec courtoisie.

Gabriella savait qu'il appréciait et respectait la religieuse. Il la trouvait pleine de ressources, réfléchie et particulièrement audacieuse. Il jouait souvent avec elle aux échecs, le soir, et il aimait affronter le formidable adversaire qu'elle était.

— J'ai fixé le départ demain, à l'aube. Cela vous convient-il, dame Johanna ?

Cette nouvelle fit frémir la jeune femme et il accentua la pression de sa main sur son épaule.

— Oui, my lord, répondit la nonne. Je vous en suis reconnaissante.

Sur ces mots elle se leva, chercha brièvement le regard de Gabriella, puis s'éloigna.

Morgan tira un tabouret pour s'asseoir devant sa femme. Il se pencha légèrement et la scruta, l'air espiègle.

— Qu'est-ce qui vous préoccupe, my lady ? Seriez-vous en train de mijoter une nouvelle évasion ?

Voilà qui ne lui venait plus guère à l'esprit et elle rougit en mesurant le pouvoir qu'il avait sur elle. Comment en était-elle arrivée à avoir si cruellement besoin de lui ? D'une certaine manière, ses escapades, si irréfléchies fussent-elles, la mettaient moins en danger que cette dépendance totale.

— Non, my lord. À quoi cela servirait-il, de toute façon ? Vous voleriez à mon secours pour me ramener à la maison.

Elle renonça bien vite à ce ton léger, car il n'était pas dupe.

— Vous passez vos journées à vous entraîner sur le terrain comme si vous vous prépariez à la guerre, reprit-elle.

Morgan perçut la note de reproche involontaire dans sa voix. Son visage se fit grave mais son regard conserva la même tendresse quand il prit ses mains entre les siennes.

— Les temps sont durs et les menaces planent, my lady. La prudence veut qu'un soldat reste en forme afin de pouvoir parer à toute éventualité.

— Vous pensez que le roi va vous rappeler, n'est-ce pas ?

Morgan soupira.

— Je suis un chevalier lié par des obligations envers son souverain et son royaume, se contenta-t-il de répondre.

Il s'inclina et effleura ses doigts de ses lèvres, lui arrachant un doux frisson.

— Se pourrait-il, belle Gabriella, que vous ayez peur pour moi ? Vous qui m'avez combattu bec et ongles, et n'avez pas hésité à piétiner mon orgueil masculin ?

Elle refoula ses larmes en libérant ses mains. S'il n'avait pas été assis si près, elle se serait levée et l'aurait planté là.

— Évidemment, espèce d'idiot ! dit-elle dans un murmure rageur pour ne pas être entendue des domestiques. Et si vous aviez un minimum de bon sens, vous auriez peur autant que moi !

Il déposa un baiser taquin sur son nez.

— Gabriella, je suis un homme pratique et, quand un danger est à craindre, je m'emploie à l'écarter, que j'aie peur ou pas. Néanmoins, je préfère de loin les joies de la paix domestique.

La jeune femme exhala un soupir et appuya son front contre le sien.

— Je ne supporterais pas de vous perdre.

Il captura ses lèvres doucement.

— S'il vous plaît, my lady, ne commencez pas votre deuil tant que je suis en vie.

Il la contempla avec, dans les yeux, cette lueur d'humour, cette vitalité qui n'appartenaient qu'à lui.

Étourdie par son baiser, Gabriella rougit. Elle n'était pas encore accoutumée à ce désir charnel qu'il éveillait en elle avec une facilité déconcertante.

— Vous ne devriez pas parler à la légère de choses aussi terribles, my lord.

Il fit glisser son pouce sur ses lèvres.

— Vous vous inquiétez donc un peu pour moi ?

— Oui, my lord, avoua-t-elle dans un souffle, au bord des larmes.

Une idée lui vint soudain à l'esprit et son visage s'éclaira :

— Et si j'allais guerroyer à vos côtés ? D'autres femmes l'ont fait avant moi...

Morgan l'interrompit d'un froncement de sourcils.

— Si je suis appelé, vous resterez ici, à Edgefield Keep, jusqu'à mon retour. Le sujet est clos, mon ange.

Gabriella s'adossa à son fauteuil en essayant de se persuader qu'ils ne seraient jamais séparés. Mais elle avait beau faire, elle ne parvenait pas à y croire. Les rois étaient des êtres insensibles qui ne se souciaient guère des épouses que leurs serviteurs laissaient derrière eux, encore moins des prières qu'elles récitaient pour qu'ils leur reviennent, et des deuils trop fréquents qu'elles devaient affronter.

Le lendemain matin, avant le lever du jour, le petit groupe de voyageurs se rassembla dans la cour.

Debout près de Zacheus, dame Johanna et Gabriella se regardaient à la lueur des torches tenues par des serviteurs ensommeillés. La religieuse souriait.

— Vous avez trouvé votre place, mon enfant. Ici, vous vous épanouirez comme une graine tombée dans de la bonne terre. N'oubliez pas de dire vos prières et d'aller souvent à la messe.

Gabriella ravala ses larmes et embrassa tendrement son amie en lui glissant une petite bourse en cuir dans la main.

— Je vous le promets. Que Dieu vous protège, dame Johanna ! Vous allez me manquer.

— Vous aussi, mon enfant, répondit la religieuse d'un ton affectueux. Mais il est plus sage de se séparer, voyez-vous, parce que lorsque nous sommes ensemble, nous avons tendance à nous entraîner mutuellement à faire des sottises.

Gabriella émit un son qui tenait à la fois du rire et du sanglot.

Dame Johanna rangea la bourse dans la poche profonde de son vieux manteau.

— Je remettrai vos lettres à Elizabeth et à Meg dès mon arrivée. Auriez-vous d'autres messages à leur transmettre ?

— Oui, dit Gabriella en reniflant.

Morgan se rapprocha d'elle, lui offrant son soutien sans pour autant la toucher.

— Dites-leur que je suis très heureuse à Edgefield Keep.

Dans son courrier à ses sœurs, Gabriella précisait qu'à la fin du printemps, quand les routes seraient plus praticables, Morgan et elle les enverraient chercher. Son mari avait également proposé de les doter généreusement et de leur présenter des partis acceptables, si elles voulaient toujours prendre époux.

— Je n'y manquerai pas, promit dame Johanna.

Elle se tourna alors vers un valet et l'invita poliment à l'aider à monter sur Zacheus, prête pour le rude voyage qui l'attendait.

Morgan se tint derrière Gabriella et l'enveloppa dans sa cape, lui insufflant sa force et sa chaleur. En dépit de sa tristesse, la jeune femme sentit son corps s'émouvoir au contact du sien. Oh, oui, il la distrairait de son chagrin dans l'intimité de leur chambre !

Confirmant ses prévisions, il la serra plus étroitement et lui chuchota à l'oreille :

— Venez, my lady. Notre lit nous attend. Ne le laissons pas se refroidir.

Quand dame Johanna et les hommes d'armes se fondirent dans l'obscurité et que le grincement de la herse que l'on baissait se fit entendre, Gabriella se retourna dans les bras de son mari et posa la tête sur son épaule. Il lui caressa les cheveux tout en déposant une pluie de baisers sur sa tempe, puis il la ramena dans leur chambre où il la consola jusqu'à ce que, épuisée et repue de plaisir, elle sombre dans le sommeil.

Deux jours plus tard, par une matinée ensoleillée mais glaciale, le messager de Londres se présenta, annonçant d'une voix forte qu'il apportait un message de Sa Majesté le roi Edward, souverain de toute l'Angleterre et des territoires annexés.

Le moment que Gabriella redoutait tant était arrivé. Pour lutter contre le désespoir, elle avait fait le plein de bonheur en prévision des mauvais jours, tout en s'y préparant avec l'aide de Morgan. Souvent, la nuit, après avoir fait l'amour, ils discutaient longuement et il lui expliquait ce qu'impliquait le fait d'être chevalier du royaume.

Elle se trouvait au village, où elle donnait une cuillerée de l'un des remèdes de dame Johanna à une fillette atteinte de fièvre, quand la vue d'un cavalier derrière les grilles attira son attention. Dès qu'elle le put, elle laissa la fillette aux bons soins de Mab, la sage-femme, et courut aux nouvelles, le cœur battant.

Morgan descendait les marches de la tour de guet tandis qu'elle se hâtait à travers la cour, et tous deux entendirent le nouveau venu se présenter.

Dès que la herse fut levée, ce dernier pénétra dans l'enceinte du château, très arrogant dans sa livrée royale.

Malgré son angoisse, Gabriella suivit son mari qui alla accueillir le visiteur.

— Lord Edgefield ? s'enquit le messager, un jeune homme à peine sorti de l'enfance, au visage criblé de taches de rousseur.

Morgan hocha la tête.

— Descendez donc de cheval, mon garçon. Vous allez prendre un repas et vous reposer quelques heures. Votre monture semble sur le point de s'effondrer.

L'envoyé du roi sauta à terre, tira un parchemin roulé de son habit – un manteau bien trop léger pour la saison, jugea Gabriella – et le tendit à Morgan qui le déroula sans attendre. *Par ordre de Sa Majesté, Edward III*... lut la jeune femme en même temps que lui.

Suivait un commandement très sec de se rendre à Sheen, près de Londres, au sujet d'une affaire *d'honneur et de convenances* à régler. Edgefield devait s'exécuter sans délai et emmener Gabriella Redclift avec lui.

La dernière partie de la missive apaisa en partie les craintes de Gabriella. Au moins, Morgan n'était pas appelé pour guerroyer en France. Il irait voir le roi, certes, mais elle serait du voyage. À l'idée d'être attendue à la cour, un frisson d'excitation la parcourut.

Morgan roula le parchemin et fixa le jeune messager avec une expression qui la déconcerta. Il semblait contrarié d'avoir à l'emmener avec lui, et elle se demanda pourquoi.

Il distribua brièvement ses ordres. On emmena le cheval aux écuries et l'un des hommes de Morgan fut chargé de conduire le messager du roi aux cuisines. Celui-ci ne se fit pas prier pour le suivre. Voyager à cheval depuis Londres, par ce froid et seul, représentait un véritable exploit.

Gabriella attendit près de son mari, songeant que toute sa vie elle avait rêvé de visiter Londres, mais que jamais elle n'aurait imaginé qu'on lui proposerait de rencontrer le roi.

— Avendall est derrière tout ça, déclara Morgan au bout d'un long moment, quand tout le monde se fut dispersé.

— Certainement pas, my lord, répondit-elle, tout en ressentant un profond malaise à la mention du nom de l'ennemi de son mari, et du sien.

Elle glissa son bras sous celui de Morgan en scrutant son visage pour tenter de déterminer s'il comptait défier le roi en la laissant à Edgefield.

— Ferons-nous le voyage, my lord ? Ensemble ?

Il eut un rire sans joie.

— Nous n'avons pas le choix, my lady. Une grande amitié lie depuis toujours Edward et les Chalstrey, mais il ne tolérera pas la moindre désobéissance pour autant. Même le Prince Noir et le duc de Lancaster ne s'aviseraient pas de le défier.

— Quand partons-nous ?

Comme son mari, Gabriella avait quelques appréhensions, mais, après tout, ils feraient le voyage ensemble, et elle en profiterait pour découvrir Londres. De toute façon, elle aurait préféré subir n'importe quelle épreuve plutôt que de se séparer de Morgan, et de l'attendre en se morfondant à son sujet.

Avendall est derrière tout ça. Une main glacée se referma peu à peu sur son cœur. Et s'il avait raison ?

— Nous prendrons la route au petit jour, décida-t-il. Rentrez, Gabriella. Le vent est mordant.

— Je ne suis pas fragile, riposta-t-elle. Et je porte mon manteau le plus chaud.

— Et moi, my lady, je ne suis pas enclin à l'indulgence conjugale. Rentrez, insista-t-il d'un ton sec.

Gabriella ravala sa fierté et s'exécuta sans discuter.

Le lendemain à l'aube, ils prirent la route. Morgan chevauchait en tête d'un convoi de chevaux et de chariots. Reléguée au milieu de la procession et chaudement emmitouflée, Gabriella se faisait l'effet d'être une porcelaine.

Du lever au coucher du soleil, elle n'eut pas une seule occasion d'échapper aux gardes qui l'encerclaient pour aller rejoindre Morgan et voyager à ses côtés. Elle répugnait à passer tant d'heures loin de lui alors que, d'ici peu, Edward l'enverrait peut-être en France, où la guerre faisait rage.

Ils avancèrent à vive allure, ne s'arrêtant qu'à la mi-journée pour que les chevaux se reposent et se désaltèrent. Eux-mêmes n'avalèrent qu'un repas succinct composé de pain noir et de fromage sans même descendre de selle. Le ciel était d'un bleu glacé et le vent coupant.

Quand le crépuscule tomba et que Morgan ordonna une halte près d'un cours d'eau bordé d'arbres aux branches nues, Gabriella poussa un soupir de soulagement. Pendant qu'il s'entretenait avec ses meilleurs hommes, Gabriella, soucieuse de se rendre utile, aida à monter le camp.

Quand le feu se mit à ronfler et qu'une tente de toile grossière eut été dressée, on fit griller des truites sur les flammes. Des gardes avaient été postés autour de leur campement, les chevaux broutaient à l'écart. Autour du feu, les soldats bavardaient en jouant aux dés et racontaient des histoires soigneusement choisies pour ne pas heurter les oreilles de la jeune femme. D'autres étendaient déjà leur couchage sur le sol.

Après avoir dîné, Gabriella se réfugia sous la tente et se coucha entre les peaux de daim, tout habillée et néanmoins grelottante. Morgan la rejoignit enfin.

— Moi qui croyais avoir cette tente pour moi toute seule ! plaisanta-t-elle, essayant d'égayer l'humeur sombre de son mari. Vous avez soupé, my lord ?

Il se débarrassa de son épée qu'il posa près de leur couche, à portée de sa main. Perdu dans ses pensées, il marmonna entre ses dents tout en envoyant ses bottes voler au loin avant de rejoindre son épouse dans leur lit improvisé.

Gabriella se sentit blessée. Depuis son mariage, elle vivait auprès d'un amant attentionné, et voilà qu'elle se retrouvait avec un soldat qui se comportait comme un étranger.

— Morgan ?

Il soupira, enroula sans enthousiasme le bras autour d'elle et l'attira contre lui.

— La journée a été longue et je suis fatigué, Gabriella. Dormons, voulez-vous ? Nous parlerons plus tard.

Elle resta longtemps silencieuse. Elle aurait dû le prendre au mot et tenter de dormir, mais une question la taraudait sans relâche depuis longtemps ; une question qu'elle n'avait jamais osé lui poser.

— Qui était Rebecca ?

Pendant quelques minutes, l'atmosphère s'alourdit de manière presque palpable, comme à l'approche d'un orage. Puis il souffla avec rage avant de répondre :

— Vous tenez vraiment à le savoir *maintenant* ?

— Oui, fit-elle avec douceur.

— Et si je refuse ?

— Nous ne fermerons pas l'œil de la nuit, ni vous ni moi.

Le silence s'étira entre eux, insupportable, et soudain, alors que Gabriella n'y croyait plus, Morgan céda.

— Rebecca Sommerville était la pupille de mon père. Nous avons été élevés ensemble, elle et moi. Ces robes que vous portez étaient les siennes. Je n'avais ni frères ni sœurs qui aient survécu, et elle non plus. Nous devînmes vite inséparables. Nous avions huit ans quand ma mère se retrouva invalide et que mon père partit pour Londres servir le roi. Peu à peu, Rebecca et moi sommes tombés amoureux l'un de l'autre et nous avons décidé de nous marier dès que nous serions en âge de le faire.

Gabriella l'écoutait, la gorge serrée. Morgan avait aimé Rebecca et, d'après son intonation, elle le soupçonnait de n'avoir jamais fait le deuil de cet amour. Pire, elle avait porté ses robes tout ce temps... Souhaitait-il qu'elle ressemble à cette femme que le destin lui avait enlevée ?

— Vous êtes-vous... mariés ?

À nouveau, il prit son temps pour répondre et, dans ce silence chargé d'émotion, Gabriella regretta amèrement de l'avoir interrogé.

— Non, dit-il enfin. Mon père m'appela à Londres et, à mon retour à Edgefield Keep, Rebecca n'était plus là.

— Plus là ?

— Morte. Elle avait rencontré Avendall un jour où elle se promenait à cheval. Il entreprit de la courtiser – nous étions déjà rivaux, lui et moi, ne serait-ce qu'aux jeux –, mais elle le repoussa. Nullement découragé, il continua sa cour et réussit à la convaincre que mon père m'avait appelé dans la capitale pour me marier à la fille de l'un de ses amis, afin d'obtenir certains avantages politiques.

« De telles alliances sont communes, bien entendu, et bien plus fréquentes que les mariages d'amour.

Rebecca était encore presque une enfant. Elle crut l'histoire d'Avendall en dépit de toutes les promesses que nous nous étions faites, elle et moi.

Il marqua une pause, et Gabriella retint son souffle, comme si elle s'apprêtait à recevoir un coup.

— Elle alla le voir, à Avendall Hall, pensant me blesser comme je l'avais blessée, et il abusa d'elle. Incapable de surmonter la honte qui en découla, elle se jeta du haut de la falaise deux jours avant mon retour. Rebecca était pure et entière là où un peu de rouerie lui aurait servi.

Gabriella pressa la main sur sa bouche, les yeux brillant de larmes. Quelle tragédie! Elle imaginait sans peine comment une toute jeune fille élevée loin du monde et de sa fourberie avait pu être conduite à de telles extrémités.

— Comment avez-vous appris tout cela?

Elle essaya de l'attirer à elle, mais il résista.

— Elle m'avait laissé une lettre ainsi que son pendentif. Je l'ai porté jusqu'au jour où je vous ai enlevée.

Gabriella se souvenait de la dureté qui marquait les traits de Morgan quand il avait arraché le talisman suspendu à son cou et l'avait jeté à Hasley, l'homme qu'Avendall avait envoyé pour la ramener en Cornouailles. À l'époque, elle avait assimilé sa réaction à de la fureur. Elle comprenait maintenant qu'elle était due au ressentiment et à la souffrance sans fond qui le rongeait.

— Je suis tellement désolée.

Morgan ne répondit pas. Il demeura immobile, le corps rigide, son profil se découpant tel du granit dans la pénombre. Elle le sentait trembler, et devinait qu'il retenait ses larmes, car il était trop fier pour pleurer.

Malgré sa froideur, elle se blottit contre lui, l'enlaça étroitement et laissa s'épancher son chagrin.

Elle pleurait pour lui, pour la pauvre Rebecca et, surtout, pour elle-même. Depuis le début, elle savait qu'Edgefield ne l'aimait pas, mais elle nourrissait l'espoir que, avec le temps, l'amour viendrait peut-être. À présent, elle craignait que, quels que soient les plaisirs charnels qu'elle lui apportait, elle ne parvienne jamais à toucher son cœur.

Tout à coup, son avenir lui semblait terne, peu engageant. Le sommeil fut long à venir, mais l'épuisement finit par avoir raison de ses forces et elle s'endormit.

À l'approche du matin, Morgan la réveilla d'un baiser si plein de désespoir, si avide de réconfort, quel qu'il soit, qu'elle sentit son cœur voler en éclats. Il n'était que trop clair que son mari venait à elle en pensant à une autre.

Une autre qui était morte pour rien, car il lui aurait pardonné. Une autre qui ne saurait jamais à quel point il l'avait aimée.

Mais Gabriella n'eut pas la force de le repousser. Tel un paysan invité à un banquet royal, elle se rassasierait en vue des famines qui menaçaient.

Nouant les bras autour de son cou, elle exhala un petit soupir en se cambrant à sa rencontre. Il bascula sur elle, releva ses jupes et lui écarta les jambes. Puis, implorant son pardon dans un souffle, il la pénétra d'un violent coup de reins.

Gabriella s'attendait à souffrir, s'y préparait même, car il n'y avait aucune tendresse en lui. Pourtant, il n'en fut rien. Sa façon possessive de la faire sienne alluma un incendie dans ses veines, un brasier dans son bas-ventre, qui la consumèrent tel un feu dévorant si bien qu'elle dut se mordre les lèvres pour ne pas crier de plaisir.

Morgan s'appuya sur ses paumes et la contempla un instant, vibrant de désir mais refusant de se rendre.

— Mon Dieu… Gabriella, pardonnez-moi…

Elle lui caressa fiévreusement le visage, les cheveux, pour qu'il sache qu'il n'avait pas à lui demander pardon de quoi que ce soit. Puis, mue par une force primitive, elle lui agrippa les hanches et le força à s'enfoncer en elle.

Avec un grondement sourd, tel un homme suspendu entre le paradis et l'enfer, il céda à la frénésie de sa passion. Il se mit à aller et venir tel un possédé. Le jeune corps ferme de sa femme parait les assauts, leur répondait par des mouvements convulsifs qui firent monter en elle un plaisir divin, brûlant, inouï. Elle était à lui. À jamais. Quand leurs cris d'extase s'apaisèrent, il se laissa tomber sur elle, vaincu.

— Je suis désolé, murmura-t-il au bout d'un long moment, en relevant la tête.

Elle distinguait mal ses traits dans la pénombre, mais elle savait qu'il la regardait dans les yeux.

— Gabriella, je n'avais pas le droit de vous forcer…

— Chut… Je vous ai accueilli parce que je vous désirais. Si je vous avais demandé d'arrêter, vous l'auriez fait.

— Hum… Je n'en suis pas si sûr. Quoi qu'il en soit, je vous ai utilisée, Gabriella, sans songer à votre plaisir, à votre confort…

Elle effleura ses lèvres des siennes et sourit, se réjouissant qu'il ne puisse voir ses larmes.

— N'avez-vous pas remarqué, my lord, que j'étais loin d'être inerte ? Je me suis peut-être servie de vous pour atteindre le plaisir, moi aussi.

Il soupira et s'écarta d'elle en retenant un gémissement de douleur. Ses côtes étaient toujours bandées, et un peu trop sollicitées.

— Vous ne comprenez pas. Je veux dire que je n'aurais pas dû vous épouser, Gabriella, et encore moins vous faire l'amour. Ma conduite est impardonnable, et je n'ai d'autre moyen de m'amender que de vous ramener à l'abbaye.

Gabriella se figea. Un froid glacial l'envahit peu à peu.

— Vous me rejetteriez ? fit-elle d'une voix brisée, incapable de dissimuler quelle blessure mortelle il venait de lui infliger. Mais… vous n'avez pas le droit, my lord ! Je… je vous aime !

Morgan referma ses mains en coupe autour de son visage.

— Ne dites pas cela, je vous en supplie. Je ne peux le supporter.

— Mais c'est la pure vérité, my lord !

— Alors, mentez. J'ai aimé une fois dans ma vie, ce fut terrible, et cela ne m'arrivera plus. Dans notre intérêt à tous les deux, my lady, détournez-vous de moi. Haïssez-moi, méprisez-moi, insultez-moi, parce que je le mérite. Mais par pitié, ne prononcez jamais plus des mots pareils !

Écartelée entre la frustration et un insupportable chagrin, elle serra les poings et se mit à lui marteler la poitrine jusqu'à ce qu'il lui saisisse les poignets et l'immobilise. Le souffle rauque, il enfouit son visage dans son cou, et elle aurait juré avoir senti ses larmes sur sa peau.

Mais dans son désarroi, elle finit par se persuader qu'il s'agissait des siennes.

14

Durant la première partie de leur éprouvant voyage, Morgan évita soigneusement Gabriella. Il prenait ses repas seul et, malgré les nuits glaciales où il neigeait parfois, il ne dormait plus sous la tente avec elle.

Gabriella était au-delà du désespoir, mais elle s'appliquait cependant à ne pas montrer sa douleur et son humiliation, particulièrement à son mari. Trop fière pour courber l'échine sous le poids du chagrin, elle chevauchait la tête haute, même si, à l'intérieur, elle était aussi brisée qu'avait dû l'être Rebecca, le jour où elle s'était avancée au bord de cette falaise, avant de se jeter dans le vide.

Bien sûr, elle n'avait pas l'intention de laisser la mélancolie et les regrets la conduire à accomplir un acte aussi définitif. Morgan ne l'aimait pas, il comptait la ramener à l'abbaye, mais ses précieux espoirs n'étaient pas morts pour autant. Au contraire, ils la soutenaient. Son mari brûlait de désir pour elle, c'était une certitude, et cette flamme finirait peut-être par atteindre son cœur et son âme. Pour l'instant, il la repoussait pour la préserver, mais un jour ou l'autre il reviendrait vers elle et elle lui ouvrirait les bras.

En attendant, elle retournerait à Redclift Hall où elle aurait de quoi s'occuper pour tromper sa tristesse. Si Morgan ne l'aimait pas, il n'en était pas moins un homme juste et généreux. Il lui donnerait de quoi acheter du bétail, des métiers à tisser, des pierres et du bois pour réparer le manoir en ruine.

John Robinson, le second de Chalstrey après Sedgewick, semblait être le seul à rechercher la compagnie de la jeune femme. Il guida son solide cheval de bataille jusqu'à elle et ralentit pour se maintenir à sa hauteur.

— Vous semblez fatiguée, my lady, remarqua-t-il avec une gentillesse bourrue. Il y a une auberge juste après la prochaine colline. Voulez-vous que je suggère à M. le duc de s'y arrêter pour que vous puissiez vous reposer et prendre un vrai repas ?

Elle tourna vers lui son regard douloureux mais fier. Elle ne flancherait pas, et il était hors de question qu'elle les ralentisse.

— C'est inutile, répondit-elle. Je suis aussi vaillante que vous tous.

Robinson n'était pas homme à se laisser facilement dissuader de commettre une bonne action, même si on ne lui avait pas demandé son aide.

— Pardonnez-moi, my lady, mais... sans vouloir vous offenser, vous me semblez vraiment épuisée, et il va bientôt faire nuit.

En l'absence de dame Johanna, et avec Chalstrey qui la fuyait comme la peste, les attentions de Robinson lui étaient d'un grand réconfort. Gabriella avait désespérément besoin d'un confident, d'un ami, en outre, cet homme avait raison. Non seulement il n'allait pas tarder à faire nuit, mais un vent glacial soufflait, et elle était percluse de douleurs. À l'idée de s'attabler devant un bon dîner, l'eau lui vint à la bouche.

— Je suis aussi capable de voyager que n'importe qui dans cette compagnie, s'obstina-t-elle néanmoins.

— Allons, my lady, insista le soldat avec une gentillesse désarmante. Vous semblez sur le point de tomber de votre selle d'un instant à l'autre. Permettez que je parle au maître, je vous en prie, ne serait-ce que pour nous tous et nos pauvres chevaux.

Morgan dut sentir le regard de Gabriella dans son dos, car il se raidit imperceptiblement, même s'il ne se retourna pas.

— Dans ce cas, faites votre demande en votre nom et en celui de vos hommes, mais laissez-moi en dehors de cela.

Robinson haussa les sourcils.

— Je vois que la fierté compte parmi vos petits péchés, my lady, la taquina-t-il. Quoi qu'il en soit, pensez-vous qu'Edgefield vous trouvera forte si vous vous écroulez à ses pieds ?

Gabriella se mordit la lèvre. Ce voyage avait eu raison d'elle et elle aurait donné n'importe quoi pour un bon repas, un bain chaud et un vrai lit. Mais Robinson avait raison, d'une certaine manière. Chez elle, la fierté n'était pas un « petit péché » mais son plus gros défaut.

— Vous vous inquiétez peut-être un peu trop, lui dit-elle en éperonnant Sweetbriar pour qu'il accélère l'allure.

Le cheval, un cadeau de mariage de Morgan, avait du sang. Il répondit aussitôt, ce qui n'empêcha pas le soldat de rester à sa hauteur.

— Il a l'endurance d'un jeune taureau, notre seigneur et maître. Nous tomberons d'inanition qu'il sera toujours en selle, bien que nous soyons tous des hommes d'armes entraînés.

Gabriella soupira. L'auberge était en vue, à présent. Des volutes de fumée s'échappaient de la cheminée et des lumières accueillantes brillaient aux fenêtres.

— Très bien, abdiqua-t-elle. Mais ne soyez pas trop déçu si mon inconfort n'incite pas lord Edgefield à l'indulgence.

Robinson posa un instant sa main sur la sienne tandis que quelques flocons commençaient à voleter.

— Le duc sait faire preuve de plus de sollicitude que vous ne l'imaginez, my lady.

Gabriella ne répondit pas, mais elle regrettait déjà ses dernières paroles. Tous les hommes de son mari avaient pu constater l'indifférence dont il faisait preuve à son égard, et l'idée de susciter leur pitié lui était insupportable.

Robinson avait rejoint son maître ; les dés étaient jetés.

Elle vit le second plaider sa cause en faisant un geste dans sa direction. À côté de lui, Morgan évoquait un chef des clans du Nord, froid et rigide. Quand il se tourna vers elle, ses yeux étaient aussi glacials et furieux que le vent d'hiver, et Gabriella eut envie de hurler. C'était *lui* qui était à l'origine de ce mariage désastreux ! Pas elle !

Elle soutint vaillamment son regard tandis qu'il l'observait de loin. Il neigeait à gros flocons, à présent. Une fine pellicule de glace crissait sous les sabots des chevaux, mais le froid mordant ne parvenait pas à calmer la jeune femme qui bouillait de colère.

Morgan finit par céder. Il donna un ordre brusque et sec, pour que personne n'ignore qu'il agissait à contrecœur. Aussitôt, ses hommes dirigèrent leurs montures vers l'auberge avenante en essayant de n'avoir l'air ni trop heureux ni trop pressés de s'y réfugier. Quant à Gabriella, qui trouvait un certain réconfort dans la rébellion, elle continuait de fusiller Morgan du regard en regrettant de ne pas avoir une boule de neige à portée de la main pour la lui envoyer.

Le temps ayant rapidement empiré, d'autres voyageurs avaient fait halte à l'auberge. Les hommes de Morgan furent logés dans les greniers situés au-dessus des écuries, ce qui leur convenait parfaitement. Comme il ne restait plus qu'une seule chambre, elle fut attribuée à Gabriella et, puisqu'il avait décidé de l'écarter de sa vie, elle supposa que son mari irait dormir avec les vaches ou, mieux encore, les cochons !

Décrétant qu'elle se moquait éperdument de l'endroit où il passerait la nuit, elle prit son repas dans la salle à manger, près du feu, puis se retira. Dans les jours qui suivraient, les difficultés ne manqueraient pas, elle le savait, c'est pourquoi elle devait à tout prix se reposer.

Une lanterne à la main, la femme de l'aubergiste la conduisit dans une chambre minuscule mais d'une propreté irréprochable. Un bon feu crépitait dans la cheminée et le lit paraissait des plus accueillant. Autant qu'elle puisse en juger, après un examen méticuleux, il n'abritait pas de vermine.

Sa façon d'inspecter le matelas ne suscita aucun commentaire de la part de la propriétaire qui se contenta d'allumer les deux lampes à huile, sur la table de nuit, avant de redescendre. Gabriella constata avec soulagement que la porte était munie d'une clé. Bien qu'elle n'eût jamais séjourné dans ce genre d'établissements, elle savait qu'il y rôdait parfois des voleurs et même des assassins.

Regrettant de ne pouvoir prendre un bain, un luxe qui n'était pas de mise ici, elle ôta sa robe et se glissa en chemise dans le lit. *Sa* chemise, se dit-elle en songeant que la question de ses vêtements figurerait en tête des demandes qu'elle présenterait à Morgan avant qu'il la répudie. Elle voulait des robes, des jupes et des manteaux bien chauds, munis de capuches et doublés de fourrure – et bien à elle.

Il était hors de question qu'elle porte les habits d'une morte.

Soudain, la clé grinça dans la serrure et produisit un son métallique en tombant sur le sol. Gabriella se redressa en sursautant, la main sur le cœur.

— Cette chambre est occupée ! lança-t-elle d'une voix forte.

La porte s'ouvrit à la volée et Morgan apparut sur le seuil, le cheveu en bataille et l'air vaguement confus.

— Comment avez-vous fait pour ouvrir cette porte ? demanda-t-elle en remontant les couvertures sous son menton.

Il s'inclina en une révérence et elle le soupçonna d'avoir avalé quelques bières de trop.

— Il m'a suffi d'actionner la poignée. Si vous vouliez vous enfermer, my lady, vous n'aviez qu'à tourner la clé.

Elle serra les dents pour ne pas pleurer. Plutôt mourir que de lui laisser voir ses larmes !

Après avoir pénétré dans la pièce, il referma la porte derrière lui et, avec une maladresse inhabituelle, ramassa la clé et ferma à double tour. Il avait bu, c'était clair.

— Je ne veux pas de votre compagnie, monsieur, mentit-elle effrontément. Sortez.

Il se mit à rire et s'approcha du lit d'un pas incertain. Sans quitter Gabriella des yeux, il se débarrassa de son épée, puis d'un poignard qu'il cachait dans sa botte droite.

— Ne vous inquiétez pas, my lady, répondit-il d'une voix un peu pâteuse. J'ai pris un plaisir intense à m'emparer de votre vertu, mais je me repens et je jure de résister à la tentation sous toutes ses charmantes – *très charmantes* – formes.

Ce disant, il la contemplait d'un air lubrique qui démentait ses propos.

— Vous auriez mieux fait de résister aux innombrables pintes de bière que vous avez ingurgitées, rétorqua-t-elle avec un dédain étudié.

En réalité, elle le suspectait d'exagérer son ébriété sans toutefois comprendre les raisons de cette mascarade.

Morgan la gratifia d'un sourire sans joie, puis il s'assit sur le lit et ôta ses bottes.

— C'est vrai, je le reconnais, admit-il, faussement penaud. Mais j'ai succombé, et je crains d'être royalement, spectaculairement, magnifiquement saoul !

— Si vous croyez que votre état excuse votre intrusion, vous vous trompez lourdement, monsieur. Je ne veux pas de vous ici et vous prie de sortir. Allez donc dormir à l'étable, vous vous y sentirez chez vous !

Morgan bâilla à s'en décrocher la mâchoire.

— Vous êtes cruelle, my lady, se lamenta-t-il en enlevant sa tunique, révélant son dos à la musculature sculpturale.

Gabriella réprima une honteuse envie de le caresser.

— Hélas, lady Edgefield, il fait froid cette nuit et je préfère votre compagnie à celle des bœufs. Encore qu'à peine, je dois dire.

— Je ne vous le répéterai pas, *lord* Edgefield : sortez.

Il envoya sa tunique voler au loin et continua tranquillement de se dévêtir.

— Si ma compagnie vous déplaît à ce point, ma belle, allez dormir ailleurs. Après tout, c'est moi qui paie l'aubergiste, alors je reste.

Une fois nu, il se pencha pour prendre la lampe et l'emporta de l'autre côté du lit.

Gabriella ne dormirait pas ailleurs et Chalstrey le savait, bien sûr. Elle éteignit sa lampe en se découvrant le moins possible.

— Dans ce cas, débrouillez-vous pour ne pas me toucher, jeta-t-elle tout en rêvant secrètement du contraire.

Mais pas question de l'admettre.

L'instant d'après, Morgan ronflait bruyamment, une manière comme une autre d'afficher son indifférence.

Hors d'elle, elle saisit son oreiller et se mit à le frapper comme une forcenée jusqu'à ce que des plumes s'en échappent et qu'il lui saisisse les poignets pour mettre un terme à cet assaut.

— Vous avez raison de me haïr, dit-il avec une gentillesse qu'elle ne put supporter. Je suis désolé, Gabriella. Oui, désolé d'avoir fait irruption dans votre vie de cette manière. C'était une erreur regrettable. Ne pourrions-nous convenir d'une trêve, le temps de trouver un arrangement convenable ?

Elle n'en croyait pas ses oreilles... Qu'entendait-il exactement par le mot « trêve » ? Qu'elle le laisse lui faire l'amour en attendant de la ramener à l'abbaye ?

— Dieu du Ciel ! Si vous saviez à quel point je vous hais ! Je préférerais écarter les cuisses pour un sauvage à la figure peinte en bleu plutôt que pour vous !

Morgan soupira de nouveau, mais elle crut percevoir un certain amusement dans son intonation quand il répondit :

— Gabriella, j'ai bien peur que les religieuses n'aient fort à faire pour sauver votre âme ! Et je ne vous demande pas « d'écarter les cuisses » comme vous l'énoncez avec tant d'éloquence. Je voudrais juste que nos rapports adoptent un tour plus serein.

Elle demeura silencieuse un moment, s'efforçant de calmer sa rage. Il l'avait fait sortir de ses gonds à dessein, pour prendre l'avantage, mais elle n'avait pas l'intention qu'il le garde !

— Je ne retournerai pas au couvent, déclara-t-elle finalement. J'ai l'intention de rentrer à Redclift Hall et de reprendre le domaine en main. Je vous demanderai de subvenir à l'achat de ce qu'il me faut pour ce projet, c'est-à-dire des moutons et des bovins, entre autres.

Ce fut au tour de Morgan d'être réduit au silence. Un silence lourd de menaces.

— Mais de quoi parlez-vous ? demanda-t-il à la fin.

Il luttait pour se contenir, ce qui procura à la jeune femme une certaine satisfaction.

— Vous ne retournerez pas à Redclift Hall, pas plus que vous n'élèverez des moutons ! Ces tâches ne conviennent pas à une lady.

— Je ne suis pas une lady.

— Je vous l'accorde. Seules les nonnes vous offriront un mode de vie digne de respect.

— Je n'ai pas l'intention de passer le reste de mes jours entre les murs d'une abbaye, rétorqua Gabriella sur le ton qu'elle employait pour s'adresser à Zacheus. Dois-je vous rappeler que c'est *vous* qui avez décidé de me chasser ? J'ai mes propres projets, figurez-vous, et me morfondre dans une cellule à Saint-Swithin n'en fait pas partie.

Une envie maligne de le tourmenter la saisit et elle ajouta :

— D'ailleurs, maintenant que je suis... impure, peut-être prendrai-je des amants.

Elle atteignit son but au-delà de toutes ses espérances.

Morgan roula sur le côté et articula d'une voix sourde :

— *Vous ne coucherez avec aucun autre homme jusqu'à la fin de vos jours !*

Un sentiment de triomphe la galvanisa.

— Bien sûr que non, susurra-t-elle en jouant les idiotes. Je pensais le faire la nuit. Pendant la journée, je serai bien trop occupée avec mes moutons, mes cultures et le reste.

— Nom d'un chien, Gabriella ! rugit-il. Avez-vous décidé de me rendre fou ? Vous savez parfaitement que je ne supporte pas l'idée qu'un autre vous touche !

— Il faudra pourtant vous y faire. Tout comme je devrai apprendre à vivre, jour après jour, avec cette douleur qui me torture sans relâche, ajouta-t-elle tristement, oubliant toute ironie.

Morgan appuya son front contre le sien.

— Je n'ai jamais eu l'intention de vous faire du mal, Gabriella, je vous le jure. Je ne suis pas le mari qu'il vous faut, celui que vous méritez. Je suis un soldat et le resterai sans doute.

Elle lui caressa doucement les cheveux, incapable de dire un mot. Alors il l'enveloppa dans ses bras et ils sombrèrent dans un sommeil chaste mais agité.

Le lendemain matin, une épaisse couche de neige recouvrait la campagne. Les chevaux avançaient lentement, et Morgan et ses hommes se montrèrent particulièrement vigilants.

Gabriella menait son palefroi prudemment tout en songeant à son imprévisible mari. Il ne voulait pas d'elle pour épouse, mais l'imaginer menant sa vie sans lui et prenant des amants le rendait fou.

Un petit sourire flottait sur ses lèvres. Pour la première fois depuis qu'il l'avait rejetée, elle entrevoyait une vraie lueur d'espoir. Peut-être que, à l'image du commun des mortels, le duc d'Edgefield ne se connaissait pas aussi bien qu'il l'imaginait...

Ragaillardie, elle s'occupa à choisir des noms pour leurs enfants. Ils en auraient au moins six, décida-t-elle, pleine d'ambition. Trois garçons et trois filles.

De son côté, Morgan nageait en plein chaos. Lui qui avait toujours été un homme à l'esprit ordonné et discipliné ne savait plus où il en était et souffrait de maux qui n'avaient rien à voir avec le climat ou la rudesse du voyage. Il avait cru se prémunir des charmes de Gabriella en se présentant à elle comme un ivrogne, mais elle n'avait pas été dupe, et dormir à ses côtés sans lui faire l'amour avait été un véritable calvaire.

Il n'avait pas voulu partager sa couche pour se mettre à l'épreuve mais pour la protéger, car en dépit des apparences cette auberge n'était pas sûre.

Près d'elle, si chaude, si douce, il avait failli perdre le peu d'honneur qui lui restait. Son parfum lui était monté à la tête et il l'avait désirée comme un fou, malgré ses reparties acides et ses coups de poing contre son oreiller... Dieu du Ciel ! Il avait été à deux doigts de lui sauter dessus, comme lors de cette première nuit passée hors d'Edgefield Keep.

Elle avait eu beau lui assurer qu'elle avait apprécié sa fougue, il avait eu l'impression de se conduire comme un animal en rut. Voilà pourquoi il avait choisi de garder ses distances. Il avait réussi à se convaincre que rompre leur mariage et la laisser tranquille était la seule solution décente.

Plissant les yeux pour se protéger du soleil qui étincelait sur la neige, Morgan scruta le lointain. À la fois soulagé et inquiet en entrevoyant les fumées qui indiquaient que Londres était à peu de distance, il laissa ses pensées dévier vers Gresham Sedgewick. Un étau lui comprimait douloureusement le cœur dès qu'il songeait à lui.

Il n'était pas normal que, depuis tout ce temps, il n'ait aucune nouvelle de lui et des hommes partis à sa recherche. Ce trop long silence l'inquiétait. Si Edward ne l'avait pas sommé de se rendre à la cour, il aurait lui-même ramené Gabriella à l'abbaye et aurait affronté son ami, s'il s'y trouvait toujours. Chaque jour qui passait semblait confirmer que ce dernier avait décidé de continuer son chemin de son côté. Leur dernier désaccord aurait-il été décisif?

Morgan crispa les mâchoires, agacé. Il ne devait pas se laisser submerger par les soucis mais traiter un problème après l'autre. Pour l'heure, il lui fallait atteindre Londres et découvrir ce que lui voulait le roi. Ensuite, il ferait en sorte que Gabriella retrouve la sécurité et, oui, la *stérilité* du couvent. Enfin, il chercherait Gresham et, ensemble, ils régleraient leurs différends, dans un sens ou dans l'autre.

Risquant un regard derrière lui, il vit Gabriella chevaucher fièrement dans la neige épaisse. Non, se dit-il misérablement en sentant son sexe durcir d'un désir que nulle autre qu'elle ne saurait assouvir, désormais, il avait tort de croire que sa vie pourrait redevenir comme avant. Même s'il ne devait plus jamais revoir Gabriella Redclift, elle l'avait conquis et, d'une certaine façon, il lui appartiendrait jusqu'à la fin de ses jours.

Il entendit alors la voix de son ami Gresham, comme s'il était en train de chevaucher à ses côtés, et cette voix familière lui disait : « Peut-être que tu l'aimes – l'idée ne t'a jamais effleuré ? »

Morgan lui opposa un argument silencieux : « J'ai aimé une fois, et cela m'a amplement suffi. »

Il revit le visage rieur de Sedgewick tandis qu'il lui rétorquait : « Tu n'es pas seulement un lâche, mon ami, tu es un imbécile. Tu n'as connu avec Rebecca que des émois d'adolescents. Cette pauvre Becky manquait d'étoffe et tu n'étais toi-même qu'un gamin totalement ignorant des choses de l'amour. Aujourd'hui, tu as affaire à une femme de caractère, capable d'enflammer ta vie comme elle enflamme tes nuits, et toi, tu as peur de te brûler. »

Oui, les conseils de Gresham lui manquaient cruellement. Deviner ce qu'il aurait dit s'il avait été là ne le remplaçait pas. « Dieu du Ciel, Gresh, j'espère que tu n'es pas mort ! Sois furieux contre moi. Considère-moi comme ton ennemi, si tu veux, mais par pitié, ne meurs pas », l'exhorta-t-il en silence.

Afin de se livrer à ces réflexions dans la solitude, Chalstrey avait poussé son cheval pour distancer ses hommes. Il attendit qu'ils le rejoignent et se regroupent autour de lui. Gabriella se posta à ses côtés.

Elle était visiblement transie. Le bas de sa robe était mouillé et tout effiloché, et, cependant, elle regardait droit devant elle, la tête haute, avec un port digne d'une Plantagenêt.

— Nous serons à Londres avant le coucher du soleil, lui annonça-t-il en maintenant Nimrod au pas plus lent de son palefroi. Sheen se trouve aux abords de la ville.

Elle fixait l'horizon brumeux, chargé de suie.

— J'aimerais que vous me donniez de l'or pour m'acheter des robes. Je ne voudrais pas vous faire honte à la cour, my lord, même si vous projetez de me répudier.

Elle le défiait, il le savait, mais il tomba néanmoins dans le piège. Peut-être prenait-il plaisir à ces joutes, même si ni l'un ni l'autre n'en sortait vainqueur.

— Je vous ai donné des robes. Elles sont à vous.

— Elles appartenaient à Rebecca. Je veux porter mes propres robes, pas celles d'une autre.

— Très bien, s'inclina-t-il, à la fois irrité et amusé – pour ne pas dire enchanté. Est-ce que la soie et le velours vous conviendraient, madame la duchesse ?

— Seulement avec des incrustations de diamants et de perles, répliqua-t-elle d'une voix sucrée.

Morgan perçut une fragilité nouvelle en elle et s'en inquiéta.

Les beaux yeux de Gabriella étaient légèrement vitreux, et sa peau, bien qu'aussi blanche que la neige qui les entourait, lui parut brûlante quand il tendit sa main dégantée pour l'effleurer.

Elle ne s'écarta pas pour l'éviter. Heureusement, car il ne l'aurait pas supporté.

— Vous êtes fiévreuse, my lady, remarqua-t-il d'un ton presque accusateur.

Gabriella lui sourit, mais d'un sourire sans vie. Elle était à bout de forces. Robinson avait vu juste, ce voyage risquait d'avoir raison d'elle.

— Ce n'est rien, dit-elle, songeant qu'elle avait seulement besoin d'une bonne infusion et d'un bain chaud. J'ai l'impression que vous vous attribuez une influence excessive sur mon bien-être, Edgefield.

Elle lui lançait des piques mais, après tout, il les méritait.

— Si vous voulez des robes et des bijoux, vous les aurez, se borna-t-il à répondre.

— Votre générosité servira davantage vos intérêts que les miens, rétorqua-t-elle froidement. J'accepterai vos largesses, mais cela ne vous apportera pas l'absolution que vous recherchez.

Seigneur ! Elle savait où viser !

— Vous n'êtes pas un prêtre, et je n'ai rien à vous confesser, crut-il bon de répliquer, en pure perte.

— Je ne vous demande rien. Ce sont des vêtements que je veux, ainsi que des graines, des chevaux, des cochons et des moutons. Et puis des métiers à tisser, pour confectionner des tissus.

— Vous n'êtes qu'une femme, vous ne connaissez rien à la gestion d'un domaine. Ne vous plaigniezvous pas à dame Johanna, il n'y a pas si longtemps, de ne pas avoir été formée à l'agriculture et à la tenue des comptes ?

Il nota une lueur de surprise dans ses yeux.

— Je suis intelligente, my lord – peut-être autant, sinon plus que vous, sauf votre respect – et j'apprends avec une facilité étonnante. Je ne serai pas longue à redonner à Redclift son lustre d'antan. J'ai seulement besoin que l'on m'en donne la chance.

— Votre mère et votre beau-père auront sûrement leur mot à dire.

— Ma mère n'est pas une femme entreprenante. Quant à mon beau-père, il est l'indolence personnifiée. Dès l'instant où il aura de la cervoise et de quoi se distraire, il ne demandera pas mieux que de me laisser la charge du domaine.

— Vous êtes très sûre de vous. Par quel mystère une femme aussi faible et fragile que votre mère a-t-elle pu donner naissance à un poison tel que vous ?

Gabriella sourit, mais elle lui parut plus vulnérable que jamais.

— La bonne fortune, je présume.

Sur ces mots, elle vacilla sur sa selle et se retint de justesse au pommeau.

Morgan marmonna un juron, puis glissa le bras autour de sa taille, la souleva de sa selle et l'installa devant lui. Il referma les pans de son manteau autour d'elle en même temps que ses bras. Malgré l'épaisseur des vêtements, il sentait qu'elle brûlait de fièvre.

— Pourquoi ne m'avez-vous pas dit que vous étiez souffrante ? demanda-t-il en éperonnant son étalon.

Elle lui paraissait soudain toute petite contre lui, aussi fragile qu'une hirondelle.

— Ce voyage a été une épreuve pour toute la compagnie.

— Toute la compagnie, hormis vous, est constituée de soldats entraînés de longue date. Vous ne pouvez vous attendre à faire preuve de la même endurance. Soit vous êtes inconsciente, Gabriella, soit d'une arrogance sans bornes !

— Je sais, je sais, répondit-elle avec une douceur bouleversante tout en se blottissant contre lui. Je ne suis qu'une femme.

Malgré l'inquiétude qu'elle lui inspirait et sa hâte d'arriver à Sheen pour qu'elle puisse recevoir des soins appropriés, Morgan rit et resserra un instant son étreinte.

— Oui, admit-il. Tout comme une tigresse n'est jamais qu'une tigresse.

À cet instant, il se demanda comme il pourrait jamais l'abandonner.

15

Gabriella découvrit Londres à travers les brumes de la fièvre, le halo des torches et la fumée âcre. Au crépuscule, leur détachement embarqua sur des barges qui les menèrent au cœur de la cité, puis au-delà.

Quand Morgan l'avait déposée à terre, après ce voyage d'une journée entière sur le dos de Nimrod, où elle était restée blottie contre lui, elle avait failli s'évanouir. Il l'avait rattrapée de justesse et, depuis, ne l'avait plus lâchée.

Ils arrivèrent à Sheen à la nuit tombée. Si elle n'avait été aussi abattue, Gabriella se serait sentie excitée et pleine d'appréhension à l'idée de découvrir cet univers qui lui était totalement étranger. Personne dans son entourage, excepté son défunt père, n'était jamais entré dans le palais royal.

Sans avoir eu le temps de se reposer et de se rendre présentable, Morgan se dirigea directement vers la forteresse, contrarié d'apprendre que le roi voulait les voir sur-le-champ. Le souverain les attendait dans la salle rustique où il recevait les pétitionnaires et les membres de la cour. Éblouie par l'intensité de l'éclairage fourni par les torches et lampes de toutes sortes, Gabriella n'en distingua pas moins Avendall près de l'estrade où se dressait le trône. Il avait prudemment joint les mains et baissé la tête en une attitude de feinte humilité.

Ainsi, Morgan avait raison. Il était derrière tout cela, et sans doute à l'origine de cette entrevue.

— Chalstrey ! s'écria le roi avec un sourire lumineux et sincère.

Puis, observant Gabriella, que Morgan portait toujours dans ses bras, celui qui avait été jadis un illustre guerrier fronça les sourcils.

— Qu'a-t-elle, cette petite ?

Morgan se prosterna devant lui avant de répondre :

— Elle est souffrante, Votre Majesté, elle a besoin de soins.

Le roi fit aussitôt signe à l'un de ses serviteurs.

— Gibbon, qu'on apporte une civière et qu'on aille chercher mon médecin particulier !

Gabriella noua les bras autour du cou de Morgan.

— My lord, murmura-t-elle, je vous en prie, ne les laissez pas me poser des sangsues. Dame Johanna affirme que c'est la médecine du diable…

— Je vous remercie grandement, Votre Majesté, mais je préférerais m'occuper de ma femme personnellement, répondit Morgan d'une voix claire.

Il jeta un regard bref et incisif à Avendall. La façon dont il avait appuyé légèrement sur le mot *femme* revigora Gabriella mieux que n'importe quelle potion ne l'aurait fait.

— Comme vous voudrez, répondit le roi presque distraitement.

Avendall se rappela discrètement à son bon souvenir en se raclant la gorge.

— Ah oui ! reprit Edward. Il y a la question de votre mariage, Chalstrey. Avendall a porté une accusation contre vous. Il affirme que vous lui avez volé sa femme. Est-ce vrai ?

Avant que Morgan ait eu le temps d'ouvrir la bouche, Gabriella déclara :

— C'est moi qui ai choisi my lord Edgefield, de mon plein gré.

Le roi tourna les yeux vers son pétitionnaire. Le visage d'Avendall avait pris des couleurs et ses yeux luisaient méchamment.

— Que dites-vous de cela, Avendall ? demanda le souverain.

— Je devais épouser cette jeune fille, répondit Cyprian avec un calme que démentait son expression de fureur intense. Vous me l'aviez vous-même promise, Votre Majesté.

— Moi ?

— Vous étiez son bienfaiteur toutes ces années. La décision vous revenait.

Gabriella eut la sensation que le sol se dérobait sous elle. Edward, le roi d'Angleterre, était son bienfaiteur ?

— Ah oui ! se souvint-il. J'avais promis à Redclift de subvenir aux besoins de ses filles s'il périssait à mon service.

Il se pencha en avant et joignit les bouts de ses doigts tendus.

— J'ai connu Redclift, glissa Avendall. C'était un chevalier, un soldat valeureux et un homme d'honneur qui vous a servi loyalement. Vous avez bien agi en plaçant Gabriella et ses sœurs sous votre protection. Quand j'ai requis une femme de cette famille, vous avez accepté ma requête. Je vous demande seulement d'honorer votre engagement.

Malgré sa faiblesse, Gabriella se libéra des bras de Morgan et se tint debout, bien que chancelante.

— Je ne suis pas un objet que l'on promet et protège, déclara-t-elle en s'adressant au roi.

Ses jambes étaient si faibles qu'elle serait tombée si Morgan ne l'avait soutenue, enroulant un bras d'acier autour de sa taille.

Avendall sourit.

— Comme vous pouvez le constater, c'est une farouche jeune femme, commenta-t-il en déroulant un parchemin qu'il venait d'extirper de sa tunique. Voici votre décret, Votre Majesté. Il porte votre sceau.

Ce fut Morgan, et non Edward, qui se pencha pour saisir la missive.

— Quiconque te connaît un peu, Avendall, ne s'étonnera pas que tu n'aies pas été capable de trouver une épouse grâce à tes propres mérites.

Avendall blêmit, mais se reprit vite. Gabriella comprit avec effroi qu'il voulait la récupérer coûte que coûte, bien qu'elle ne saisît pas les raisons de cet acharnement. Serait-il possible qu'il veuille seulement la punir d'aimer Morgan, et punir Morgan d'avoir contrecarré ses projets ?

— Il semble que tu oublies Rebecca Sommerville, jeta Avendall.

— Je ne veux plus entendre parler de cette histoire ! intervint sèchement le roi. Nous l'avons réglée depuis longtemps.

— Vous peut-être, Votre Majesté, répliqua Morgan sans lâcher Avendall des yeux mais, pour mon adversaire et moi-même, je crains qu'il n'en aille autrement.

— C'était Sedgewick que Rebecca voulait, insista Avendall.

Morgan ne répondit pas, mais Gabriella le sentit s'enflammer de colère.

— Abandonne, Chalstrey. Gabriella me revient de droit. Je prendrai soin d'elle et, avec le temps, elle m'aimera.

La jeune femme avait beau tenir à peine sur ses jambes, elle était en rage, et le regard qu'elle posa sur le roi rien moins que farouche.

— Cet homme est fou ! cria-t-elle. N'ai-je pas mon mot à dire quand il s'agit de mon propre destin, Votre Majesté ? Apprenez que je ne veux pas d'eux pour mari. L'un a décrété que je devais finir mes jours dans un couvent, et l'autre ne veut de moi que pour se venger de son ennemi !

— Il y a quelques minutes, vous affirmiez avoir choisi librement Chalstrey, s'étonna Edward. Et voilà que vous l'écartez, de même qu'Avendall ?

— Oui, my lord.

— Je vois, répondit le roi, perplexe, car en réalité il ne voyait rien du tout.

Morgan retint son souffle. Certain de l'emporter, Avendall croisa tranquillement les bras.

— Je ne souhaite pas passer le reste de mes jours dans une abbaye, expliqua Gabriella, puisant dans le peu de forces qui lui restaient.

Le souverain se pencha vers elle et l'observa avec attention, l'air pensif.

— Par Dieu et par tous les saints, Chalstrey, êtes-vous aveugle ou simplement stupide ? Cette jeune femme est issue d'une bonne et robuste lignée, elle est faite pour l'amour et pour l'enfantement, en aucune façon pour prendre le voile !

Elle sentit la colère de Morgan couler en lui telle la lave d'un volcan, mais il ne desserra pas d'un pouce le bras qui la soutenait.

— J'ai eu tort de dire à my lady que je la ramènerais au couvent. Je ne le pensais pas, Votre Majesté.

Il fixa de nouveau Avendall avant d'ajouter :

— Il s'agissait d'une simple querelle d'amoureux qui s'est très vite réglée entre les draps. Mon épouse a été dûment honorée.

La fièvre l'étourdissait, mais Gabriella tint sa langue, cette fois. Elle en avait déjà trop dit.

Edward se mit à rire, se remémorant sans doute ses propres conquêtes féminines. Il avait encore une certaine prestance malgré sa santé défaillante et sa tristesse intérieure, et on l'imaginait aisément entouré de femmes.

— Bon, fit-il, un instant égayé. Votre épouse a besoin d'être domptée, Chalstrey. Elle a la langue trop bien pendue et le caractère trop vif. Veillez à lui apprendre à vous faire honneur.

Gabriella expira lentement.

Edward se tourna alors vers Avendall et son visage s'assombrit aussitôt.

— J'ai peur que vous ayez choisi un marché malheureux, Avendall. L'honneur exige que Chalstrey vous dédommage d'une manière ou d'une autre mais, le mariage ayant été consommé, il ne peut être annulé ni par la loi divine ni par la mienne. Vous pourriez choisir une autre épouse parmi les sœurs Redclift, qu'en pensez-vous ?

Gabriella parvint à se libérer du bras de Morgan qui se laissa surprendre.

— Oh non, Votre Majesté ! s'écria-t-elle en se laissant tomber à genoux devant le trône. Je vous en supplie, ne permettez pas à Avendall d'épouser l'une de mes sœurs ! C'est une brute, il détruirait leur belle âme !

Morgan la releva doucement et la souleva dans ses bras.

— Je donnerai des compensations à Avendall, assura-t-il au roi. Pas seulement pour Gabriella mais pour ses deux sœurs. En or, en terres ou en chevaux. Ce qu'il faudra.

Quand Gabriella osa regarder Cyprian, elle s'aperçut qu'il tremblait tant l'effort qu'il faisait pour contenir sa rage lui coûtait.

— Votre Majesté, comment me reprendre non seulement une épouse, mais *trois* ? Pourrait-il trouver une compensation quelconque ? protesta-t-il. Je ne veux pas d'or ! Permettez-vous à vos sujets de voler et de rester impunis ?

Le visage d'Edward se troubla et Gabriella frissonna.

— C'est vrai, admit-il au bout d'un long moment. Le vol, quel qu'il soit, et particulièrement entre chevaliers, ne saurait être toléré. Chalstrey, oui ou non, avez-vous pris cette femme à Avendall de force ?

— Oui, reconnut Morgan, sans honte ni insolence.

Gabriella émit un son étouffé. Elle aurait voulu rappeler au roi qu'elle s'était donnée à Morgan volontairement mais, d'une pression de la main, celui-ci lui intima le silence.

— Chalstrey, vous servirez en France durant pas moins d'un an, pour faire pénitence, décréta le roi après un long silence.

Même Gabriella, qui connaissait peu les calculs politiques, comprit que cette sentence ne se fondait pas sur un désir de justice. Elle servait les propres intérêts d'Edward. L'affront contre Avendall n'était qu'un prétexte pour récupérer un bon soldat dans ses troupes.

— Et pour mes sœurs ? risqua Gabriella.

— Je ne vois aucune raison d'empêcher Avendall de faire son choix.

Atterrée, elle leva les yeux sur son mari.

— Morgan ? N'allez-vous rien faire ? Rien dire ?

Il lui caressa la joue du dos de la main mais demeura silencieux.

Les pires craintes de Gabriella venaient de se réaliser. Elle voulut encore protester mais il l'en dissuada d'un ton sans équivoque :

— Pas un mot de plus, murmura-t-il avec assez de force pour qu'elle comprenne qu'il ne fallait pas insister.

Avendall s'inclina devant le roi, dissimulant mal son dégoût, puis, après avoir demandé la permission de prendre congé, il se retira.

— Une chambre a été préparée pour votre épouse et vous, annonça Edward à Morgan.

Tout à coup, le roi paraissait deux fois son âge. Sa conscience, s'il en avait une, devait peser lourdement sur ses épaules, ce soir-là.

— Emmenez-la, et veillez sur elle.

Dans l'antichambre, les domestiques attendaient lady Edgefield. Avendall se trouvait là, lui aussi, nonchalamment adossé contre le mur. Dès que Gabriella et Morgan apparurent, il se redressa.

— Si Dieu est juste, tu mourras sur le champ de bataille, Chalstrey. Et alors, je le jure devant tous les saints du paradis et les démons de l'enfer, je ferai de ta femme ma catin !

— Je te tuerai d'abord, répondit Morgan d'une voix neutre, et personne ne douta qu'il le ferait. À vrai dire, si ce n'était à cause de l'indisposition de lady Edgefield, je te trancherais en deux sur-le-champ, de la tête à ce qui te sert de virilité !

Deux des gardes d'Edward avancèrent, ainsi que la plupart des hommes de Morgan, et, moins enthousiastes, ceux d'Avendall.

— Paix ! ordonna le capitaine de la garde royale, un colosse couvert de cicatrices. Il n'y aura pas d'affrontement à l'épée sous le toit du roi. Celui qui s'aviserait de sortir une lame passerait la nuit dans le donjon.

Gabriella s'accrocha à la tunique de Morgan. À nouveau, elle sentait la fureur en lui, cette fois sous la forme d'une rivière au cours impétueux et prêt à déborder.

— Par ici, my lord, l'invita l'une des servantes d'une voix implorante en lui effleurant la manche. Nous avons préparé un bon lit pour my lady, ainsi que du vin et un repas revigorant.

Morgan toisa longuement Avendall, sans se soucier des gardes, puis il pivota et suivit la domestique à l'étage, Gabriella toujours dans ses bras.

Dans la chambre préparée à leur intention, un feu vif brûlait dans l'âtre et les couvertures d'un grand lit avaient été rabattues, révélant une couche confortable. Morgan débarrassa lui-même sa femme de ses vêtements humides. Quand elle fut nue, il la coucha entre les draps immaculés et la couvrit avec une tendresse infinie.

Il se dirigea ensuite vers la table dressée à l'écart, remplit un bol de bouillon de légumes et revint près de Gabriella. Il l'aida à se redresser contre les oreillers, approcha le bol de ses lèvres et lui ordonna de boire.

Elle n'avait pas faim, ne se sentait même pas la force d'avaler quoi que ce soit mais, puisqu'il n'y avait pas d'autres moyens de reprendre des forces, elle obéit.

Quand elle en eut pris une quantité suffisante, Morgan posa le bol sur le sol et écarta ses cheveux blonds de son visage.

— Bon sang, Gabriella, murmura-t-il, depuis quand avez-vous pris cette place dans mon cœur ?

Son cœur à elle, terriblement malmené depuis leur arrivée chez le roi, se mit à battre à coups redoublés.

— C'est vrai, Morgan ? Vous n'avez plus l'intention de me répudier ?

Il secoua la tête.

— Je me suis conduit comme un crétin et comme un lâche en vous repoussant, Gabriella… vous valez cent fois mieux que moi, et j'ai besoin de vous.

Elle ne douta pas un instant de la sincérité de ses paroles. Était-ce à cause de la fièvre qu'elle osa lui poser la question de laquelle toute sa vie dépendait ?

— M'aimez-vous autant que je vous aime, Morgan ?

Il se pencha et posa ses lèvres sur son front.

— Oui, my lady. C'est le mot qui convient pour décrire ce que j'éprouve.

— Alors venez vous coucher près de moi et prenez-moi dans vos bras, de sorte que je puisse oublier les épreuves qui nous attendent.

Morgan se leva, se dévêtit et la rejoignit entre les draps. Il l'attira aussitôt contre lui et elle posa la tête au creux de son épaule.

— Je ne supporte pas l'idée que vous partiez, chuchota-t-elle.

Il lui embrassa la tempe.

— Chut… Je suis là, nous sommes ensemble et je vous tiens dans mes bras. Pour l'instant, cela me suffit.

— Vous n'avez pas envie de me posséder comme un mari possède sa femme ?

Elle le sentit sourire contre sa peau.

— Cette envie ne me quitte pas, mais j'attendrai que vous soyez assez forte pour me recevoir.

— Et si le roi vous envoyait en France avant que je sois remise ? Prendrez-vous… prendrez-vous une maîtresse ?

Morgan scruta son petit visage inquiet.

— Non, dit-il fermement. Je vous serai fidèle, Gabriella, quelle que soit la durée de notre séparation. Je ne pourrais vous demander de vous engager à l'être – et, croyez-moi, *je vous le demande* – si je ne vous faisais pas la même promesse en retour.

Gabriella eut la force de lever les bras pour les nouer autour de son cou. Cette fois, elle n'essaya pas de retenir ses larmes où s'épanchaient à flots son amour et son désespoir.

— N'auriez-vous pu me faire ces aveux *avant* que le roi nous sépare ? souffla-t-elle.

Morgan eut un petit rire et lui embrassa le bout du nez.

— Je le regrette autant que vous, my lady. Pardonnez-moi.

Ses sœurs étaient en sécurité pour le moment, elle avait enfin chaud, et surtout, surtout, Edgefield l'aimait. Gabriella lutta pour garder les yeux ouverts puis, vaincue par le sommeil, elle s'endormit.

Les appuis des fenêtres étaient blancs de neige. Gabriella frissonna sous les épaisses couvertures et mit un certain temps à recouvrer la mémoire.

Les événements de la veille lui revinrent en bloc et, en même temps qu'elle découvrait que Morgan n'était plus à ses côtés, elle se rappela la décision du roi.

Réprimant un cri, elle voulut s'asseoir mais elle était encore bien trop faible. Que lui arrivait-il donc ? Elle avait toujours été robuste, pleine d'énergie, et se retrouver ainsi, sans forces, constituait pour elle une véritable épreuve.

— Du calme, je suis là.

C'était la voix de Morgan. Il était quelque part dans la pièce. Elle ferma les yeux, le temps que les battements désordonnés de son cœur s'apaisent. À en juger par les bruits qui lui parvenaient, il s'occupait de ranimer le feu.

— J'ai parlé avec le roi, ce matin, annonça-t-il gravement en s'asseyant près d'elle sur le lit.

Il portait de chauds vêtements très simples. Une tenue de soldat.

Elle scruta son visage, s'efforçant déjà de le mémoriser, au cas où…

— Sa majesté n'a pas changé d'avis, dit-elle calmement, alors qu'un cri de détresse montait silencieusement en elle.

— Non, admit Morgan en secouant la tête. Je dois être à Portsmouth dans une semaine avec vingt de mes meilleurs hommes. De là, je prendrai le bateau pour la France.

Elle essaya de nouveau de s'asseoir mais, cette fois, ce fut Morgan, et non sa grande faiblesse, qui l'en empêcha.

— Et pendant que je suis clouée au lit, vous allez partir faire cette guerre absurde et interminable ?

— Apparemment, oui. Allons, Gabriella, je suis un soldat. Il était inévitable que je sois rappelé, un jour ou l'autre.

Il s'interrompit et posa la main sur le front de la jeune femme pour vérifier si elle avait encore de la fièvre.

— Si j'étais vous, j'éviterais de taxer la guerre en France d'« absurde et interminable » devant Edward ou quiconque ici. Il s'agit d'un conflit d'une importance capitale pour lui.

— Sans doute, s'il est prêt à d'aussi grands sacrifices pour le poursuivre, grommela-t-elle.

— Réservez ces remarques pour nos conversations privées, mon ange. Je ne vous conseille pas de vous attirer la défaveur royale.

Elle soupira.

— Je ne veux pas que vous partiez.

— Je ne le veux pas non plus. Mais je suis un sujet dévoué à son roi, même si je le contrarie parfois, et je ne peux que me plier à sa volonté, Gabriella. Et puis, je serai de retour dans un an. J'espère vous trouver en pleine forme à Edgefield Keep, car je vous ferai notre premier bébé.

Elle tourna la tête, essayant sans succès de ne pas pleurer. Elle voulait qu'il demeure à ses côtés pour toujours, et honnie soit sa carrière militaire ! Mais elle ne se servirait pas de sa faiblesse pour le retenir.

Morgan prit doucement son menton dans sa main et l'obligea à le regarder.

— Reposez-vous jusqu'à ce que vous soyez suffisamment remise pour voyager. Ce sera peut-être au printemps, peu importe. Je laisse Robinson avec vous. Il vous escortera le moment venu, avec une compagnie de mes meilleurs hommes. Il vous protégera, et vous conseillera, le cas échéant. Gabriella, je tiens à ce que vous me fassiez une promesse, sinon je perdrai la raison bien avant de remettre les pieds sur nos rivages.

— Quelle promesse, Morgan ? demanda-t-elle avec douceur. Vous savez sûrement que je ne vous trahirais jamais…

— Oui, je sais, fit-il avec un sourire triste. Malgré ce que vous avez dit à propos d'éventuels amants – je sais que vous vouliez seulement me narguer –, j'ai confiance en vous, en votre loyauté, Gabriella. Une confiance aveugle. En revanche, j'ai peur qu'il ne vous passe par la tête des idées saugrenues, comme, par exemple, de partir en croisade pour quelque noble cause. Je veux que vous me donniez votre parole que vous ne quitterez pas Edgefield Keep seule. Cette fois, mon aimée, je ne serai pas là pour vous porter secours. Jurez-moi devant Dieu que sous aucun prétexte – *aucun* – vous ne vous aventurerez pas hors l'enceinte du château sans gardes.

Gabriella hésita, mais il y avait une telle souffrance dans les yeux de Morgan qu'elle s'inclina. Il lui serait facile de lui rester fidèle, car elle ne voulait pas d'autre homme que lui. Pour le reste, elle ferait son possible pour tenir sa promesse.

Elle lui prit la main et déposa un baiser dans sa paume calleuse.

— Vous avez ma parole, my lord.

Il referma ses bras autour d'elle et la serra contre lui. Il n'avait pas besoin de lui dire qu'il l'aimait. La force de son étreinte parlait pour lui avec une éloquence qui valait tous les discours.

— Faites-moi l'amour, Morgan... Faites-moi un enfant maintenant, pas dans un an.

Il l'embrassa sur le front et l'appuya doucement contre les oreillers.

— Nous n'avons pas le temps, Gabriella. Et vous êtes souffrante.

— Pas le temps ? Mais vous ne deviez gagner Portsmouth que dans une semaine !

Morgan tenta de sourire. Sans succès.

— En effet, mais il y a des conseils à tenir, des messages à délivrer au Prince Noir, et peut-être à son frère, le duc de Lancaster. Je suis obligé de passer toute la journée, et peut-être la nuit, avec le roi.

— N'y a-t-il pas de scribes pour préparer ces messages ?

— Trop risqué. L'encre n'est pas un support sûr. Certaines informations ne peuvent se transmettre qu'oralement, d'homme à homme. Edward me les enfoncera dans le crâne jusqu'à ce qu'il soit certain qu'elles sont bien ancrées.

— En tant que dépositaire de ces secrets, vous serez donc encore plus en danger que je ne le craignais !

De nouveau, elle voulut se lever. De nouveau, il l'en empêcha.

Des coups secs retentirent soudain à la porte de la chambre.

— Oui ! cria Morgan en contemplant Gabriella avec intensité, comme pour imprimer ses traits dans sa mémoire.

— Sa Majesté s'impatiente, my lord, lança une voix d'homme, de l'autre côté du battant.

Morgan soupira, embrassa Gabriella langoureusement, puis se leva et traversa la chambre.

Il ouvrit la porte avec brusquerie et s'adressa à l'intrus sur un ton des moins charitable. Dès qu'il fut sorti, une servante se glissa à l'intérieur.

— Bonjour, my lady, lança gaiement la jeune femme. Je viens ranimer le feu. Il fait aussi froid que dans une tombe, ici ! Comme s'il y avait des fantômes partout… brrr… Vous avez meilleure mine à la lumière du jour, my lady. Et c'est tant mieux parce que, hier soir, nous pensions tous que vous étiez bonne pour le cimetière.

En dépit de sa mélancolie, Gabriella ne put s'empêcher de sourire des propos de la jeune servante.

— J'aimerais prendre un bain, déclara-t-elle. Avec de l'eau très chaude et du savon parfumé.

16

Gabriella se sentait beaucoup mieux. Elle était propre, ses cheveux brillaient et elle portait des vêtements frais. Quand Morgan la rejoignit dans la chambre, il était préoccupé, et elle voulut le distraire.

— My lord, si le simple fait de voir que je sors du bain produit un tel effet sur vous, vous risquez de souffrir dans les années à venir, car j'ai l'intention de m'adonner souvent à ce plaisir.

Les épaules de Morgan s'affaissèrent un peu. Il se pencha sur le lit où elle était étendue et posa les mains de part et d'autre de son corps. Un petit sourire amusé joua enfin sur ses lèvres tandis qu'un long soupir lui échappait.

— Vous allez mieux, on dirait. Merci, Seigneur. Merci !

Elle enroula les bras autour de son cou.

— Il vous en faut peu pour vous émouvoir, my lord, le taquina-t-elle.

— Petite coquine, murmura-t-il en lui embrassant le front. En parlant de vos charmants défauts, my lady, je vous ferais remarquer que vous ne connaissez pas vos limites.

— Je préfère les ignorer autant que possible.

Il rit et l'embrassa de nouveau, sur la bouche, cette fois. Ses lèvres frôlèrent les siennes avec une douceur pleine de sensualité.

— Coquine et impertinente, murmura-t-il en s'écartant à peine. Je vais me faire des cheveux blancs bien avant l'heure, je le sens, ou bien mon cœur s'arrêtera de battre, subjugué par votre beauté, ajouta-t-il, à la fois grave et tendre.

La chevelure encore légèrement humide de la jeune femme était déployée en une somptueuse corolle dorée sur l'oreiller.

— Peut-être qu'un bébé me pousserait à me bien conduire, de sorte que vous ne vieillissiez pas trop prématurément... suggéra-t-elle en se tortillant sous lui.

Morgan grogna.

— Vous êtes une petite sorcière impitoyable.

— Je sais. S'il vous plaît, my lord, allez fermer la porte à clé et apprenez-moi comment je devrais me comporter.

Il rit, mais d'un rire un peu rauque. La passion et l'amour irradiaient ses splendides yeux d'azur.

— Vous êtes une élève attentive, Gabriella, mais incorrigiblement rebelle.

Elle se cambra sous lui, déterminée à profiter du peu de temps qui leur restait à passer ensemble.

— Je sais faire preuve d'obéissance dans certains cas, my lord, lui murmura-t-elle à l'oreille. Des cas très particuliers...

Il jura, mais sans grande conviction avant de se redresser. Elle croyait qu'elle ne s'était pas montrée assez persuasive, quand elle entendit la clé tourner dans la serrure.

Il revint aussitôt et enleva ses bottes, ses chausses et le reste de ses vêtements avant de la rejoindre dans le lit.

— Dites-moi, my lady d'amour, vais-je mourir de désir pour vous, ou bien de contrition pour vous avoir possédée alors que vous étiez malade ?

Elle se sentait faible, oui, mais tellement heureuse quand il s'allongea sur elle ! Une onde de désir la traversa quand son sexe durci se pressa contre le sien.

— Si vous devez mourir, que ce soit d'épuisement amoureux, plaisanta-t-elle.

Morgan s'empara de sa bouche avec avidité. Quand il la relâcha, elle était tout étourdie. Son pouls se mit à battre sourdement au rythme du désir dévorant qui montait en elle, se répandait dans tout son corps.

— J'ai tellement envie de vous que j'ai peur de vous faire mal, murmura-t-il, le regard plein d'un tendre désespoir.

— Vous ne me ferez mal que si vous m'infligez une attente plus longue, my lord.

Elle le voulait en elle, tout de suite. Leur passion était si violente qu'il n'y avait plus de place pour la plaisanterie, soudain.

Il scruta un instant son visage, comme pour s'assurer que son invitation n'était pas dictée par un délire fébrile. Quand il vit la flamme sans équivoque qui dansait dans son regard, il la pénétra d'un seul coup. Profondément.

En ce moment suprême, il ferma les yeux et elle se délecta de voir quel plaisir il prenait à venir en elle. Là, tout à coup, ce guerrier légendaire et féroce lui était totalement soumis.

Le sourire aux lèvres, elle se mit à onduler lentement sous lui. Morgan se raidit, puis souffla d'une voix rauque :

— Bon sang, Gabriella, *ne bougez pas*.

Elle s'immobilisa. L'espace d'un instant magique, ils se trouvèrent comme suspendus hors du temps, dans la sublime attente de ce qui allait suivre. Le plaisir était là, vibrante brûlure tapie dans le secret de leur bas-ventre, prêt à exploser...

Un délicieux frémissement au cœur de son être arracha un doux gémissement à Gabriella, et ce son à peine audible sonna la reddition de Morgan. Avec un long grognement animal, il se retira pour revenir en elle, encore et encore, grondant à chaque coup de reins. Malgré sa force redoutable, il prenait soin de rester tendre, doux, de ne jamais lui faire mal, et elle ne l'en aima que davantage.

Le corps de Gabriella était en feu, son désir si sauvage, si impérieux qu'elle perdit tout sens de la mesure. Lorsque la jouissance explosa en elle, la balayant tel un raz-de-marée, elle ne fit aucun effort pour retenir ses cris, appelant Morgan à chaque contraction divine. Excité au plus haut point par le plaisir qu'il lui donnait, il la rejoignit dans l'extase avec un long feulement, répandant en elle sa semence brûlante.

Merveilleusement satisfaite, et cependant déchirée à l'idée que c'était sans doute la dernière nuit qu'ils partageaient avant longtemps, elle s'efforça de ne pas penser à la séparation inéluctable, à ces mois interminables qu'ils allaient passer l'un sans l'autre.

Elle flottait dans les brumes du sommeil quand elle le sentit se retirer d'elle, au bout d'un long moment. Elle ouvrit les yeux.

— Au revoir, Gabriella. Le roi m'attend.

Elle osait à peine le toucher de peur de ne pouvoir s'empêcher de le supplier de rester.

— Que Dieu vous garde, my lord! souffla-t-elle en se risquant à lui caresser la joue.

Il l'embrassa une dernière fois, presque avec vénération, puis il partit.

Était-ce l'épuisement dû à l'amour ou les suites de sa maladie ? Gabriella s'endormit d'un coup, sombrant dans un bienheureux oubli.

Quand elle se réveilla, plusieurs heures plus tard, il faisait sombre. Quelques braises rougeoyaient à peine dans l'âtre. La cruelle réalité la frappa de plein fouet : elle était seule, désormais. Vraiment seule. Le fait d'être dans le palais royal, à deux pas de Londres et de toute son agitation, n'y changeait rien. Sans Morgan à ses côtés pour partager ses joies, tous les anges du paradis ne sauraient la consoler ni la distraire.

Il était parti. À l'heure qu'il était, il était peut-être déjà sur la route de Portsmouth.

Le poids de son absence la terrassa. Elle était soudain incapable de respirer, de penser ou même de pleurer. Elle parvint toutefois à trouver une consolation dans le souvenir de leurs adieux si émouvants, au cours desquels le langage du corps, qui ne mentait pas, avait pris le dessus sur les mots.

Par un effort de volonté, Gabriella recommença à respirer tandis qu'une larme solitaire roulait sur sa joue. Elle aurait tant voulu entendre des mots. Des mots poétiques, des mots choisis. Des mots chantés dont elle ne se lasserait jamais.

Elle essuya sa joue en se sermonnant. Morgan était un soldat, pas un barde. Sa poésie à lui, c'étaient le plaisir, le courage, l'amour. Il avait imprimé sa marque dans son corps et dans son cœur comme aucun troubadour n'aurait pu le faire.

Gabriella posa la main sur son ventre plat. Peut-être lui avait-il laissé le plus précieux des cadeaux ? Elle s'accrocha à cet espoir comme à une bouée de sauvetage, pour ne pas se cacher sous les draps, encore tout imprégnés de son odeur, et s'endormir jusqu'au printemps.

Quand la jeune servante, Bette, arriva une heure plus tard, elle trouva la jeune femme assise dans le lit, passant un peigne d'ivoire dans ses cheveux. Un petit garçon muni d'une lampe la précédait.

Les yeux baissés, Bette déposa un plateau près de Gabriella.

Cette dernière considéra la nourriture d'un air résigné. Elle n'avait pas faim, mais elle devait reprendre des forces.

— Allez, va-t'en maintenant, dit Bette au petit garçon qui regardait la nourriture avec envie. Nous n'avons plus besoin de toi.

— Attends, intervint Gabriella, se souvenant qu'elle était lady Edgefield, une vraie duchesse, et qu'elle devait se comporter comme telle.

Le garçonnet pivota et posa sur elle un regard plein d'espoir. Gabriella lui fit signe d'approcher.

— Choisis ce qui te tente le plus, dit-elle en lui montrant le plateau.

Le gamin n'hésita pas. Il saisit un morceau de chevreuil, le cacha sous sa tunique et se sauva sans attendre de peur que la maîtresse ne change d'avis.

— Pauvre gosse, murmura-t-elle.

— Un petit chapardeur, oui, grommela Bette qui retrouva tout de suite le sourire, car elle avait une bonne nature. Vous allez attirer tous les mendiants d'Angleterre à votre porte, my lady, si vous vous comportez de la sorte.

Gabriella se força à prendre une portion de fromage.

— Eh bien, tant pis, riposta-t-elle. Voulez-vous préparer mes bagages et prévenir John Robinson, l'homme d'armes de mon mari ? Je souhaite rentrer à Edgefield Keep avant que le temps n'empire.

Bette, qui était en train d'attiser le feu, en laissa tomber le tison.

— Mais c'est bien trop loin, my lady! Et puis il neige et il vente. Le roi vous le défendra.

— Je ne pense pas lui demander son avis. Sa Majesté a sûrement d'autres soucis en tête que les allées et venues d'une femme.

Bette la fixa avec stupeur et admiration.

— My lady, vous êtes trop hardie! s'écria-t-elle en posant sur sa bouche rieuse une main couverte d'engelures.

Tout à coup, son visage changea et elle sortit un paquet de sa poche.

— J'allais oublier, my lady. M. le duc a laissé ça pour vous. Un bien bel homme, si je puis me permettre.

Gabriella ne l'écoutait plus. Elle prit le paquet enveloppé de parchemin que la servante lui tendait. À l'intérieur, elle découvrit un médaillon en or orné d'un rubis ainsi que la bague de Morgan.

Les doigts tremblants, elle examina l'anneau qui portait le sceau du duc, symbole de sa puissance. Jamais il ne s'en était séparé jusqu'ici. Émue aux larmes, Gabriella le serra dans sa main.

— Il y a autre chose, my lady, risqua Bette d'une toute petite voix en désignant une feuille de parchemin pliée.

L'instant d'après, Gabriella déchiffrait l'écriture ferme et nette de son mari.

My lady bien aimée, avec cette bague en or forgée pour mon grand-père à Jérusalem, je vous offre tout ce que je suis et serai toujours. Ce sceau sera la preuve de votre autorité, ma duchesse, et vous permettra d'agir en mon nom. Montrez-vous avisée et ferme avec ceux qui se trouvent sous votre protection, chère Gabriella, et rappelez-vous que la discipline peut faire bon ménage avec la bonté. Avec ce médaillon, my lady, je vous confie mon cœur. Portez-

le toujours autour de votre cou, là où il sera au chaud. Morgan.

Elle ferma les yeux et pressa la lettre contre son sein tandis qu'une émotion douce-amère l'envahissait.

— Dites à John Robinson de se préparer, répéta-t-elle quand elle se fut un peu ressaisie.

Bette voulut protester de nouveau, mais l'expression déterminée de la duchesse l'en dissuada.

Après avoir mangé, Gabriella se leva et enfila une épaisse robe de laine. Lorsque Bette revint, elle avait les yeux rouges. Elle entreprit de tresser les longs cheveux de Gabriella sans mot dire.

Une heure plus tard, amaigrie, et encore mal assurée sur ses jambes, Gabriella était reçue chez le roi. Elle ne pouvait décemment s'éclipser sans saluer celui qui l'avait hébergée et qui avait été son bienfaiteur.

— Vous n'êtes pas remise, my lady, protesta Edward en lui faisant signe de se relever. J'ai promis à votre bon mari de vous garder ici jusqu'à ce que vous soyez complètement rétablie.

Gabriella exécuta une seconde révérence, encore plus gracieuse que la première, se félicitant d'en avoir maintes fois exécuté, par jeu, avec ses sœurs, sans jamais imaginer qu'un jour ce jeu deviendrait réalité.

— Je suis parfaitement rétablie, Votre Majesté, mentit-elle. J'aimerais partir pour Edgefield Keep dès demain matin, avec votre permission, bien sûr.

De toute façon, qu'il accepte ou pas, elle partirait à l'aube.

Le roi marqua une pause, se préparant sans doute à lui infliger un sermon. Puis, soudain, il sourit.

— Vous avez hérité de l'intrépidité de votre père, mon enfant.

La gorge de Gabriella se noua.

— Je vous remercie infiniment d'avoir veillé sur mes sœurs et moi-même, Votre Majesté. Au nom de mon père, j'aimerais vous demander une faveur.

— Je vous écoute.

— Ne laissez pas Avendall choisir Elizabeth ou Meg pour épouse, je vous en prie. Permettez qu'elles viennent s'établir à Edgefield Keep avec l'une des religieuses de Saint-Swithin, dame Johanna. Mon mari a offert de les doter et de veiller à leur bonheur, Votre Majesté.

Il l'observa longuement.

— Avendall m'a servi loyalement, lui aussi. Et il continue de le faire.

Gabriella hésita entre s'évanouir ou se jeter aux pieds du roi, mais la fierté l'emporta.

— Je vous en prie, Votre Majesté, dit-elle simplement.

Le souverain émit un profond soupir.

— Très bien, abdiqua-t-il. Ainsi j'aurai payé ma dette à Redclift… tout en en contractant de nouvelles envers Avendall !

Gabriella baissa la tête pour cacher ses larmes de soulagement.

— Finalement, il est peut-être plus sage que vous partiez, lady Edgefield, enchaîna-t-il. Il y a la peste à Londres et elle sera bientôt à Sheen. Je veillerai à ce que vos sœurs vous rejoignent au printemps.

Gabriella hocha humblement la tête.

— Je ne souhaite que respecter votre volonté, Votre Majesté. Et je vous remercie du fond du cœur.

Soulagé, Edward offrit à sa protégée un large sourire.

— Edgefield a laissé une douzaine d'hommes avec John Robinson à leur tête. Vous serez en sécurité avec eux.

— Je n'en doute pas, fit la jeune femme modestement. À présent, si Votre Majesté le permet, je demande à me retirer pour reprendre des forces en vue du voyage qui m'attend.

— Je ne vous retiens pas, mon enfant. Au revoir, et que Dieu vous garde ! répondit le roi avec une intonation affectueuse.

La chevauchée jusqu'à Portsmouth, par le froid glacial qui sévissait, s'avéra une épreuve longue et rude. Mais ce n'était rien comparé au calvaire que lui infligeait l'absence de Gabriella. Pour éviter de sombrer dans la folie et de faire demi-tour, Morgan se répétait inlassablement les messages secrets qu'il avait appris par cœur.

Sans grande efficacité, hélas, car il les avait parfaitement mémorisés, et ses pensées revenaient sans cesse à Gabriella. Peut-être, se disait-il, aurait-il dû la réveiller une fois encore pour lui dire de nouveau adieu ? Au fond de lui, il savait bien pourquoi il n'en avait rien fait : il craignait qu'en l'entendant murmurer son nom, en croisant son regard, les derniers vestiges de volonté qui lui restaient ne volent en éclats. L'intensité de ce qu'il ressentait, pour elle et avec elle, le dépassait complètement et, indépendamment de la douleur de la séparation, il avait besoin de temps pour assumer des sentiments aussi nouveaux et d'une telle ampleur.

Durant des années, il s'était appliqué à cacher – et à *se* cacher à lui-même – ses émotions, à ignorer le tumulte qui grondait en lui. En l'aimant, Gabriella l'avait obligé à ouvrir les yeux et à affronter la vérité concernant Rebecca et les blessures secrètes qu'elle lui avait infligées.

Il voulait guérir et, grâce à Gabriella, il y parviendrait.

Il l'imaginait, s'installant à Londres, s'achetant des robes, et le sourire lui vint aux lèvres. Au printemps, elle retournerait à Edgefield Keep armée de son sceau, et il ne doutait pas de ses aptitudes à gérer ses biens, *leurs* biens, avec l'aide d'Ephriam et de Robinson, entre autres.

L'ombre d'Avendall venait toutefois lui rappeler que la vie n'était pas idyllique. Et qu'une menace continuait de planer sur son bonheur. Malgré la confiance qu'il avait en ses hommes, et tout particulièrement en John Robinson qui avait servi son père avant lui, il savait qu'il était le seul à être capable de protéger vraiment Gabriella.

Car Avendall était un ennemi redoutable.

Morgan leva les yeux vers le ciel bas, chargé de neige, en ruminant une possible prière. Il n'était pas en bons termes avec l'Église depuis la mort de Rebecca, en dépit de ses services au pays du Levant.

Il soupira. Il n'avait plus qu'à espérer que l'unique visite de Gabriella à Avendall Hall lui avait servi de leçon. Comme elle l'avait proclamé, si impétueuse fût-elle, elle avait l'esprit aussi vif que n'importe quel homme – lui inclus, – et il comptait qu'elle s'en servirait.

En ce qui le concernait, il avait rempli sa part du marché en faisant livrer chez son ennemi, à Londres, une quantité d'or conséquente. En même temps, il avait dépêché un courrier à Saint-Swithin, porteur d'une somme identique pour les sœurs de Gabriella. Ce printemps, elles seraient à Edgefield Keep. Il entendait déjà les rires des trois sœurs réunies résonner dans le château.

Cette image eut le mérite de lui redonner un peu de sa bonne humeur, et il se concentra de nouveau sur les tâches qui l'attendaient en France.

Gabriella n'ignorait pas que les hommes de son mari désapprouvaient sa décision de rentrer en Cornouailles sans délai, mais elle portait le sceau de Morgan et, en son absence, c'était elle qui commandait.

À peine eurent-ils laissé Londres derrière eux que le temps se mit au beau fixe. Une longue route pleine de dangers les attendait toutefois. La neige avait commencé à fondre, formant sur le sol gelé des flaques spongieuses dangereusement glissantes.

La détermination de Gabriella lui permettait de surmonter sa faiblesse physique, et elle donnait des ordres comme si elle n'avait fait que cela toute sa vie.

Inquiet pour elle, le fidèle Robinson ne la quittait pas d'une semelle. Et lorsqu'ils s'arrêtaient dans une auberge, pour la nuit, il dormait à même le sol, devant sa porte, la main sur la poignée de sa dague.

Les autres hommes, tous d'excellents soldats, veillaient à la bonne marche et à la sécurité du convoi, exerçant une surveillance discrète mais efficace. Gabriella savait pourtant que certains d'entre eux, notamment les plus jeunes, regrettaient de n'avoir pas suivi leur chef en France, pour se battre aux côtés du Prince Noir et du duc de Lancaster.

— Ce voyage risque de vous paraître très rude, my lady, l'avait prévenue Robinson dès le départ. Londres vous aurait au moins offert un peu de réconfort et un abri sûr.

Gabriella l'avait regardé droit dans les yeux avec la dignité d'une duchesse. Il ne restait plus trace en elle de la jeune fille enlevée sur la route qui la menait vers un mariage arrangé. Elle avait bien changé depuis qu'elle avait quitté le couvent et n'aurait pas souhaité qu'il en fût autrement.

— Je ne trouverai de réconfort que chez moi, en Cornouailles, avait-elle répliqué sincèrement.

Elle avait cru alors discerner une lueur de respect amusé dans les yeux de Robinson.

— Comme vous voudrez, my lady.

Tout au long du voyage, Gabriella s'occupa l'esprit en réfléchissant aux tâches qui l'attendaient et en élaborant maints projets. Si inexpérimentée fût-elle, elle avait confiance en son intelligence et en sa faculté d'adaptation. Et puis, elle comptait deux conseillers de choix : John Robinson et Ephriam. Oui, elle réussirait, et Meg, Elizabeth et dame Johanna la rejoindraient au printemps. En conjuguant leurs talents, elles feraient des merveilles toutes les quatre.

Quand Morgan rentrerait de France, dans un an, il trouverait son domaine florissant, et serait fier de sa femme.

17

Sans Morgan, Edgefield Keep, si accueillant fût-il, parut bien vide à Gabriella après ce long voyage épuisant.

Consciente qu'elle devait recouvrer ses forces avant d'entreprendre quoi que ce fût, son premier souci fut de se glisser dans ce lit qu'elle avait partagé avec son mari et de dormir un jour et une nuit entière. À son réveil, elle se restaura et se rendit dans la salle du conseil pour examiner avec Ephriam la liste des tâches qui lui incombaient. La matinée était bien avancée quand une servante lui annonça qu'un messager attendait derrière la herse du pont-levis. C'était un envoyé d'Avendall et, pour cette raison, il n'avait pas été autorisé à pénétrer dans l'enceinte du château.

Gabriella jeta un coup d'œil à Robinson. Après ce qu'ils avaient enduré ensemble, il était comme un ami pour elle.

— Quel mal pourrait faire un simple courrier? avança-t-elle. Qu'on me l'amène!

Peu après, un jeune garçon s'avançait vers elle en tremblant de froid et de peur, escorté de près par deux gardes. Sommairement vêtu, il n'avait guère plus de douze ans. Qu'avait-on pu lui raconter sur

Morgan Chalstrey et les habitants d'Edgefield Keep pour qu'il fût effrayé à ce point ?

Gabriella lui sourit dans l'espoir de le mettre à l'aise.

— Comment t'appelles-tu ? s'enquit-elle après avoir congédié les gardes qui se retirèrent à contrecœur.

Robinson, lui, n'avait pas quitté la pièce. Adossé au mur, les bras croisés, il demeurait vigilant.

— Cletis, my lady, répondit le jeune messager.

— Il ne te sera fait aucun mal entre ces murs, Cletis, assura-t-elle en poussant vers lui une corbeille de fruits secs. Sers-toi pendant que je lis le message que tu m'apportes.

Cletis s'approcha et lui tendit un petit sac en cuir en s'inclinant respectueusement devant elle.

Tandis que le garçon mangeait, puis, s'enhardissant, remplissait ses poches, elle prit connaissance du message d'Avendall en s'efforçant de maîtriser le tremblement de ses mains.

Lady Edgefield, j'espère que cette lettre vous trouvera en bonne santé et remise de votre dur voyage. Mes hommes et moi-même, qui n'étions qu'à une journée de route derrière vous, avons pu constater à quel point il était éprouvant.

Je vous écris pour vous demander la permission de vous rendre visite à Edgefield Keep afin de discuter avec vous de choses de la plus haute importance. Dans l'attente de votre favorable et prompte réponse,

Cyprian Avendall

« Cet homme est fou ! » songea Gabriella en frissonnant. Il lui écrivait comme s'ils étaient des amis et non des ennemis jurés.

Elle ne se méprenait pas sur ses intentions, sans aucun doute malsaines, mais elle était curieuse de savoir de quoi il pouvait bien vouloir lui parler, maintenant que Morgan et le roi l'avaient déchargé de ses responsabilités et de ses droits sur ses sœurs et sur elle.

Elle était aussi pleinement consciente que le roi avait quelques appréhensions et ne souhaitait pas offenser Avendall.

— Dis à ton maître qu'il peut venir à Edgefield Keep quand il le souhaitera, déclara-t-elle. Dès lors qu'il se présente seul et désarmé.

Elle glissa un nouveau regard à Robinson qui demeura de marbre.

— Bien, my lady, répondit le garçon, la bouche pleine d'abricots secs.

Dès qu'il fut reparti, Gabriella se tourna vers son conseiller. Il n'émit aucun commentaire et elle en conçut un vif soulagement. Elle avait une légère migraine et souffrait de l'estomac.

Avendall se présenta au château en fin d'après-midi, le jour même, seul et apparemment sans arme. Debout devant l'une des fenêtres du château, Gabriella le vit traverser le village à cheval. Jamais elle n'avait ressenti aussi douloureusement l'absence de Morgan.

Elle sortit pour rencontrer son visiteur dans la cour principale, près du puits qui servait à tout le château. Elle portait une robe qu'elle avait aidé à coudre dans du tissu acheté à Londres. Ses cheveux flottaient librement, sans guimpe ni chapeau. Bien que vigilants, Robinson et plusieurs gardes se tinrent toutefois à une distance suffisante pour ne pas entendre leur conversation.

Richement vêtu, comme l'exigeait son rang, Avendall descendit de cheval et s'approcha d'elle en enlevant nonchalamment ses gants.

— My lady, fit-il d'un ton cordial que démentait la lueur glaciale dans son regard de prédateur.

Gabriella bénit Robinson et ses hommes d'être là. Elle toisa froidement son visiteur sans prononcer le moindre mot de bienvenue. Ce dernier examina les gardes d'un air ironique avant d'afficher l'expression suffisante d'un homme apparemment sûr de son charme.

— Je crains de vous apporter des nouvelles bien préoccupantes de Saint-Swithin, my lady, commença-t-il avec une évidente satisfaction.

Gabriella fit de son mieux pour dissimuler son appréhension, mais il ne fut pas dupe.

— Et quelles sont ces nouvelles ?

Un petit sourire aux lèvres, Avendall étudiait tranquillement les alentours comme s'il découvrait les lieux. Quand il reporta son attention sur la jeune femme, un éclat pervers s'alluma dans ses prunelles.

— J'ai entendu dire qu'il y avait la peste à l'abbaye. C'est terrible, n'est-ce pas ? Ceux de ses habitants qui n'étaient pas atteints ont fui, ils se sont dispersés aux quatre vents.

Gabriella retint son souffle. Ses sœurs, leurs amies, dame Johanna ! Le monde n'accordait ni clémence ni hospitalité à ceux qui risquaient de répandre la terrible maladie. Elle dut s'appuyer au rebord du puits pour ne pas chanceler.

— Si vous avez inventé cette histoire…

Avendall se contenta d'incliner la tête sans faire de commentaire.

— J'ai peur de n'avoir pas fini, hélas ! L'ami estimé de votre mari, Sedgewick, se trouvait au couvent. Il s'est, semble-t-il, volatilisé… avec votre sœur, Meg. Quant à la plus jeune, elle est tombée malade. Et ce n'est pas tout : figurez-vous qu'un navire anglais a sombré en mer, entre la France et l'Angleterre. Tous ceux qui se trouvaient à bord ont disparu dans les flots en furie, hommes et chevaux. Il y a très peu de rescapés, paraît-il.

Il ménagea une pause, le temps que les mots produisent leur effet, qu'ils transpercent le cœur de Gabriella telle une flèche bien affûtée. Puis il infligea le coup de grâce :

— Morgan se trouvait parmi les malheureux qui ont péri, my lady.

Longtemps après, Gabriella se demanda comment elle avait réussi à rester debout. Déjà terrifiée par les nouvelles concernant ses sœurs, et Sedgewick, son cœur s'était arrêté de battre à l'idée que Morgan ait pu disparaître définitivement dans les eaux tumultueuses. Aucun mot ne pouvait décrire la douleur qui l'écartelait.

— Je ne vous crois pas, parvint-elle à rétorquer Dieu sait comment.

Parfaitement conscient de l'effet de ses paroles, Avendall lui tendit un bras plein de sollicitude. Le crissement des épées qui quittaient leur fourreau déchira le silence. Gabriella leva la main, et Robinson et ses hommes restèrent là où ils étaient.

— Vous n'êtes qu'un menteur, articula-t-elle d'une voix qu'elle ne reconnut pas. J'ai eu tort de vous recevoir à Edgefield Keep, et je vous prie de partir avant que je donne l'ordre à mes gardes de vous chasser.

— Pensez ce que vous voudrez, my lady. Quand vous aurez eu confirmation de mes dires, ce qui ne manquera pas d'arriver, venez donc à Avendall Hall. Je suis toujours disposé à faire de vous ma maîtresse, à défaut de ma femme.

Ulcérée, Gabriella lui cracha à la figure avant de le gifler à toute volée.

Le visage insolent d'Avendall se décomposa. Il s'essuya du revers de la manche, et aurait frappé la jeune femme si Robinson, vif comme l'éclair, ne lui avait appuyé la pointe de son épée contre le flanc.

— Vous êtes indésirable à Edgefiel Keep, monsieur, comme partout ailleurs sur les terres du duc et de la duchesse, intervint-il. Je vous conseille de quitter les lieux avant que je perde patience.

Avendall sourit en levant les mains dans un geste pacifique.

— Je m'en vais. Je constate que vous n'avez pas été longue à gagner la loyauté des hommes de votre défunt mari, Gabriella. Mais rappelez-vous, quand votre lit vous semblera trop froid, vous saurez où trouver un homme prêt à vous réchauffer.

— Veillez à reconduire monsieur Avendall hors des grilles du château, et à ce qu'il n'y soit plus jamais admis, ordonna Gabriella à Robinson d'une voix claire et calme malgré la nausée qui lui soulevait le cœur.

Sur ces mots, elle tourna les talons et regagna le sanctuaire du château, priant pour ne pas défaillir avant d'avoir atteint la porte, ce qui aurait réjoui son ennemi.

Derrière elle, Avendall ricanait tout en remontant à cheval.

— Vous auriez fait une épouse parfaite pour Edgefield, persifla-t-il. Vous êtes aussi dure qu'il l'était et aussi prompte à distribuer des ordres. Mais vous n'êtes qu'une traînée dont la place est dans un lit, une traînée qui ne connaît rien aux choses de la guerre et ne possède pas l'autorité requise pour commander à des soldats. Ils vous tourneront le dos, Gabriella, et vous regretterez amèrement d'avoir fait le mauvais choix.

— Puis-je le jeter dehors, madame la duchesse ? s'enquit Robinson, les dents serrées.

Les yeux rivés sur les marches, à quelques pas, Gabriella répondit d'une voix étonnamment assurée :

— Oui. Embrochez-le et faites-le rôtir à petit feu, si vous voulez. Je m'en moque.

Dès qu'elle fut à l'intérieur, elle s'appuya au mur, au bord de la nausée, et aurait glissé sur le sol si Ephriam n'avait été là pour la retenir.

— Avendall n'est qu'un couard, un parjure et un vaurien. J'espère que vous n'avez pas pris ses inventions trop à cœur.

— Je ne crois pas qu'il ait menti, dit Gabriella en s'accrochant au bras du vieil homme. Parce que si c'était le cas, il sait qu'il devrait rendre des comptes à mon mari. Ou au roi.

— Il est fou, my lady, et les fous ne se soucient pas des conséquences de leurs actes. Ils croient invariablement pouvoir justifier leurs transgressions, y compris les plus sordides.

Gabriella essaya de trouver du réconfort dans les propos d'Ephriam, mais elle était convaincue qu'il y avait une part de vrai dans les affirmations d'Avendall.

Vacillant de nouveau, elle appuya sa main libre au mur de pierre et s'efforça de respirer profondément.

— Il faut que j'en aie le cœur net. Je vous en prie, Ephriam, demandez à Robinson d'envoyer un messager à Sheen pour qu'il se renseigne sur les naufrages récents, et un autre à Saint-Swithin.

— Mais, my lady, l'hiver sévit et je crains que nous ne puissions nous démunir de deux soldats. Avendall n'est pas la seule menace, dans ces contrées.

Gabriella demeura inflexible.

— Faites ce que je vous demande, s'il vous plaît. Il n'y a pas de temps à perdre.

— Très bien, s'inclina le vieil homme. Puis-je d'abord vous conduire à votre chambre, madame la duchesse ? Il me semble que vous auriez besoin de vous allonger un peu.

— Merci, Ephriam, mais je préfère retourner à mes livres de comptes, répondit-elle farouchement. Hâtez-vous, à présent.

Il ne soupira pas, mais ce fut tout comme.

— Bien, my lady, dit-il avant de sortir dans le crépuscule balayé par une violente bise.

Un peu plus tard, il retrouva Gabriella dans la pièce où Morgan avait coutume de travailler et l'informa que Robinson avait envoyé les deux messagers, selon ses souhaits. Il la persuada ensuite de prendre le léger souper qu'il lui avait apporté, puis la laissa à son travail.

D'autres qu'elle auraient trouvé refuge dans la prière, mais c'est en se plongeant dans les chiffres que Gabriella évita de sombrer dans le désespoir. Durant les jours qui suivirent, elle passa de nombreuses heures dans la salle du conseil à s'entretenir avec Ephriam, John Robinson, et bien d'autres dont Mab, la sage-femme du village, amie de dame Johanna.

Quand elle n'était pas occupée par ses livres de comptes, elle inspectait les pigeonniers, les étables, les écuries, les champs, s'informant sur les cultures, la nature et les dates des semis. Elle aidait aussi Mab à mettre des enfants au monde. Elle éprouvait un vrai bonheur quand la mère et l'enfant survivaient, et pleurait quand l'une ou l'autre périssait. La jeune fille innocente avait cédé la place à une femme qui puisait dans l'accomplissement de ces tâches la consolation et la paix.

De l'aube jusqu'à la nuit où, terrassée par la fatigue, elle sombrait dans un sommeil de plomb, elle travaillait, apprenait, examinait, interrogeait, réfléchissait. Elle projetait d'acheter des moutons et des bovins au printemps, ainsi que des métiers à tisser dont elle enseignerait l'usage aux filles du village.

Malgré tous ses efforts pour maintenir son esprit occupé, durant ces longs mois d'hiver, il ne se passa pas une heure sans qu'elle pense à Morgan et à ses sœurs. Elle n'avait plus entendu parler d'Avendall, mais elle le sentait rôder, au-delà des murs d'Edgefield, tel un fauve attendant son heure. Elle pria beaucoup dans la petite chapelle, implorant la Sainte Vierge de lui rendre son mari et ses sœurs.

Aucun messager ne revint ni de Sheen ni du Devonshire.

Au cours du repas de Noël, alors que tous les villageois s'étaient attablés dans la salle commune du château, comme le voulait la tradition à Edgefield Keep, Mab se surprit à observer sa maîtresse avec attention. Elle finit par l'attirer respectueusement à l'écart.

Mab était une petite femme maigre et édentée, aux cheveux clairsemés et au visage émacié. Mais elle était forte et pleine d'énergie, comme dame Johanna, et était une amie précieuse.

— My lady, commença-t-elle en fronçant les sourcils, est-ce que vous allez bien ?

Gabriella faillit mentir, passer sous silence les nausées qui lui soulevaient le cœur, le matin, et ces étourdissements qui la prenaient parfois. Mais, fatiguée par la préparation de Noël, et connaissant la perspicacité de Mab, elle choisit de lui répondre franchement.

— Non, avoua-t-elle en laissant son regard parcourir la joyeuse assemblée de villageois. Il m'arrive d'avoir la tête qui tourne et des haut-le-cœur.

— Vraiment ? fit Mab, les yeux soudain brillants dans son visage buriné. Et à quand remontent vos dernières menstrues, maîtresse ?

Choquée par cette question intime, Gabriella s'empourpra. Elle procéda néanmoins à un rapide calcul dont le résultat la surprit.

— À l'automne dernier, avant mon voyage à Sheen.

— C'est bien ce que je pensais. My lady, vous ne devinez pas ce que cela signifie ?

Perplexe, Gabriella secoua la tête. Personne ne lui avait jamais expliqué pourquoi les femmes saignaient. Selon Meg, ce phénomène dépendait des phases de la lune. En ce qui la concernait, elle trouvait surtout cela incommodant.

« Et si c'était la peste ? » s'affola-t-elle en se tordant les mains.

— Vais-je mourir ? chuchota-t-elle en se penchant vers Mab.

Celle-ci éclata de rire.

— C'est donc vrai ? Vous n'avez pas deviné ! Maîtresse, c'est juste le maître qui vous a laissé un bébé avant de partir à la guerre !

Une bouffée de terreur mêlée d'espoir submergea Gabriella. Par chance, il y avait un banc appuyé contre le mur, derrière elle, et elle s'y laissa choir.

— Un bébé ?... Quand, Mab ? Quand doit-il naître ?

La sage-femme lui posa quelques questions supplémentaires, puis déclara :

— Aux beaux jours. Je dirais... en mai ou en juin.

Des larmes brouillaient la vue de la duchesse, des larmes de bonheur à l'idée de porter l'enfant de Morgan, et de chagrin, en songeant que ce dernier ne le connaîtrait peut-être jamais s'il était mort, comme Avendall le prétendait. Elle avait peur et, cependant, son cœur niait farouchement une telle possibilité – ne l'aurait-elle pas senti si l'homme qui était une part de son âme et de son être avait péri ?

— Il faut que j'aille à la chapelle immédiatement, pour remercier la Vierge Marie de ce merveilleux cadeau.

— Il fait trop froid, my lady ! protesta Mab en frissonnant à la pensée de sortir sous la neige. Je suis certaine que la Vierge appréciera tout autant vos remerciements si vous les faites au chaud, devant la cheminée de votre chambre.

Gabriella se laissa convaincre. Elle avait hâte, soudain, de se retrouver seule afin de savourer cette nouvelle inattendue, de l'examiner sous tous les angles, comme elle l'aurait fait d'une pierre précieuse trouvée dans un champ de ruines. Mais elle était lady Edgefield et ne pouvait décemment se retirer si tôt en cette soirée de Noël sans gâcher la joie de ces gens rassemblés autour d'elle. Sa présence les rassurait en l'absence de Morgan, dont la mort possible hantait tous les esprits.

Elle s'attarda donc, les écoutant raconter des histoires au son de la musique des ménestrels engagés pour l'occasion. Sur les conseils d'Ephriam, elle offrit une pièce d'or à chacun, hommes, femmes et enfants, en leur souhaitant beaucoup de bonheur. C'était la tradition depuis des siècles chez les Chalstrey.

Lorsqu'ils partirent enfin, et qu'elle se retira dans sa chambre, elle se mit à rire et à pleurer en même temps. Elle avait peine à imaginer que là, dans le secret de son corps, était niché l'enfant de l'homme qu'elle aimait plus que tout au monde.

Le lendemain, au petit matin, le premier messager revint, à moitié gelé et mort de faim, pour confirmer que la peste sévissait à Saint-Swithin où il ne restait plus que des malades et celles qui les soignaient. Elizabeth était toujours là-bas, mais Sedgewick et Meg étaient partis Dieu seul savait où.

Gabriella accueillit l'affreuse nouvelle le plus calmement qu'elle put, car Mab l'avait mise en garde contre les effets néfastes de l'agitation sur le bébé. L'après-midi même, elle priait avec ferveur dans la chapelle quand le second messager fit son apparition.

Alertée par le bruit, elle sortit de la chapelle et se rua vers le cavalier. À en juger par son expression lugubre, elle soupçonna aussitôt que les nouvelles étaient mauvaises.

— Un bateau a coulé entre Portsmouth et les rivages normands, annonça-t-il. Nul ne sait qui était à bord ni même de quel vaisseau il s'agissait, car les choses vont mal pour nous en France, ces derniers temps.

Gabriella sentit ses jambes se dérober sous elle et s'effondra sur le sol, inconsciente.

Quand elle revint à elle, elle était étendue sur un banc de la salle commune. Agenouillée près d'elle, Mab lui tenait la main. Tous les hommes rassemblés autour d'elle, notamment Robinson et Ephriam, arboraient un visage grave.

— Montez my lady dans sa chambre, s'il vous plaît, demanda Mab à Robinson qui s'avançait vers sa maîtresse en hésitant. Il faut qu'elle se repose si nous ne voulons pas qu'un nouveau chagrin nous frappe.

Le désespoir de Gabriella était tel qu'elle ne protesta pas. Elle se contenta de hocher la tête et Robinson la souleva avec précaution dans ses robustes bras de soldat.

Après cette première nuit, Gabriella prit la résolution d'enfouir sa douleur au plus profond d'elle-même. Elle ne pleurait que lorsqu'elle était seule dans sa chambre, priant alors pour que son mari et ses sœurs n'aient pas succombé.

Au fil des jours, sa taille s'arrondissait, et elle ne fit pas secret de son état, lequel parut réconforter les gens d'Edgefield, ce qui lui donna la force d'aller de l'avant. Son incroyable endurance faiblit à peine et elle continua de travailler d'arrache-pied, car seul le labeur l'apaisait un peu, de même que le sommeil qui lui procurait un oubli momentané.

Elle acheta des tissus aux couleurs éteintes et chargea une couturière du village de lui confectionner de nouvelles robes à sa taille. Mab eut beau l'inciter à choisir un bleu vif ou un joli rose doux, Gabriella s'obstina à ne retenir que du noir et du gris.

Par une nuit pluvieuse, où les routes n'étaient plus que des champs de boue, un autre messager se présenta à Edgefield Keep. Trempé jusqu'aux os et grelottant de fièvre, il fut conduit à la cuisine où Gabriella le rejoignit près de la grande cheminée.

Il venait de Redclift Hall et, pour prouver ses dires, il tendit à Gabriella une modeste bague en or ornée d'une améthyste appartenant à sa mère, lady Mainwaring. Claquant des dents, les pieds dans un baquet d'eau chaude et un bol de soupe à la main, il raconta que la pauvre lady était tombée gravement malade. Ariel et son mari, Hugh Mainwaring, imploraient la duchesse de venir au plus vite.

Gabriella n'hésita pas un instant. Si sa mère avait besoin d'elle, elle entreprendrait le voyage, car elle soupçonnait Hugh d'être totalement incapable de faire face à la situation.

En dépit des protestations de Mab, de Robinson et du prêtre qui les avait mariés, Morgan et elle, elle se lança fébrilement dans les préparatifs de l'expédition la plus longue et la plus éprouvante qu'elle ait jamais tentée jusqu'à présent.

— Vous avez donné votre parole à M. le duc de ne pas quitter le château, lui rappela Robinson tandis qu'elle vérifiait les provisions rassemblées dans la réserve, afin que les villageois ne manquent de rien en son absence. Il me l'a dit lui-même !

— Non, John. Il m'a demandé de ne pas aller où que ce soit sans escorte, c'est différent. Vous pouvez m'accompagner bien sûr, avec les soldats de votre choix. Nous devrons prévoir un mulet, pour transporter plusieurs choses que je veux donner à ma mère, ainsi que des couvertures bien chaudes. Je n'ai pas l'intention de dormir sur le sol nu, surtout en ce moment.

Robinson s'affola.

— Vous n'êtes sûrement pas loin du terme !

— Nous emmènerons Mab, décréta Gabriella en continuant à faire mentalement sa liste.

Son dos était douloureux depuis quelque temps et elle posa ses mains sur ses reins. Plein de vitalité, le bébé bougeait sans répit dans son ventre impressionnant.

— Si nous prenions une charrette, au cas où mon bébé déciderait de naître plus tôt ?

Cette fois, Robinson pâlit.

— My lady, c'est de la folie pure ! Votre pauvre mère a certainement des domestiques qui s'occuperont d'elle en attendant que le temps s'améliore...

— Des domestiques ? répéta Gabriella en pouffant.

— Votre beau-père, dans ce cas...

— Il est pire qu'inutile dès qu'il est question de maladie ou du moindre problème domestique. N'insistez pas, Robinson, je ne changerai pas d'avis.

Mab profita du bain de sa maîtresse, le soir même, pour déployer à son tour ses talents de persuasion.

— Regardez-vous, my lady, vous n'êtes qu'à un peu plus d'un mois du terme, et cet enfant semble à l'image de son père, grand et robuste, une force de la nature. Sûr que vous avez attrapé un coup de lune pour avoir des idées pareilles !

Gabriella eut un sourire triste. Elle espérait que le bébé serait un garçon, non qu'elle les préférât aux filles, mais un mâle perpétuerait le nom des Chalstrey et le titre de Morgan.

— Ne vous inquiétez pas pour mon petit, Mab. Il sera aussi solide que ses parents.

— Et aussi têtu ! Dieu sait à quoi pensait le Seigneur quand il a décidé de reproduire des êtres comme vous et comme Morgan Chalstrey !

— Est-ce vous qui avez mis Morgan au monde, Mab ? demanda doucement Gabriella, nullement froissée par les remarques de la sage-femme.

Celle-ci se radoucit aussitôt, et son expression se fit pensive.

— Oui. C'était déjà un sacré gaillard. J'étais là aussi quand Sedgewick est né, et Avendall.

Elle soupira, songeant sans doute à tout ce qui s'était passé depuis.

— C'est le destin, observa-t-elle en haussant les épaules. Certains s'en retournent plus tôt que d'autres à la terre.

Gabriella se trouvait à l'endroit exact où elle avait juré obéissance, amour et fidélité à Morgan.

— En ce qui me concerne, j'attendrai le plus tard possible avant d'y retourner, murmura-t-elle.

Et l'espace d'un instant, au plus secret de son cœur, elle eut l'impression que Morgan la touchait.

18

Quelques mois plus tôt…

Le Prince Noir, fils aîné et préféré d'Edward III, entra dans la vaste tente où Morgan était étendu, rigide et d'une pâleur mortelle.

— Que diriez-vous d'une femme pour réchauffer votre couche, Edgefield ? Ses faveurs vous remettront peut-être d'aplomb ?

— D'après mon expérience, Votre Altesse, ce genre d'attentions a précisément l'effet inverse, répondit Morgan à travers une sorte de brouillard.

Il essaya sans succès de se redresser et retomba lourdement sur le lit.

Le rire bruyant du prince le fit grimacer. Il avait perdu la notion du temps. Il faisait chaud et l'atmosphère était confinée. Sans les braseros disposés un peu partout, il n'aurait su dire en quelle saison on était. Mis à part son légendaire commandant et lui, la tente semblait déserte.

Une flasque lui fut présentée. Morgan la prit et en avala une gorgée ; elle contenait un vin puissant et âpre, mais pas aussi mauvais que ceux qu'on trouvait en Angleterre.

— On est en France, devina-t-il.

Le Prince s'accroupit près de lui et en prit une gorgée à son tour.

— Vous ne vous rappelez rien de votre voyage ?

Cet effort de réflexion provoqua une vive douleur dans la nuque de Morgan, qui laissa échapper un gémissement.

— Le bateau, dit-il.

Brusquement, des images horribles surgirent dans son esprit : le vaisseau, les craquements, l'immersion dans les eaux glacées. Les cris des hommes qui se débattaient autour de lui avant de couler. De se noyer. Le rivage en vue, ultime espoir...

— J'ai dû rêver... Faire un cauchemar atroce...

— Je m'acharne à essayer de vous expliquer que vous avez été sauvé, avec quelques autres, par des pêcheurs. Vous avez reçu un sérieux coup sur le crâne... que vous avez dur comme du bon vieux chêne anglais !

Le prince se redressa, et commença à aller et venir fébrilement.

— Voilà des semaines que j'attends que vous repreniez vos esprits, Edgefield. D'abord, vous êtes resté étendu, tel un cadavre, gris, raide, respirant à peine et n'ouvrant jamais les yeux. Ensuite, vous avez eu la fièvre. Vous ne cessiez de gesticuler et de vous agiter en appelant votre femme. C'était touchant, d'ailleurs. À présent, pour l'amour du Ciel, dites-moi que les messages que mon père s'est appliqué à faire entrer dans votre crâne ne sont pas irrémédiablement perdus !

Gabriella. Rien que d'y penser, une bouffée de joie et d'espoir submergeait Morgan, effaçant les visions terrifiantes du naufrage. Superbe, obstinée, intrépide Gabriella. Sublime déesse. Avait-elle entendu parler du naufrage ? Si oui, elle devait être morte d'inquiétude. Mais il doutait que des messagers aient été envoyés pour porter la nouvelle en Angleterre.

On avait besoin de tous les hommes vaillants en France.

— Ils ne sont pas perdus, murmura-t-il, impatient de boire encore un peu de vin.

Et surtout, *surtout*, de revoir Gabriella.

— Je me souviens très bien des messages du roi. Voulez-vous que je vous les récite maintenant ou devez-vous faire venir un scribe ?

Le Prince Noir s'immobilisa, puis sortit parler à un garde. Il revint peu après et s'accroupit près de Morgan.

— Je ne veux aucun témoin, déclara-t-il.

Morgan ferma les yeux. Se concentra. Malgré la douleur terrible qui lui martelait les tempes, il retrouva facilement les messages secrets appris par cœur et soigneusement engrangés dans les méandres de son cerveau. Pendant plus d'une heure, il débita les subtiles stratégies, les noms des hommes soupçonnés d'être des espions, les lieux où les provisions et l'or avaient été acheminés puis cachés.

— Vous avez fait du bon travail, reconnut le prince, impressionné, quand il eut fini. Lorsque vous serez rétabli, je vous enverrai en mission d'espionnage pour mon compte, à Paris. Vous ne verrez pas le temps passer. Dans moins d'un an, vous rejoindrez votre femme définitivement.

Il sourit avant d'ajouter :

— J'espère d'ailleurs avoir l'honneur de la connaître un jour. À vous entendre l'évoquer, dans votre délire, elle est plus que belle, et la beauté n'est pas la moindre de ses qualités.

Morgan allait rentrer chez lui, en Angleterre, pour de bon. Retrouver Gabriella. C'était sa dernière campagne en tant que soldat. Ainsi en avait décrété le prince. Restaient ces quelques mois à passer à Paris, ensuite… il serait libre.

Il dormit d'un sommeil paisible où il rêva qu'il était chez lui, à Edgefield Keep, avec Gabriella.

Cinq jours plus tard, encore un peu faible mais enfin rétabli, Morgan partit à cheval pour Paris. Il avait écrit à sa femme, qu'il croyait encore à Londres car, jusqu'à la fin du printemps, les routes étaient boueuses et le mauvais temps n'était pas propice aux voyages.

L'esprit comme le cœur de Morgan étaient tournés vers l'avenir.

Son travail achevé, il irait voir Edward à Sheen, à Woodstock ou à Windsor, comme son devoir l'exigeait, lui transmettrait les rapports du Prince Noir, puis rejoindrait Gabriella. Il lui dirait à quel point il l'aimait et, pour le lui prouver, il l'emmènerait directement au lit.

Cette pensée le soutint tout le temps que dura sa périlleuse mission, qu'il mena de main de maître, infligeant à l'ennemi des dommages considérables. Il travailla sans relâche, rencontrant périodiquement les émissaires du prince. Il cessa d'écrire à Gabriella de peur que ses lettres ne soient interceptées et son identité découverte. Il se contenta de prier pour elle.

Enfin, après maints retards, la mission de Morgan arriva à son terme. Il rejoignit le Prince Noir et passa une semaine avec lui afin de mettre au point de nouveaux plans de bataille, puis il reprit un bateau pour l'Angleterre. Durant la traversée, les souvenirs douloureux du naufrage l'assaillirent sans relâche et l'angoisse ne le quitta pas jusqu'à ce qu'il ait regagné la terre ferme.

À Portsmouth, des plaques de neige s'attardaient çà et là et un vent cinglant soufflait. Morgan acheta un cheval qu'il appela Nimrod en souvenir de celui qu'il avait perdu, avec nombre de ses hommes, au cours de sa précédente traversée. Il se rendit directement à Londres, ne s'arrêtant que lorsque sa monture commençait à montrer des signes de faiblesse. Après trois jours de chevauchée, soutenu par une volonté farouche que son exil en France n'avait fait que renforcer, il atteignit Sheen.

Edward l'accueillit à bras ouverts. On lui servit sans attendre un repas et du vin, mais il demeurait sur des charbons ardents. Maintenant qu'il était si près du but, il n'avait qu'un souhait : voir Gabriella, l'écouter, la toucher.

Il rongea son frein durant la longue conversation avec le roi qui s'ensuivit. Enfin, ce dernier abandonna les sujets graves.

— Vous ne me demandez pas des nouvelles de votre charmante épouse ? Vous m'étonnez, Chalstrey. Seriez-vous tombé amoureux des Françaises ?

Morgan serra les dents. Il avait hâte de partir et d'être définitivement déchargé de ses devoirs de soldat.

— Non, my lord. Je suis un mari fidèle et dévoué. Je ne vous ai pas demandé de nouvelles de lady Edgefield parce que je sais qu'elle s'est installée à Londres, comme je le lui avais conseillé.

— Vraiment ? Eh bien, vous allez être surpris ! Elle est retournée depuis longtemps en Cornouailles, mon cher. Le lendemain ou le surlendemain de votre départ pour Portsmouth, si mes souvenirs sont bons.

Morgan passa de la stupeur à la déception, puis à la colère, mais il parvint à rester stoïque devant son souverain.

— Je crains que my lady ne soit une incorrigible tête de mule, réussit-il à plaisanter. Elle ne perd rien pour attendre en tout cas.

Edward se mit à rire.

— J'espère que vous ne serez pas trop sévère avec cette charmante enfant.

Morgan n'en pensait pas moins, mais il se garda bien de le dire à haute voix. Il avait du mal à surmonter sa déconvenue. Durant des mois il n'avait rêvé que du moment béni où il retrouverait sa femme, imaginant inlassablement leurs étreintes, l'embrasement de leurs corps nus. Cette pensée l'avait nourri, soutenu. Et voilà qu'il devait de nouveau attendre en priant pour que le roi ne lui assigne pas encore quelque mission spéciale de longue haleine qui repousserait d'autant leurs retrouvailles.

Patiemment, il lui répéta les messages du Prince Noir et écouta distraitement ses interminables digressions sur le mariage et la guerre tout en songeant au sermon qu'il infligerait à lady Edgefield dès son arrivée.

Retenant un sourire, il décida finalement de différer son châtiment. Elle n'y échapperait certes pas, mais avant, il la prendrait dans ses bras et l'emmènerait dans sa chambre. Les réprimandes ne viendraient qu'ensuite.

Gabriella et son petit convoi avaient quitté Edgefield Keep depuis plusieurs jours. L'itinéraire prévu était Saint-Swithin, puis Redclift Hall. En cette fin de printemps, il pleuvait tellement que les chevaux s'embourbaient sans cesse. La nuit, tout le monde restait sur le qui-vive, guettant les loups et les hors-la-loi.

Ils finirent par atteindre Upper Gorse, un hameau sinistre avec une chapelle, une auberge et quelques chaumières délabrées où même un rat aurait hésité à faire halte. Ils comptaient atteindre Saint-Swithin le lendemain.

Redclift Hall et son misérable village n'étaient qu'à une journée de l'abbaye.

Gabriella essaya de presser l'allure tant elle était impatiente d'avoir des nouvelles d'Elizabeth et, peut-être, de Meg, mais Mab et Robinson demeurèrent intraitables : pas question d'aller plus vite étant donné son état.

Les deux femmes venaient de trouver refuge dans l'étable située derrière la chapelle quand une violente averse éclata. Fatigués, Robinson et ses hommes s'abritèrent tant bien que mal sous des ramures.

— Quelle folie ! répéta une fois de plus la sage-femme en regardant la pluie tomber. Oui, je dis bien une folie. Si lord Edgefield vous voyait en ce moment, il vous flanquerait une sacrée correction !

Gabriella s'allongea dans la paille et caressa son ventre énorme en souriant.

— Morgan est peut-être sévère et dur, il se fâcherait sûrement très fort, mais jamais il ne lèverait la main sur moi. Seigneur ! ajouta-t-elle en soupirant. Cet enfant doit avoir au moins quatre jambes et quatre bras pour bouger comme ça ! J'ai l'impression que c'est un vrai champ de bataille là-dedans !

Mab la contempla avec une gentillesse pleine d'affection malgré son accès d'humeur.

— Vous êtes anormalement grosse, my lady, remarqua-t-elle, songeuse. Peut-être portez-vous deux bébés. Ne m'avez-vous pas dit que vous aviez une sœur jumelle ?

Gabriella s'assombrit. Depuis qu'elles avaient quitté le ventre de leur mère, Meg et elle s'étaient rarement séparées et elle lui manquait terriblement. Elle se demanda pour la énième fois si le messager avait dit la vérité en affirmant qu'elle avait quitté Saint-Swithin avec Sedgewick.

— Oui, répondit-elle, et ma mère en a beaucoup souffert.

— Sûr que ce sera douloureux, my lady, mais…

— Non, ce n'est pas ce que je voulais dire, la coupa Gabriella, sensible à la sollicitude de la brave femme. Quoique, connaissant ma mère, elle a dû peiner plus qu'une autre. Je voulais parler des calomnies… Les gens racontaient que ma mère avait dû coucher avec deux hommes pour porter deux bébés, et mon père les a crus. Il… il s'est mis très en colère et l'a traitée de catin.

— Eh bien, c'était un imbécile superstitieux et cruel, tempêta Mab.

Elle vint s'asseoir près de Gabriella sur la paille et lui prit la main qu'elle tapota gentiment.

— Les villageois n'étaient pas mieux, reprit Gabriella en se remémorant les rumeurs infâmes qui avaient marqué toute son enfance à Redclift Hall. Ils se moquaient d'elle, ils lui jetaient des pierres…

Mab demeura muette – que dire devant tant de sottise ?

— Puis Elizabeth est née, enchaîna Gabriella, et un doux sourire joua sur ses lèvres. Sa naissance n'a pas racheté ma mère aux yeux de mon père. Il voulait un garçon ; la déception fut terrible. Il est parti peu après et s'est fait tuer au service du roi. Après ce drame, les villageois ont laissé maman tranquille. Sans doute le veuvage constituait-il une punition suffisante à leurs yeux.

Mab se leva, ôta son manteau et l'étendit sur sa maîtresse.

— Essayez de vous reposer un peu, my lady.

Gabriella la laissa faire sans protester. Elle tombait de sommeil, et après ces heures passées en selle la paille lui semblait le plus moelleux des matelas.

— Deux bébés, murmura-t-elle rêveusement. Peut-être un garçon et une fille…

— Peut-être bien. On sera bientôt fixées de toute façon.

Gabriella bâilla et se blottit sous le manteau. Elle avait du mal à garder les yeux ouverts.

— Morgan n'est pas comme mon père, précisa-t-elle.

— Non, my lady, acquiesça gentiment Mab. Allez, dormez à présent.

Il pleuvait toujours à verse quand Gabriella se réveilla, un peu plus tard. Des lanternes avaient été allumées dans l'étable. Dans la lumière dorée, John Robinson discutait avec Mab. Ils se turent brusquement quand ils s'aperçurent que leur maîtresse avait ouvert les yeux.

— Robinson est allé chercher du pain et du bacon à l'auberge, my lady, annonça Mab en s'approchant de Gabriella avec un petit panier. Comment vous sentez-vous, mon enfant ? Avez-vous des douleurs ?

— Des douleurs ? Ma foi, à part les courbatures habituelles causées par la selle, non. Montrez-moi un peu ce que vous avez là, je meurs de faim !

Elle prit le bacon enveloppé dans un linge et se tourna vers Robinson.

— Avez-vous déniché un endroit pour passer la nuit au sec avec les hommes et les chevaux ?

Robinson lui sourit, mais il semblait soucieux.

— Oui, my lady. Les chevaux se reposent dans la grange d'un fermier et les hommes sont avec eux. Excepté Cullen et moi-même, bien sûr. Nous monterons la garde ici.

Gabriella l'écoutait en mâchant son bacon bouilli avec difficulté, car il était dur.

— Pensez-vous que la pluie va nous ralentir ?

— Elle ne nous facilitera pas les choses, reconnut-il en soupirant.

— Mais nous arriverons à Saint-Swithin demain ?

Robinson passa sa main dans ses cheveux trempés.

— Oui, mais il y a la peste là-bas, my lady. Les hommes ont peur et certains ont juré de nous quitter si nous les obligions à s'arrêter.

— Ces hommes n'attraperont pas la peste à cause de moi, Robinson. Vous pouvez leur dire que jamais je ne les exposerais à un tel danger. Je veux seulement aller jusqu'à la grille et demander des nouvelles de mes sœurs et de dame Johanna.

— Mais, my lady... voulut intervenir Mab.

— Ne comprenez-vous pas que l'incertitude m'est encore plus néfaste que la peste elle-même ? Il faut absolument que je sache si mes sœurs vont bien, si elles sont malades ou si elles ont péri, sans quoi je ne trouverai pas la paix de l'esprit.

Cette fois, ni Mab ni Robinson ne discutèrent. Le lendemain, à l'aube, sous une fine bruine, la petite compagnie reprit la route.

Quand Saint-Swithin fut enfin en vue, Gabriella était trempée jusqu'aux os. Son cœur se mit à battre plus vite tandis qu'elle oscillait entre l'espoir et la peur.

Les soldats restèrent en retrait, et elle chevaucha jusqu'à l'entrée du couvent escortée par Robinson et Mab. Autrefois bouillonnante d'activité, l'abbaye semblait étrangement calme. Aucune fumée ne s'échappait des cheminées malgré le froid et l'humidité.

Une fois devant les grilles fermées à double tour, Gabriella descendit de cheval sans attendre l'aide de Robinson. La pluie lui semblait plus glaciale que jamais.

Elle tira sur la chaîne de la cloche dont le son familier libéra en elle un flot de souvenirs nostalgiques. Peu après, une petite silhouette encapuchonnée traversait la cour.

Elle reconnut à peine dame Johanna tant elle avait maigri.

— Oh, Gabriella ! Pourquoi votre mari vous a-t-il permis de venir ? C'est de la folie !

La jeune femme s'accrocha aux grilles. Sa capuche était retombée et ses cheveux mouillés ruisselaient dans son dos.

— Je vous en supplie, bonne dame, laissez-moi entrer ! Je veux voir Elizabeth et avoir des nouvelles de Meg !

Dame Johanna referma ses doigts osseux sur ceux de Gabriella.

— Meg est partie, répondit-elle doucement. Elle nous a quittées il y a des mois avec Gresham Sedgewick. Quant à Elizabeth, elle ne peut pas venir jusqu'ici car elle est malade, mon enfant.

Au bord de l'évanouissement, la duchesse appuya un instant le front contre les barreaux. Une main se posa sur son épaule, celle de John ou de Mab, elle n'aurait su le dire.

— Je veux la vérité, dame Johanna. Au nom de notre amitié, j'ai le droit de savoir ! cria-t-elle.

Les yeux de la religieuse étaient brillants de larmes.

— Elizabeth n'a pas attrapé la peste, elle est seulement épuisée tant elle a voulu se rendre utile auprès des malades. Elle est au plus mal, Gabriella. Nous avons envoyé chercher un prêtre.

— Calmez-vous, my lady, intervint John en refermant ses bras puissants autour d'elle pour la soutenir et la retenir en même temps.

Car, sans lui, elle aurait tenté d'escalader les grilles.

— Non ! Lâchez-moi !

— Passez votre chemin, mon enfant, je vous en conjure, reprit la nonne. Je ne peux vous permettre de voir Elizabeth. Elle ne vous reconnaîtrait pas. Je lui ai remis votre lettre qu'elle a toujours gardée sur elle précieusement. Gabriella, soyez raisonnable. Vous courez un grand danger ici. Pensez à votre bébé, je vous en supplie.

Égarée par le chagrin, la duchesse voulut échapper à John.

— Emmenez-la, monsieur, insista dame Johanna. Nous avons la peste ici et je n'ouvrirai à personne d'autre qu'au prêtre.

Si Robinson n'avait été là, Gabriella aurait glissé sur le sol où elle se serait roulée en boule pour pleurer tout son soûl.

— My lady, implora-t-il d'une voix émue. Pensez au bébé, je vous en prie. Pensez au bébé !

Elle se calma enfin, car il bougeait plus que jamais dans son ventre, et elle craignit soudain d'accoucher avant terme. Tremblante, elle embrassa le bout de ses doigts et les posa sur le front de dame Johanna, découvrant qu'il était brûlant de fièvre.

— Que Dieu soit avec vous et avec mes sœurs bien-aimées ! murmura-t-elle d'une voix brisée.

— Je m'en vais dire à Elizabeth que vous êtes en bonne santé, my lady, et que vous attendez un enfant. Peut-être m'entendra-t-elle, qui sait ? Et peut-être que ces paroles la réconforteront...

Sur ce, la religieuse pivota sur ses talons et repartit en trottinant.

Gabriella laissa John la ramener près de son cheval et la remettre en selle. Elle pleura en silence durant tout le trajet, ne remarqua rien de ce qui l'entourait, pas même la petite ferme où ils demandèrent asile pour la nuit. Le paysan, un homme avenant, ne permit pas aux dames d'entrer chez lui, de crainte qu'elles n'apportent la peste. En revanche, il les autorisa à s'installer dans l'étable et, par charité chrétienne, il leur offrit quatre poulets.

Dès qu'elles furent à l'abri, Mab déshabilla Gabriella et l'enveloppa dans l'une des couvertures qu'elles avaient emportées. S'agenouillant dans la paille, elle posa la tête de sa maîtresse dans son giron et la lui caressa doucement en lui affirmant que tout irait bien.

Et en essayant de s'en persuader elle-même...

Morgan était si épuisé qu'il tenait à peine en selle quand il atteignit enfin Edgefield Keep. Sous la pluie, le château lui parut sinistre. Un sombre pressentiment l'assaillit.

Seigneur... Et si la peste était arrivée jusqu'ici en son absence ? Si elle avait touché Gabriella, ses amis et vassaux ?

Il éperonna son cheval exténué jusqu'à la herse et ordonna qu'on la levât.

— Que se passe-t-il ici ? demanda-t-il, à peine entré, au garde qui se précipitait pour l'accueillir.

Ce devait être le milieu de l'après-midi, calcula-t-il, bien que le soleil caché derrière une épaisse chape de nuages fût invisible, pourtant, les lieux semblaient comme désaffectés.

L'homme parvint à lui sourire, stupéfait et heureux de le voir.

— Nous vous croyions mort, my lord ! s'écria-t-il en reniflant et en s'essuyant le nez du revers de la manche.

— Et vous êtes tous en deuil, c'est ça ? jeta Morgan, n'osant prononcer le nom de Gabriella de peur d'apprendre de mauvaises nouvelles.

Il se pencha et regarda le garde droit dans les yeux.

— Va immédiatement prévenir tous les hommes ici présents que je veux les voir dans la cour dans l'heure qui suit, sinon ils seront fouettés pour leur négligence. C'est compris ?

Le garde eut un sourire béat.

— Oui, my lord ! C'est bon de voir que vous n'avez pas changé après tout ce temps !

Morgan leva les yeux au ciel.

— Où sont-ils tous passés ?

— La plupart sont occupés à semer ou à labourer, my lord.

— Mes soldats sont aux champs ? Et de quoi souffrent les villageois ?

— Nous nous sommes partagé le travail, my lord, répondit fièrement le garde. C'est que lady Edgefield a emmené beaucoup d'hommes avec elle quand elle est partie.

Morgan se raidit.

— *Quoi ?*

— Vous ne pouviez pas savoir, my lord, pas vrai ? Puisque vous étiez mort, et tout ça.

Morgan perdit le peu de patience qui lui restait.

— Tu vas me dire où est partie ma femme, et depuis quand, explosa-t-il. Sinon je sors mon épée et je te coupe les oreilles !

L'homme posa spontanément les mains sur les oreilles en question.

— Lady Edgefield est allée à Saint-Swithin et puis aussi à Redclift Hall ! Ça fait dix jours de ça, my lord !

Morgan le planta là. Dans la cour principale, Ephriam l'attendait, debout sous la pluie, le visage grave. Sans doute l'avait-il vu arriver et avait-il deviné la teneur de l'échange qu'il venait d'avoir avec le malheureux garde.

— *Tu l'as laissée partir !* cria Morgan au vieil homme en sautant de cheval et en jetant les rênes à un jeune palefrenier effrayé.

— Vous êtes vivant et en bonne santé, my lord, dit Ephriam comme si son maître l'avait salué cordialement. Dieu soit loué !

Morgan allait reprendre la parole quand une faiblesse le prit soudain. Ses jambes se mirent à trembler et il chancela légèrement. Ephriam se précipita vers lui pour le soutenir.

— Entrez, my lord. Venez manger quelque chose. Je vais tout vous expliquer.

— Tu l'as laissée partir, répéta Morgan, cédant à l'abattement.

— Oui, avoua le valet de chambre. Il n'y a pas eu moyen de raisonner Mme la duchesse après qu'elle se fut mis dans la tête d'entreprendre ce voyage.

Une fois à l'intérieur, Morgan se sentit mieux, mais il n'éprouva aucune joie à retrouver sa demeure sans Gabriella pour l'accueillir. Ephriam donna des ordres pour qu'on prépare un repas pour leur maître et qu'on allume un feu dans sa chambre. Il tendit ensuite un verre de vin à Morgan tandis que ce dernier lui racontait ses tribulations au cours de ces derniers mois.

Quand son valet lui proposa de regagner sa chambre, il refusa.

— Je ne peux prendre un repas dans une chambre vide, sans ma femme à mes côtés.

— My lord…

— Épargne-moi tes paroles de réconfort, Ephriam, jeta le duc en fusillant son vieil ami du regard. J'espérais la trouver à Londres, elle n'y était pas. J'étais sûr au moins qu'elle serait ici, à l'abri, et me voilà déçu de nouveau. J'aimerais tout de même savoir *pourquoi* elle est partie !

Ephriam émit un long soupir.

— Un messager est venu la prévenir que sa mère, lady Mainwaring, était malade, my lord. Nous savions depuis peu que l'une de ses sœurs avait disparu et que l'autre risquait d'être atteinte de la peste. Comme nous tous, Mme la duchesse craignait que vous ne vous soyez noyé. Je pense qu'elle n'a pas supporté l'idée de perdre d'autres êtres chers et elle s'est précipitée là-bas dans l'espoir de l'éviter.

Morgan eut l'impression que le sang se retirait de son visage.

— La peste ? répéta-t-il d'une voix blanche.

— Oui, my lord. Il paraît que la peste est à Saint-Swithin et que des cas se sont déclarés à Londres.

— Dieu du Ciel… Et Gabriella est là-bas ?

— J'en ai peur, répondit Ephriam avant de saisir fermement le bras de son maître, devinant le cours que prenaient ses pensées. Vous ne lui serez d'aucune aide si vous ne vous reposez pas avant de partir la chercher.

Morgan était encore sous le choc, mais il savait que le vieil homme avait raison. S'il voulait agir avec efficacité il devait être alerte.

Il monta dans sa chambre où, comme par magie, un feu avait été allumé dans la cheminée. Des servantes s'affairaient autour du lit.

Morgan s'immobilisa devant l'âtre et fixa les flammes d'un air absent. Quand les domestiques eurent quitté la pièce, il se tourna vers Ephriam, qui l'avait suivi, et scruta son visage.

— Que me caches-tu ? demanda-t-il d'une voix sourde.

Ils se connaissaient depuis trop longtemps pour avoir des secrets l'un pour l'autre.

Sans mot dire, Ephriam lui tendit un bol de vin chaud. Morgan le but.

— Alors ? insista-t-il en s'essuyant la bouche du revers de la main, une mauvaise habitude de soldat.

Le vieil homme lui désigna un fauteuil.

— Asseyez-vous, my lord. Vous avez raison, je ne vous ai pas tout dit.

Gabriella passa le reste du voyage jusqu'à Redclift Hall plongée dans une indicible mélancolie. Morgan avait disparu, Elizabeth était entre la vie et la mort, et Meg s'était volatilisée avec Gresham Sedgewick. Peut-être avait-il voulu l'emmener à Edgefield Keep, et des loups ou des brigands les avaient-ils attaqués ? À moins qu'elle n'ait été enlevée, elle aussi ?

Heureusement, Meg était forte ; cette conviction la consola un peu. Elle n'osait penser à ce qui l'attendait à Redclift Hall. Dans quel état allait-elle trouver sa mère – si elle n'avait pas déjà trépassé ?

La pluie avait cessé. Le soleil brillait maintenant dans un ciel sans nuage, exaltant le vert des prairies où pointaient des campanules et des boutons-d'or pressés de reprendre vie après les rigueurs de l'hiver. Gabriella se souvint soudain avec stupeur que l'on était au mois de mai. À en juger par le poids qui pesait sur son bas-ventre, le ou les bébés n'allaient pas tarder à naître.

Des chiens aboyèrent quand ils traversèrent le petit village où des enfants jouaient dans les rues. Un peu au-delà, Redclift Hall se dressait sur sa butte. Le mur d'enceinte du jardin s'effondrait à demi, le toit de chaume de la maison s'affaissait et les mauvaises herbes menaçaient de tout envahir, notamment le potager.

Quand ils parvinrent à la grille, Hugh était là, affaibli et voûté par l'âge.

— Et ma mère ? demanda d'emblée Gabriella.

Des larmes apparurent dans les yeux creux du vieil homme et sa main agrippa le bras de la jeune femme, qui tenait encore sur ses jambes par elle ne savait trop quel miracle.

— Je suis désolé, mon enfant. Tu arrives trop tard. Elle est morte il y a huit jours.

19

Trois jours plus tard, Gabriella se tenait devant la tombe de sa mère, sous un soleil radieux qui inspirait aux oiseaux un étrange requiem. Il ne lui restait plus que ses bébés, songeait-elle. Elle avait perdu tous ceux qu'elle aimait.

Morgan, Meg, Elizabeth, Ariel… ils étaient tous partis, d'une façon ou d'une autre. Elle-même les aurait bien rejoints dans un ailleurs indéfini si elle n'avait eu des enfants à mettre au monde. Ses enfants, son seul soutien.

Elle s'assit dans l'herbe épaisse et sèche qui entourait le petit tumulus qui serait bientôt recouvert d'une dalle de pierre.

— J'aurais tant voulu être là pour t'aider ! avoua-t-elle à sa mère.

Elle ne parvenait plus à pleurer, comme si la source de ses larmes s'était tarie pour laisser place à une sorte d'engourdissement dont elle savait qu'il était passager, car la douleur reviendrait en force, elle n'en doutait pas.

Une brise tiède souleva ses cheveux blonds. Elle se rappela le rire de sa mère, leurs jeux, les histoires qu'elle aimait raconter, sa gaieté. Elle avait été davantage une grande sœur qu'une mère pour ses filles. Leur force, elles l'avaient puisée ailleurs, à Saint-

Swithin, dans leurs lectures, dans l'amour qui les liait toutes les trois.

Un doux sourire flotta sur ses lèvres et elle posa les mains sur son ventre pour calmer ses bébés toujours aussi agités. Elle avait la certitude qu'ils étaient deux, à présent. Et qu'ils donneraient à sa vie une dimension nouvelle.

Elle espérait seulement que la naissance se déroulerait sans encombre, tout en se préparant à cette épreuve difficile et périlleuse. Elle craignait cependant moins pour elle que pour ses enfants. Seraient-ils assez robustes ? Étaient-ils bien formés ?

Une ombre se déploya sur la tombe et Gabriella devina sans avoir besoin de lever les yeux qu'elle appartenait à Hugh Mainwaring, son beau-père.

— Est-ce qu'elle a souffert ? lui demanda-t-elle.

Elle n'avait pas encore eu l'occasion de lui demander des détails sur la mort de sa mère. Dès l'annonce de ce nouveau drame, Mab avait pris la situation en main. Elle avait mis Gabriella au lit et l'avait abreuvée de tisanes calmantes qui l'avaient aidée à dormir.

Assis de l'autre côté du petit monticule de terre, Hugh y posa la main.

— Non, répondit-il. Elle est restée alitée pendant des semaines, mais je ne l'ai jamais vue souffrir. Elle était seulement inquiète pour ses filles, c'est pourquoi je t'ai fait parvenir un message par le biais de Saint-Swithin.

— Saviez-vous que le roi était notre bienfaiteur ?

Son beau-père soupira, mais ne tenta pas d'éluder la question.

— Nous n'avions pas les moyens de subvenir à vos besoins à toutes les trois, Gabriella. Nous savions qu'avec le roi pour veiller sur vous, vous ne manqueriez de rien, et nous en étions soulagés.

— Je comprends, murmura Gabriella en soupirant à son tour.

— Ta servante, Mab, s'inquiète que tu sois dehors depuis si longtemps. Elle a peur que tu ne te fatigues, lui dit doucement Hugh.

Il se leva et lui offrit la main.

— Veux-tu rentrer, maintenant, et faire cuire du pain avec nous ?

Gabriella acquiesça et le laissa l'aider à se relever, même si elle n'avait pas faim.

— Que comptes-tu faire ? enchaîna-t-il. Rester ici, à Redclift Hall, pour y élever ton bébé ?

Elle secoua la tête.

— Non, ma place est à Edgefield Keep. Le domaine appartient à mes enfants, il leur reviendra un jour. Si nous nous dépêchons et que le temps se montre clément, nous pourrions être de retour là-bas avant la naissance.

L'effarement se peignit sur les traits de Hugh.

— Mais c'est si loin ! Et tu es si près du terme, mon enfant.

Gabriella glissa son bras sous le sien tandis qu'ils se dirigeaient vers le jardin situé derrière la maison. Jadis égayé par ses rires et ceux de ses sœurs, il n'était plus, aujourd'hui, qu'un champ de broussailles peuplé de fantômes.

— Il reste un mois avant la naissance, Hugh. Je voudrais qu'ils voient le jour sur leurs terres.

— Tu parles au pluriel, Gabriella. Ce n'est pas la première fois que je le remarque.

— En effet, répondit-elle en souriant. Je suis certaine d'en porter au moins deux. Encore que, parfois, j'ai l'impression de transporter une troupe de guerriers infatigables !

Hugh parvint à rire malgré son chagrin qui faisait peine à voir.

— Imaginons que ce soient deux garçons. Lequel sera duc d'Edgefield ?

Gabriella n'avait pas réfléchi à la question. Comme son beau-père, elle supportait difficilement le poids du deuil. Il occultait tout le reste.

— L'aîné, je suppose. Je suis très entourée, à Edgefield Keep. On me conseillera.

Ils arrivaient à la porte de derrière.

— Et vous, Hugh ? Quels sont vos projets ? Un remariage, peut-être ?

Il détourna les yeux pour lui cacher ses larmes.

— Je ne peux concevoir de vivre avec une autre femme que ta mère, avoua-t-il. Je pense retourner à Londres où j'ai un frère. Il a un petit commerce et m'a souvent proposé de venir travailler avec lui. J'aurais bien accepté, mais Ariel n'aurait jamais quitté Redclift.

— C'est ici qu'elle a grandi, vous savez.

Ariel était une cousine éloignée du père de la jeune femme. Elle avait été fiancée à lui alors qu'elle n'était encore qu'une enfant et avait reçu une éducation digne de la future lady Redclift qu'elle était devenue. Elle avait eu une enfance heureuse, mais la vie ne l'avait pas épargnée ensuite.

Hugh se pencha vers la jeune femme et lui embrassa le front.

— Nous n'étions pas faits pour entretenir ce manoir, ta mère et moi, confessa-t-il d'un air d'excuse. Je comprends ton désir de retourner à Edgefield Keep. Si tel est ton choix, ne perds pas de temps. La route est longue jusqu'en Cornouailles et tes enfants risquent de ne pas avoir la patience d'attendre jusque-là !

— Il faut que vous me laissiez votre adresse à Londres, je vous enverrai de mes nouvelles.

Le lendemain, quand Gabriella reprit la route avec Mab, John Robinson et la petite compagnie de soldats, il faisait beau et doux. Pour une fois, personne n'avait tenté de la dissuader d'entreprendre le voyage. Peut-être avaient-ils compris que c'était inutile ? Peut-être ses compagnons avaient-ils hâte de rentrer chez eux, eux aussi.

Durant trois jours, un soleil radieux continua de briller. Les nuits restaient froides, mais cela n'avait rien de commun avec ce qu'ils avaient enduré précédemment. Le quatrième jour, hélas, le ciel se couvrit de nouveau jusqu'à devenir noir. Il se remit à pleuvoir avec une telle violence qu'ils durent s'arrêter à Upper Gorse.

Cette fois, les villageois se montrèrent plus hospitaliers. Les hommes d'armes furent hébergés chez l'habitant ou à l'auberge, et un moine, le frère Percy, voyant l'état de Gabriella, lui proposa sa cellule derrière la chapelle.

Mab en profita pour passer une bonne partie de ses journées à prier, ce qui rendit Gabriella nerveuse. Elle imaginait sans peine ce qu'elle demandait au Seigneur. La naissance approchait et elle redoutait que les choses se passent mal.

— Entre autres faveurs, demandez à Dieu et à la Sainte Vierge s'ils ne pourraient pas faire en sorte que mes enfants naissent à Edgefield Keep, comme leur père, et le père de leur père, lui dit-elle au bout d'un moment avec une pointe d'exaspération. Selon Ephriam, les Chalstrey y ont tous vu le jour depuis l'époque des conquérants…

Mab lui jeta un bref regard sans pour autant interrompre sa pieuse activité. C'est alors qu'une violente douleur arracha un cri à la jeune femme qui se courba en deux.

— John Robinson ! cria Mab en se ruant vers sa maîtresse pour l'aider à s'étendre sur un banc. Venez tout de suite !

John fit irruption dans la petite chapelle et les rejoignit en quelques enjambées. Une nouvelle contraction fit à nouveau crier Gabriella.

— Emmenez-la jusqu'au lit du prêtre, ordonna Mab. Ensuite, trouvez-moi une femme pour m'aider, n'importe qui fera l'affaire, du moment qu'elle a les mains propres et le cœur bien accroché.

Les douleurs de Gabriella étaient survenues d'une manière si soudaine et si violente qu'elle-même soupçonna le travail de ne pas se faire correctement. Quelque chose n'allait pas.

— Mab ! Mes bébés ! s'écria-t-elle en s'accrochant à la robuste main calleuse de la sage-femme.

— Chut, calmez-vous. À partir de maintenant, vous allez m'écouter et faire exactement ce que je vous dis, Gabriella. Pour une fois, c'est moi qui commande !

La jeune femme hocha la tête avant de se tordre à nouveau. La douleur était insupportable !

— Vous êtes une femme courageuse, une vraie duchesse.

— Mab… je vous en prie… faites qu'il n'arrive rien à mes bébés !

— Tout ira bien, ne vous inquiétez pas, la rassura la sage-femme.

Mais Gabriella perçut dans sa voix une note d'incertitude.

Dès cet instant, les choses ne firent qu'empirer. Tantôt en sueur, tantôt glacée jusqu'aux os, Gabriella souffrait atrocement. Elle sombrait dans l'inconscience et n'en sortait que pour hurler. Les heures passèrent. L'agonie se prolongeait. Lors d'un bref moment de lucidité, elle se reprocha d'avoir agi inconsidérément en s'exposant au froid, à la pluie, à la fatigue, comme elle l'avait fait, sans tenir compte de son état.

Parfois, elle entendait Mab et la femme qui l'aidait parler entre elles à voix basse, et ces chuchotements portaient son angoisse à son comble.

À la fin, la douleur qui l'écartelait, la déchirait, atteignit une intensité inhumaine et elle eut l'impression de plonger dans une sorte d'abysse sans fond qui évoquait les ténèbres de l'enfer.

De ce monde souterrain, noir et brûlant lui parvenaient par instants, faibles et lointains, des mots qu'elle reconnaissait vaguement : *fièvre... délire... prier... mon père...*

Si Ephriam n'avait pas eu l'audace – mais n'était-ce pas plutôt de la compassion ? – de verser une drogue dans son vin, Morgan aurait sauté sur le premier cheval venu, le soir même de son arrivée à Edgefield Keep, et serait parti à bride abattue à Redclift Hall.

Envisageant cette possibilité, le vieux filou avait pris des mesures radicales. Il s'était prudemment éclipsé et demeurait introuvable quand Morgan se réveilla et bondit de son lit, fou furieux, en jurant qu'il écorcherait vif quiconque aurait trempé de près ou de loin dans ce complot.

Il s'habilla et fonça vers les écuries, ignorant encore que trois jours s'étaient écoulés depuis son retour. Quand il l'apprit, sa fureur atteignit des proportions telles que plus personne n'osa l'approcher, ni même se montrer.

Il sella lui-même son cheval et n'eut pas besoin de demander qu'on levât la herse. Il franchit la passerelle au galop et, dès lors, ne cessa d'éperonner sa monture.

Ironie du sort, à peine une heure plus tard, le cheval heurta un obstacle invisible et roula sur le sol, entraînant son cavalier dans sa chute.

Quand il reprit connaissance, Morgan était à plat ventre dans l'herbe. Se dressant sur les coudes, il aperçut sa monture à quelques mètres, tranquillement occupée à brouter l'herbe tendre.

Lâchant une bordée de jurons, il se leva... pour se retrouver avec la pointe d'une épée contre la nuque. Des années d'entraînement et d'expérience de la guerre lui avaient appris à réagir dans ce genre de situation. Il fit une brusque volte-face tout en dégainant sa propre épée qui rencontra celle de son assaillant. Le choc se répercuta dans tout son corps.

Avendall ricana, le regard fou. Lui aussi savait manier l'épée.

— L'amour ne te réussit pas, Edgefield. À une époque, tu ne te serais pas laissé surprendre.

Les lames s'entrechoquèrent à nouveau.

— Je n'ai pas le temps, Cyprian, gronda Morgan. Écarte-toi, bon sang, sinon je te tue !

Nouveau choc d'épées.

— Tu crois ? Aurais-tu aussi oublié, dans ton impatience à retrouver ta femme, que j'étais aussi bon que toi à ce jeu-là ?

Clang.

— Tu as un espion à Edgefield Keep. Cela ne me surprend pas.

Cling. Étincelles.

Avendall grimaça un sourire.

— J'en ai plus d'un.

Ils s'écartèrent, se jaugèrent un instant en silence, et Morgan songea qu'il aurait pris plaisir à livrer ce combat s'il n'avait été aussi désespérément pressé de retrouver Gabriella.

— Oui, une fille de cuisine, j'imagine. Et peut-être un garçon d'écurie. Crois-tu que cela m'importe ? Ôte-toi de mon chemin, Cyprian, avant que je sois contraint de t'enfoncer cette lame dans le cœur.

Avendall leva son épée à deux mains puis l'abattit, comme pour trancher en deux le crâne de son ennemi. Edgefield para le coup.

— Il y a une chose que j'aimerais te dire, avant de partir pour Portsmouth, lança Cyprian. Oui, apparemment, Sa Majesté a décidé de me redonner du service.

— Tiens donc, jeta Morgan, regrettant de n'avoir pas le temps d'infliger à son ennemi de toujours la correction qu'il méritait.

— Je n'ai pas trompé Rebecca, cracha Avendall.

Cling.

— C'est toi qui t'es conduit comme un imbécile.

Durant son long séjour en France, Morgan avait beaucoup réfléchi à tout cela. Il savait que Rebecca avait aimé Sedgewick et, quand ce dernier l'avait repoussée, elle s'était tournée vers Avendall pour des raisons qui lui échappaient. Mais cela n'avait plus d'importance, désormais.

— J'ai assumé mes erreurs depuis longtemps, admit-il.

Leurs épées reprirent leur danse, s'entrecroisant bruyamment.

— Dis-moi ce que tu as à me dire reprit-il, parce que j'ai hâte de te tuer. Je suis pressé, je t'ai prévenu.

Un muscle tressauta sur la joue d'Avendall.

— Pendant que tu apprenais l'art de la guerre, elle s'est déniaisée avec un palefrenier, Chalstrey. Et elle s'est tuée parce qu'elle était enceinte de lui et qu'elle n'a pas osé te le dire, pas plus qu'à son précieux Sedgewick.

Morgan porta le coup suivant non par colère ni passion, mais parce que le temps pressait. L'épée d'Avendall vola dans les airs et il se retrouva avec la pointe de celle de son adversaire sur la gorge. Chalstrey n'éprouvait plus que de la pitié pour Rebecca. Ce n'était qu'une enfant perdue, sans racines. Et quel fardeau cela avait dû représenter pour Gresham de savoir, durant toutes ces années, que la fiancée de son meilleur ami n'avait d'yeux que pour lui !

Avendall haletait.

— Achève-moi, Edgefield. Tu en as le droit. Mais sache que je suis innocent de la mort de Rebecca.

Il avait raison, Morgan le savait, mais il ne lui pardonnait pas certains autres méfaits, notamment sa conduite avec Gabriella.

— Méfie-toi quand tu seras en France, parce que tes ennemis ne se montreront pas tous aussi cléments que moi.

Sur ces mots, il frappa Avendall sur le crâne du plat de sa lame, l'envoyant dans les limbes de l'inconscience.

Quand il reviendrait à lui, Morgan serait loin. Au fond, il avait toujours su que Rebecca l'avait dupé, mais il avait été plus facile, et moins douloureux, de blâmer son vieux rival.

Il chevaucha sans relâche toute la journée et une bonne partie de la nuit, ne s'arrêtant que pour ménager un peu son cheval. Il s'endormit, adossé à un arbre, et fut réveillé par une petite pluie fine. Il se leva dans le noir, remonta en selle et repartit.

Au milieu de la matinée, il fit halte dans une ferme pour changer de monture. La sienne était exténuée. Il arriva à Upper Gorse sous une pluie battante et acheta un bel étalon bai à un bohémien pour dix florins en or. C'était du vol, mais il s'en moquait complètement.

Il traversait Upper Gorse pour poursuivre son chemin quand il aperçut John Robinson, son second, assis sur un banc devant la minuscule église du village. Il regardait tomber la pluie d'un air hagard.

Une étrange sensation de vide, comme si la vie le désertait, saisit Morgan.

— Robinson ?

John bondit sur ses pieds comme s'il venait de voir apparaître un fantôme.

— My lord... ! C'est bien vous ? Je... je n'en crois pas mes yeux... C'est un miracle...

Morgan se laissa glisser de l'étalon. Il montait à cru, car il avait perdu sa selle avec ses florins. Il tendit les rênes à son ami.

— Que se passe-t-il, John ?

C'est alors qu'un cri déchira le silence. Morgan sut aussitôt qu'il s'agissait de Gabriella, qu'une force invisible l'avait conduit jusqu'ici pour l'aider.

— Elle est là, derrière la chapelle, dit John. Elle s'est montrée brave, my lord, mais... elle a de la fièvre et encore des douleurs terribles...

Morgan poussa la porte de l'église à deux mains et fit irruption dans la chapelle où il fut accueilli par un nouveau cri. Il se précipita vers la petite porte derrière l'autel.

Elle était là. Sur un lit. À ses côtés, un prêtre murmurait des prières en se signant.

Une terreur innommable foudroya Morgan.

— Gabriella ! s'écria-t-il dans une sorte de sanglot.

Le prêtre lui barra le passage mais ce fut la vue de deux bébés qui vagissaient dans un panier, près du feu, qui l'arrêta.

Une femme lui prit le bras. Mab.

— Je vous en prie, my lord, restez à l'écart et laissez votre femme mourir en paix. Venez voir vos fils.

Morgan se dégagea, repoussa le prêtre et s'agenouilla près de Gabriella. Désespéré, il lui prit la main et l'embrassa. Elle était glacée. D'un froid mortel.

— Gabriella... Ma douce Gabriella...

Elle bougea à peine. Sa peau était grise et bizarrement translucide, ses paupières closes.

Le prêtre posa la main sur l'épaule de Morgan.

— Elle a perdu trop de sang, my lord. Si vous voulez lui être utile, allez dans la chapelle et priez.

Morgan se leva. La tête lui tournait. Il s'approcha du panier et découvrit deux petits garçons minuscules mais vifs, avec un léger duvet blond sur la tête. Leurs poings serrés et leurs pieds s'activaient dans tous les sens, et ils criaient avec une énergie propre à réveiller un mort.

Morgan les effleura du dos de la main, l'un après l'autre. Après un dernier regard à sa femme, il retourna dans la chapelle et s'agenouilla devant l'autel.

Il avait oublié comment on priait. Tout d'abord, il demeura silencieux. Les larmes coulaient sur ses joues, mais il ne s'en rendait même pas compte. Puis il chercha des mots dignes du Seigneur, des mots capables de sauver Gabriella.

Dans l'état où il était, couvert de boue et trempé, il se faisait l'effet d'être un mendiant plutôt qu'un noble chevalier. Pour que Dieu sache bien à qui il avait affaire, il sortit son épée de son fourreau et la posa à plat, à côté de lui, bien en évidence. Ensuite, il joignit les mains.

— Je ne sais pas comment m'adresser à vous, mon Dieu, commença-t-il, les yeux rivés sur le crucifix. Voilà, c'est... ma femme. Elle est là, derrière cette porte, mourante. Je l'aime plus que ma vie, Seigneur, et nous avons besoin d'elle, mes enfants et moi. Je vous demande de l'épargner, Dieu tout-puissant. J'ai péché et je n'ai rien à vous offrir que mon épée et ma promesse de ne plus servir d'autre souverain que vous, désormais.

Il inclina la tête et se redressa. Chancelant, il retourna auprès de Gabriella. Sa vie ne tenait plus qu'à un fil.

Un peu plus loin, dans un coin de la pièce, le prêtre et Mab chuchotaient en berçant chacun un bébé.

Morgan posa légèrement son front sur la poitrine de sa femme. Il n'essaya même pas de retenir ses larmes et n'aurait su dire combien de temps avait passé quand il sentit sa main effleurer ses cheveux, tel un papillon…

Il leva la tête et vit qu'elle avait ouvert les yeux. Ayant appris sur les champs de bataille que, parfois, les mourants connaissaient un bref retour à la vie avant d'exhaler leur dernier soupir, il s'empara de sa main.

— Reste avec moi, Gabriella, murmura-t-il d'une voix étranglée. Je t'aime plus que tout, j'ai besoin de toi… Je t'en supplie, ne t'en va pas.

Il embrassa ses doigts avec frénésie en répétant ces mots.

Gabriella entrouvrit les lèvres, parvint à dire son nom dans un souffle et referma les yeux.

Éperdu, Morgan posa l'oreille sur sa poitrine. Son cœur battait à peine, mais il battait.

Durant les heures qui suivirent, il resta à son chevet, lui appliquant des compresses d'eau fraîche pour faire baisser la fièvre, lui murmurant des mots d'amour, des poèmes, des prières, la retenant de tout son être dans le monde des vivants. Auprès de lui. Il lui raconta des histoires, certaines vraies, d'autres inventées, et même des histoires de soldat. Il lui parla de tout ce qu'il connaissait, l'astronomie, le latin, les chevaux. Quand elle s'endormait, il posait la tête sur sa poitrine et l'écoutait respirer.

Un matin, à l'aube, une légère caresse sur la nuque le réveilla d'un somme. Gabriella lui souriait. Il crut qu'il rêvait.

— Gabriella ?

Elle lui répondit d'une voix faible, rauque mais taquine :

— Cela vous ennuierait de changer d'oreiller, my lord ?

Il se mit à rire, ivre de bonheur.

— Je t'aime, Gabriella. Je t'aime... balbutia-t-il en déposant une pluie de baisers sur son front, ses joues, ses lèvres. Je t'aime !

— Calmez-vous, mon mari, murmura-t-elle tendrement en lui caressant les cheveux. Vous allez réveiller nos enfants.

— Des fils, Gabriella ! Deux !

— Oui. Comment allons-nous les appeler ? Voyons... Apollon et Zeus, peut-être ?

Morgan sourit.

— Choisis les prénoms que tu voudras, répondit-il en riant, sauf le mien.

— Ah ? Nous ne pouvons en appeler un Morgan ?

— Non. Mon père s'appelait Steven. Qu'en penses-tu ?

— Steven Morgan.

Comment lui refuser quoi que ce soit ? Il était prêt à lui donner tout ce qu'il possédait. Tout.

— Bon. Et son frère ?

Gabriella réfléchit.

— Michael Alexander, proposa-t-elle d'un air triomphant. Comme l'archange et comme mon père, qui étaient à l'opposé l'un de l'autre.

— D'accord. De toute façon, étant les nôtres, ces enfants ne pourront être que des petits diables.

Cet après-midi-là, Steven Morgan Chalstrey, le premier-né, et son frère Michael Alexander furent baptisés dans les règles. Une semaine plus tard, Morgan loua le premier étage de l'unique auberge. Après avoir récuré la chambre de fond en comble au savon noir, il la fit meubler décemment et la parfuma grâce aux essences qu'il fit venir en chariot d'Edgefield Keep. Quand Mab estima que Gabriella était assez forte pour prendre ses nouveaux quartiers, il s'y installa temporairement avec sa famille.

La nuit, il dormait près de son épouse et, le jour, il ne la quittait pas d'une semelle, si bien qu'elle finit par l'envoyer au rez-de-chaussée boire quelques bières avec John Robinson et les autres. Vexé, il se confia à Mab qui lui expliqua que c'était bon signe, au contraire. Gabriella se rétablissait et redevenait elle-même.

Au bout de six semaines, la duchesse exprima le souhait de rentrer à Edgefield Keep. Retrouvant son caractère impétueux, elle décréta qu'il était déjà assez contrariant que ses fils soient nés loin de chez eux pour qu'elle ne soit pas en plus obligée de les élever dans une taverne !

C'est ainsi que, avec toute la pompe d'une armée partant en guerre, lord et lady Edgefield, leurs fils, leurs soldats, leur sage-femme et quatre ou cinq domestiques recrutés sur place regagnèrent la Cornouailles.

Ils furent accueillis à Edgefield Keep dans la liesse et la bière coula à flots en leur honneur.

Un mois après leur retour, Morgan n'avait toujours pas réintégré le lit de Gabriella. Il se montrait un père attentif, très apprécié des nourrices, mais il se comportait avec sa femme comme si elle avait pris le voile.

Un jour, celle-ci revêtit une jolie robe émeraude et noua un ruban de satin assorti dans ses cheveux.

Elle se parfuma discrètement et se contempla dans le miroir.

— Puis-je savoir où est mon seigneur et maître ?

Mab haussa les épaules en souriant et marmonna.

Gabriella se dirigea résolument vers la porte, s'arrêta et posa le front contre le battant en soupirant :

— Mon Dieu, que vais-je lui dire ?

Elle se tourna vers Mab et la regarda d'un air implorant.

Ravie d'être mise à contribution, celle-ci prit un air de connaisseur.

— Que vous êtes prête, tout simplement. Quelque chose me dit qu'il attend ce moment avec impatience. Il vous adore, my lady, ajouta-t-elle avec tendresse. Mais il a vécu un véritable enfer quand il a cru vous perdre et je crois qu'il a peur de vous faire un autre enfant, à présent, et de vous perdre pour de bon.

— Quoi ? C'est ridicule ! C'est ce voyage à cheval sous la pluie, le froid, l'épuisement, le chagrin, qui ont eu raison de mes forces, pas l'accouchement !

Mab haussa de nouveau les épaules.

— Dites-le à M. le duc, my lady.

Gabriella bondit hors de la pièce. D'un geste de la tête, le bon Ephriam lui indiqua où se trouvait son mari et elle s'engouffra dans la chambre où il s'obstinait à dormir depuis leur retour. Debout devant la fenêtre, il regardait à l'extérieur.

— Morgan, lança-t-elle d'une voix impérieuse.

Il se retourna, surpris.

— Gabriella.

Elle retint son souffle un instant, puis se jeta à l'eau :

— Je me languis de toi la nuit.

La stupeur et l'effroi se peignirent sur ses traits. Ainsi, Mab avait raison...

— J'ignorais que tu étais lâche.

En trois enjambées il fut près d'elle. Il ferma la porte d'un coup de pied, et plaqua sa femme contre le battant.

— De quoi viens-tu de me traiter ? jeta-t-il, à la fois furieux, amusé et éperdu d'amour.

— De lâche, répéta-t-elle. Et si tu songes à prendre une maîtresse pour me remplacer…

— Une maîtresse ! la coupa-t-il. Mais qu'est-ce que tu racontes ?

Gabriella ne répondit pas. Elle ne croyait pas sérieusement qu'il ait pu voir d'autres femmes, même pas du tout, elle le tourmentait pour voir comment il réagissait.

— Tu viens d'accoucher… lui rappela-t-il.

— Cela fait plus de deux mois, corrigea-t-elle.

Elle sentit son menton trembler mais elle n'y pouvait rien.

— Tu disais que tu m'aimais, Morgan.

— Et c'est vrai, Gabriella. Je t'aime trop pour supporter de te voir souffrir à nouveau, justement.

— Idiot, fit-elle en glissant les bras autour de son cou. Je veux savoir, Morgan… As-tu envie de moi, comme autrefois ?

— Tu sais bien que oui, bon sang !

— Alors déshabille-moi. Et déshabille-toi ensuite. Et fais-moi l'amour. Ici. Tout de suite.

Il déglutit, mal à l'aise.

— Imagine que nous fassions un autre enfant ?

— J'en serais ravie, le taquina-t-elle.

— Tu es folle ? Tu as failli mourir la première fois.

— Pas à cause de nos fils. J'étais harassée de fatigue et malade de chagrin. Je ne me suis pas reposée quand Mab et Robinson me conseillaient de le faire.

Elle se haussa sur la pointe des pieds et déposa un baiser sur ses lèvres.

— J'ai toujours du chagrin, car j'ignore ce qu'il est arrivé à mes sœurs, mais tu es là pour me réconforter. Tu es la lumière de ma vie, ma joie, mon bonheur, l'air que je respire. Tu es cruel de me délaisser comme tu l'as fait.

Morgan gémit en s'emparant de ses lèvres.

— Gabriella...

Elle glissa hardiment la main entre leurs deux corps.

— Tu me désires. C'est encourageant...

— Dieu du Ciel !

— Dieu est au ciel, c'est sûr, et nous, sur terre. Et je crois savoir comment t'emmener au paradis.

Morgan céda, se pressa contre elle et l'embrassa avec une passion sans mélange, simple avant-goût de la façon dont il n'allait pas tarder à la posséder. Sans lâcher ses lèvres, il commença à délacer sa robe qui se retrouva bientôt sur le sol. Alors il souleva sa femme dans ses bras et l'emporta jusqu'au lit.

Les yeux brillants, il se dévêtit sans attendre.

Impatiente, elle se cambrait en gémissant.

Il rit, de ce rire viril qu'elle adorait.

— Il y a un prix à payer, quand on joue les tentatrices...

Il la couvrit de son corps et, quelques secondes plus tard, le cri d'extase de la duchesse raisonnait dans la chambre, peut-être bien dans le couloir aussi.

Ils s'aimèrent sauvagement, comme pour rattraper le temps perdu. Dans une félicité totale.

Ce soir-là, ils gagnèrent ensemble la chambre conjugale et firent de nouveau l'amour.

Alors qu'ils étaient étendus, bras et jambes mêlés, Gabriella évoqua ses sœurs, et Sedgewick.

Morgan l'embrassa sur la tempe.

— Je ferai faire des recherches, lui promit-il. Dussé-je envoyer des messagers aux quatre coins du pays.

— J'ai peur qu'Elizabeth n'ait succombé, murmura-t-elle en se blottissant plus étroitement contre lui. Aucune lettre n'est arrivée de l'abbaye.

Il s'écarta un peu et embrassa ses paupières l'une après l'autre.

— Gabriella, tu as été aux portes de la mort, et pourtant tu en es revenue. Je n'en attends pas moins de ta sœur.

Elle sourit en reniflant.

— Oui, tu as raison. Elizabeth est très forte.

— Bien sûr qu'elle l'est. De même que Meg.

Soudain, sans prévenir, il bascula sur elle.

— Dis-moi, murmura-t-il tout contre ses lèvres. Il me semble que nos fils seraient ravis d'avoir une petite sœur. Qu'en penses-tu ?

Elle le gratifia d'un baiser ardent en guise de réponse.

Découvrez les prochaines nouveautés de nos différentes collections J'ai lu pour elle

AVENTURES & PASSIONS

Le 3 mars :

Un séduisant capitaine ☙ Miranda Jarrett (n° 8598)

Angleterre, 1747. Sur le point de se marier avec lord Roxby, un menteur aux mœurs dépravées, Diana rencontre le séduisant capitaine James Dunham, blessé à la guerre. Très vite, ils tombent amoureux. Mais Roxby n'entend pas perdre sa future femme, et pour cela il est près à tout ...

Inoubliable Francesca ☙ Mary Balogh (n° 8599)

Comment refuser l'aide de cet arrogant dandy ? Francesca est furieuse. A cause de lui, sa voiture est coincée dans une congère. Ayant trouvé refuge dans une auberge, le gentleman et la jeune soprano ne cessent de se disputer jusqu'au moment où la passion jaillit. A l'issue de cet interlude romantique, Francesca est tombée amoureuse du vicomte Sinclair, pourtant elle sait que ses erreurs passées lui interdisent de l'aimer.

Les sœurs Brantford —1, Un mari piégé ☙
Tracy Anne Warren (n° 8563)

Le jour de son mariage avec le duc de Raeburn, Rose Brantford échange sa place avec sa sœur jumelle Violet qui a toujours été secrètement amoureuse du duc. Violet est le portrait de sa sœur à cela près qu'elle est extrêmement cultivée. Le duc découvrira-t-il cette mascarade ?

La scandaleuse ☙ Judith McNaught (n° 3741)

À seize ans, Whitney est persuadée qu'un seul homme comptera dans sa vie : Paul. Même un séjour à Paris imposé par son père ne la fait pas changer d'avis. Quatre ans plus tard, elle est devenue une ravissante jeune femme qui traîne tous les cœurs dans son sillage. Mais, tandis que Whitney papillonne dans les bals, un mystérieux inconnu l'épie dans l'ombre...

Nouveau ! 2 rendez-vous mensuels aux alentours du 1er et du 15 de chaque mois.

Le 19 mars :

Un gentleman déshonoré ☙ Jacquie D'Alessandro (n° 8600)
Victoria Wexhall a été humiliée par Nathan Oliver qui l'embrasse pour disparaître peu après. Trois ans plus tard, elle a sa revanche. Elle décide alors de le rendre amoureux d'elle avant de l'abandonner. Mais ce qu'elle ignore, c'est que c'est un espion pour la couronne d'Angleterre qui sait utiliser son charme pour découvrir les secrets les plus profonds…

Une passion hors du temps ☙ Karen Marie Moning (n° 6505)
Gwen Cassidy effectue un voyage en Écosse. En voulant rattraper son sac tombé dans une crevasse, elle bascule dans le gouffre. Sa chute réveille un mystérieux Highlander. De fait, un sort jeté cinq siècles plus tôt a plongé Drustan MacKeltar dans un sommeil surnaturel. Lorsqu'il reprend conscience, Drustan n'a pas la moindre idée de ce qui lui est arrivé. Mais la délicieuse créature qu'il découvre lui paraît tout à fait fascinante, avec ses idées extravagantes et ses habits impudiques.

Si vous aimez Aventures & Passions,
laissez-vous tenter par :

Passion
intense

Quand l'amour vous plonge dans un monde de sensualité

Le 19 mars :

Désirs interdits ☙ Thea Devine (n° 5191)
Le comte Trevor Reynell est furieux : sa belle-mère Diandra lui annonce son arrivée en Angleterre, deux ans après la mort mystérieuse de son père aux Indes. D'étranges événements surviennent au château de Skene qui éveillent leur méfiance l'un à l'égard de l'autre. Mais, lorsque la nuit tombe dans les appartements secrets, dans les souterrains, ils cèdent au désir…

Une femme comblée ☙ Joan Elizabeth Lloyd (n° 8601)
Depuis son mariage raté, Tracy est persuadée qu'elle est frigide et n'ose plus avoir une relation avec un homme. Est-elle condamnée à la solitude ? Poussée par sa sœur, elle décide d'assister à des conférences sur le sexe et perd peu à peu ses complexes. Seulement, la théorie n'est intéressante que si elle peut être mise en pratique…

Nouveau ! 1 rendez-vous mensuel
aux alentours du 15 de chaque mois.

Romance
d'aujourd'hui

Le 3 mars :

Celle qui avait peur d'aimer ☙ Catherine Anderson (n° 6213)

Ryan Kendrick, fermier à Cristal Falls, ne s'attendait certainement pas à rencontrer la femme de ses rêves dans le bazar de la ville. Bethany a un visage en forme de cœur, une bouche tendre, des taches de rousseur, et les plus beaux yeux qu'il ait jamais vus. D'un bleu qui lui rappelle les violettes qui poussent dans les prés de son ranch. Mais Bethany est assise dans un fauteuil roulant…

Le 19 mars :

Baby love ☙ Catherine Anderson (n° 8597)

Pour fuir son beau-père, un homme violent, Maggie décide de prendre son bébé et de sauter dans un train de marchandises occupé par des chemineaux. Quand les compères ivres de Rafe l'attaquent, le jeune homme vient à son secours. Le cœur de l'ancien fermier est tout de suite conquis par la jeune mère et son fils. Maggie, elle, ne sait pas si elle peut encore une fois faire confiance à un homme.

Nouveau ! 1 rendez-vous mensuel aux alentours du 15.

MONDES MYSTÉRIEUX

Le 3 mars :

La communauté du sud — 7. La conspiration

Charlaine Harris (n° 8604)

Trahie par son grand amour, Bill le Vampire, Sookie doit non seulement gérer sa rencontre avec le séduisant tigre-garou Quinn mais aussi sa participation au sommet des vampires. Après les dommages causés par le cyclone, l'autorité de la reine des vampires de Louisiane est contestée. Lors du sommet, des alliances secrètes se nouent, et Sookie doit choisir son camp. Or, ce choix pourrait bien faire la différence entre rester en vie ou courir à la catastrophe ultime...

Nouveau ! 1 rendez-vous mensuel aux alentours du 1er de chaque mois.

Et toujours la reine du roman sentimental :

Barbara Cartland

Le 3 mars :

Le stratagème de Dorinda (n° 8596)

Le 19 mars :

Un tel enchantement (n° 3271)

Nouveau ! 2 rendez-vous mensuels aux alentours du 1er et du 15 de chaque mois.

6537

Composition Interligne B-Liège
Achevé d'imprimer en France (Malesherbes)
par Maury-Imprimeur le 15 janvier 2008.
Dépôt légal janvier 2008. EAN 9782290328936

Éditions J'ai lu
87, quai Panhard-et-Levassor, 75013 Paris
Diffusion France et étranger : Flammarion